十里不同乡

◎董华 著

天津出版传媒集团

百花文艺出版社

图书在版编目（ＣＩＰ）数据

十里不同乡 / 董华著. -- 天津 ： 百花文艺出版社，
2021.1
ISBN 978-7-5306-7996-8

Ⅰ. ①十… Ⅱ. ①董… Ⅲ. ①散文集–中国–当代
Ⅳ. ①I267

中国版本图书馆 CIP 数据核字(2020)第 252930 号

十里不同乡

SHILI BUTONGXIANG

董华 著

出 版 人 :薛印胜	选题策划 :张　森
责任编辑:李文静	装帧设计:蔡露滋

出版发行:百花文艺出版社

地址:天津市和平区西康路 35 号　邮编:300051

电话传真:+86-22-23332651（发行部）
　　　　　+86-22-23332656（总编室）
　　　　　+86-22-23332478（邮购部）

网址:http://www.baihuawenyi.com

印刷:山东临沂新华印刷物流集团有限责任公司

开本:880×1230 毫米　1/32

字数:250 千字

印张:10.25

版次:2021 年 1 月第 1 版

印次:2021 年 1 月第 1 次印刷

定价:70.00元

如有印装质量问题,请与山东临沂新华印刷物流集团有限责任公
司联系调换
地址:山东省临沂市高新技术产业开发区新华路 1 号
电话:(0539)2925659
邮编:276017

作者(中)平生第一张照片,1967年初中毕业时与红卫兵同学留影

作者在20世纪80年代不同时段留影

1975 年作者恋爱时在北京中山公园

1984 年作者幼年儿女在老房院

1977 年 2 月春节时作者婚后与妻子及母亲在天安门前

1984 年 11 月作者母亲（右二）与张志民夫人傅雅雯（左一）在老房院

2004 年 1 月春节作者全家三代在父母老屋前

2006 年 5 月 1 日作者与爱人纪念结婚三十周年

1990 年 9 月作者在河北省宣化葡萄园果棚与果农交谈

1989 年 10 月作者在十渡村农田

1975 年夏作者受编辑部派遣
去河南组稿在辉县照相馆留影

作者在房山报社工作期间留影

2012 年暑期作者在坨里新宅庭院与文友一起辅导中学生

1988 年 10 月作者在十渡文化站主持研讨文化工作

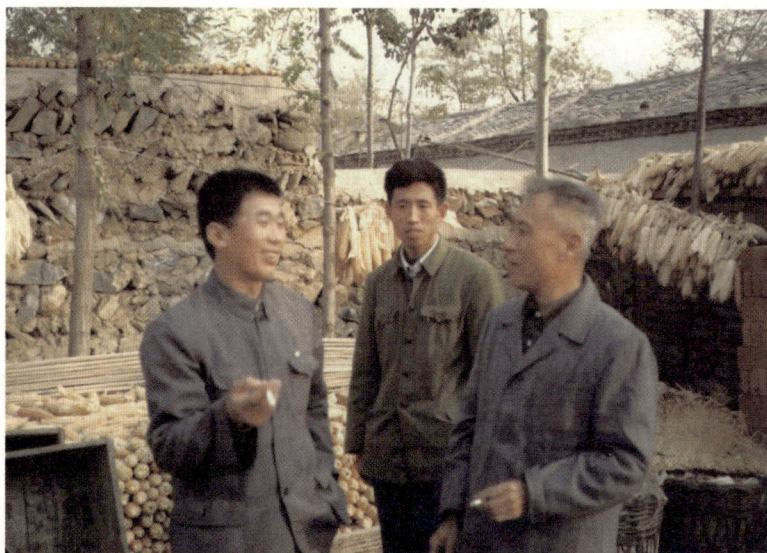

1984 年 11 月作者陪同张志民先生 (右一) 在坨里村走访

1986 年 6 月作者与浩然在十渡文化站

1990 年 6 月作者在三河县文联成立会上与杨沫（右二）

1992 年 9 月作者陪同刘绍棠进入《房山报》创刊会场

1999 年作者与管桦在北京人民大会堂参加《北京文学》月刊社活动

2006 年 8 月作者与房山文坛前辈王凤梧交谈

1979 年 4 月《北京文学》编辑部在通县西集公社召开文学创作会议。前排左二为刘绍棠，左三为周雁如，左四为谭谊，左五为通县县委书记赵锋，左六为李清泉，左八为浩然 。二排右四为作者。

1981 年 2 月北京市房山县业余作者座谈会，二排左八为房山籍老作家苗培时。后排右八为作者。

1985 年 12 月北京市青年文学创作会议，前排就坐的有赵大年、韩少华、赵金九、康式昭、浩然、陈模、杨泳、徐惟诚、江风、邵荣昌、雷抑、宋汜、高玉琨、林斤澜。后排右一为作者。

　　1999 年 7 月 北京作家来房山写作,在十渡万佛台山光宾馆前合影。左四为作者,左五为赵大年,左六为中杰英,右五为宋汎,右四为林斤澜,右三为刘国春,右一为柯兴。

1994 年 9 月作者在湖北宜宾江段上与傅用霖合影

2015 年 1 月作者与铁凝在北京全国政协礼堂新春茶话会上

2015 年夏天作者在董华散文作品研讨会上与杨晓升合影

2017 年夏天刘恒来坨里到作者家中做客

2018 年夏天北京十月文艺出版社师友来坨里到作者家中做客，后排左三为陈玉成，右二为章德宁。

一壶时叙里闲情

——序《十里不同乡》

肖复兴

　　老友德宁推荐董华这本散文集《十里不同乡》给我。书分四辑,分别书写自己的师友和至爱亲朋,以及难忘的乡间童年。先读书中的第一篇《正大圣殿,我的文学之母》。

　　很长的篇幅,读起来却并不费力,几乎是一气读完。写的是四十年前的一段往事,在那个特殊的年代里,让一个从农村走出来的农民,步入《北京文学》编辑部,以一个工农兵的特别身份,参与了一段新旧交替时代文坛的动荡与变革;以一种别样的视角见识并勾勒了当时的文坛风景。这样的视角,颇有些像《红楼梦》里刘姥姥以其别致的眼光看待大观园,或《铁皮鼓》中的那个小孩子的眼睛看到了特殊的岁月。尽管彼此时代背景不尽相同,但以这样的视角为文,很有些意思,不仅书写一段自己的经历,同时也为那个时代留下一个旁注,很具有一些史的价值。这是在散文创作中非常难得的,让我读来兴味盎然。

　　读完这篇文章,心里揣摩,作者董华这人,起码有这样几个特点。

　　一是他的记忆力真好,四十年前的往事,历历数来如新,宛如昨日。他说的当时《北京文学》编辑部,我也很熟悉,和他一样,当年我也是从那里起步。他写到的编辑部门前有一棵茂盛的合欢树,我却不记得了。他记得那样清楚,说是合欢树在门前的左手,有五级大理石台阶,台阶两侧还有护阶矮墙,记得多么细致入微。

　　二是弥散在他的记忆中,更多的是温情和美好,犹如花香,经久不散。对于曾经给予过他帮助的人,如周雁如、张志民等前辈,他一直铭记在心,滴水之恩,涌泉相报。这是一个善良的人,忠厚的人,感恩的人。

三是他的文字很朴素,短句居多,不假修饰,无如今一些散文写作中为文而文的刻意和矫揉造作,却是"明月松间照,清泉石上流"一般,显得清新,让他叙述的人和事,读来可信。

四是他有幽默感。他写编辑部的女同事蓝春荣在浴室里唱评戏,走出浴室,他发现人家"脚丫很白,肥嘟嘟儿美"。他写和编辑部当时新婚不久的赵金九一起到河南辉县出差,看见了赵金九在笔记本上写的情诗,他写道:"看了想乐。四句近体诗,写的是相思。正处婚后欢爱阶段,离家一星期,他想家了。出自老赵心窝的语句,我记着呢,但我不跟你们说!"写得都很俏皮。这种幽默感,透着他对生活的态度,也显示出他的性格的一个侧面,有点儿蔫坏,当然也可以说是喝了磨刀水——周雁如曾经夸赞过他的内秀。

五是他的创作路数基本上是他的家乡房山周口店"从猿到人"的写法,"小猫吃鱼有头有尾",写得津津有味。在这篇文章的后面,有一节《风流云散》,他不忘将曾经熟悉的编辑部的诸位人马的最后去向一一交代清楚。这是一个重情重义的人,是一个家里家外都会将方方面面料理得面面俱到的人。

当我读完董华这本《十里不同乡》之后,我发现,这样五个特点,也是他这本散文集的特点。

在这本散文集的后三辑"连根树"、"光阴河"和"童子说"中,那些亲情与乡情的篇章,更为感人。其中这样的五个特点,情不自禁地在文字中跳跃,帮助他完成了对亲人乡里一往情深和难以割舍的情怀。不过,也应该这样说,是家乡这片土地,家乡的这些亲人,帮助他成就了今天文学的书写。读他的这些篇章,让我想起放翁的一句诗:"百世不忘耕稼业,一壶时叙里闻情。"我以为，放翁的这句诗，是董华文章与心地的写照。这样世代传递的浓郁质朴的乡土之情，成就了他的文学茂盛的田野；他的文学作品，又呈现出家乡的那一片田野，在那里，他笔下的至爱亲朋、耕织稼穑、农家风物、家长里短，更为美妙和美好，因为那是属于他董华再造的文学乡野。看他的《为乡里翟启父母写碑文》和《董宅重修记》这样在如今散文写作中极少见到的品种，就能够见识到他的家乡在他的文学世界中的重要位置，他愿意为这样的人与事记录，见心，见志。

在这些篇章中，写他的亲人，爷爷奶奶父亲母亲兄弟妻子，最为感人。由于是耳濡目染，是血脉相连，便笔蘸热血，心含真情。《奶奶，远去的慈爱》一文，他写奶奶，为表达对奶奶的感情，秋后爬到山坡上的桃树上，不怕挨摔，摘下最甜的桃奴儿，"我一个也不舍得吃，只将一个桃儿咬下了一块皮，咂了咂甜汁儿。然后，一路小跑，汗水淋淋地跑回家，将兜里全部的桃儿都掏给了奶奶"，写得多么的生动，干净的笔墨，无限的深情。

《长在妈妈的谚话儿里》一文，他写母亲，写得更好，好在比前者有了一个构思的新鲜的角度，将对母亲的感情全部浓缩在母亲的谚话儿里，文章便更为集中，如同将家乡的清泉水装进一个质朴却别致的瓦罐里，而不是让泉水无节制地漫流。小时候，有人向母亲告他的状，母亲的关爱，说的谚话儿是"哪个牛儿不舐母"；弟弟说一个伙伴往自己家里拿公家的东西，母亲教育他们兄弟的谚话儿是"小时偷针，长大偷金"；教育孩子守住本分，母亲的谚话儿是"宁让身子受苦，别让脸儿受热"；和邻里交往，母亲用的谚话儿是"别人给了一根豆角儿，要还人一根黄瓜"；长大以后，母亲维护儿媳妇，用的谚话儿是"门口儿一条河，儿媳妇随婆婆"，然后责备儿子"自己脸上有灰自己看不见"……这些乡间流传的质朴却生动的谚语，是没有文化的母亲的文化，成为孩子们道义的启蒙，串联起母亲的一生,写得不俗。

《夏天和秋天滋味》一文,写得很有点儿意思。全书写人的篇章,大多用"从猿到人"和"小猫吃鱼有头有尾"的写法,这一篇是少有的写法不同的篇章之一,便显得格外显眼。他写一个叫四老头子的一年四季看庄稼的人,却只写夏天跳水吃西瓜和秋天放驴拔花生两个情景,最后写四老头子老的时候,他带着儿子去看望他,一起回忆这两件往事的情景。不再全景式,而是片段的三段式,却将一个人写活,将自己的感情表达出来。剪去了枝枝蔓蔓,写得干干净净,人和情更为突出。这便是雕塑家罗丹的说法:将一块石头多余的部分去掉,就是雕塑。

看来,"从猿到人"和"小猫吃鱼有头有尾"的写法,是一种写法;罗丹雕塑的写法,也是一种写法。如果董华能够变换一下已经手到擒来的熟悉的方法,多几种笔墨,或许可以让他的散文写作更上层楼。

我与董华素不相识,他信任我,嘱我为他的这本散文集《十里不同乡》写序。但在电话里,董华对我说,我们认识,四十年前,我们见过一次面。看来,他确实记忆力比我好。记忆力,是写作者所应该拥有的重要的品质。纳博科夫曾经说:"任何事物都建立在过去和现实的完美结合中,天才的灵感还得加上第三种成分,那就是过去。"纳博科夫所说的过去,是要靠记忆力来完成的,这是写作必不可少的第三种成分。难得董华拥有,愿他珍惜,并能深入挖掘。

目　录

辑一

文缘岭

相忆，思念，
一霎一霎心头紧。
水流元在海，
月落不离天。

正大圣殿,我的文学之母

——回忆四十多年前在《北京文艺》的时光

一封来自老编辑的信

董华仝志:

因为忙,未能及时回信,请谅。

听说你没上得了大学,很为你惋惜,接着又听说你在学校代课,又为你高兴。教课也是一种很好的学习,相信你很快会有长进。

恕我直言,我觉得你不够奋发,按你的文学能力,你是可以写出东西来的,你之所以没有写出新东西来,是因为练笔少。希望你更努力些。

一直想去你家里看看,却抽不出时间,以后趁有机会时再去吧。

握手

周雁如

五月三日

写这封信的周雁如,是享誉国内的大编辑家,这个名字从二十世纪五十年代以后,北京市文学作者无人不知,尤其在中晚年,更为文学界景仰。信写在编辑部公用信笺上,大张素纸上端正中是红得鲜艳的郭沫若先生手书的"北京文艺"四个字。周老师的信文,用钢笔竖写,占两页,字行通透,字迹清朗,觉出有鲁迅先生实善笔意。"同志"的"同",她一贯用异体字"仝"书写。

这封信透露了多个信息:一、她真诚关心我,了解我的近况;二、她对我写作能力的认可;三、她担负起长辈和师长的责任,教导于我,话同她温婉性格,但批评是切恳的,有深度的。

按信尾不挂年份的日期,我推断为一九七八年五月三日。根据是:我参加了一九七七年秋季恢复高考的第一次高考,没考上北京大学,第二年春节过后,我去一所乡属中学代课去了,代课不足半年,又去了文化馆,所以后个变化未及时通禀,先生不知。

回想我刚收到信时的情景,读到那直戳心肺的批评,肯定郁闷良久,现在推测我当初在编辑部学艺两年,时限超过任何一个"工农兵业余编辑",是否因为这一印象,老人家最终把我逐出山门的呢? 今日捧读这封收藏四十余年的来信,重温馨歀,不禁而生"伤弓之鸟惊曲木"之感,扪心自问:老人家的希望,我做到了吗? 她那双聪慧的大眼睛穿透我的肺腑,我躲闪不了……

编辑部环境

《北京文艺》编辑部设在北京西长安街 7 号,在路的北侧,电报大楼后边,距中南海西围墙不过二三百米。

由电报大楼东边一大门口进,先遇见教育局楼,顺楼边儿向北为一条窄道,窄道高高的东墙砌的是旧城砖,沿高墙行短短一段路,小道东见一窄小朱漆双扇门，为北京市政府参事馆，据说有多位国民党将军在此。再短行，为二道门传达室，前行几步，传达室北侧拐角为二层古楼阁，底层为文化局、文联食堂，人说上层原是公主绣楼，现时安排人员住宿。由此向西，过二三十米，又拐弯向北，走窄道三五十米，就进了文化局、文联大院儿。

入院西边为编辑部，一座单体、单层旧建筑，五级红色大理石台阶，台阶两侧有护级矮墙。门前左边有一棵茂盛的绒花树（合欢），夏天开满了粉色的花。由于和电报大楼挨得近，每到整点时，电报大楼就会响起报时的《东方红》乐曲声，听着格外悠扬、清亮。据说，这原是日军占据时期的电台驻所。整座建筑大体为方形，瓦是红的，砖是红的，砖缝细腻。屋内木地板，虽旧，但质量好，不鼓不裂，刷的紫红色油漆也没多掉颜色，踏上去，温软，无咣咣响声。

室的南面是巨大的玻璃窗，每个窗口有几扇玻璃。房间腾出一块空地，两边靠墙处摆放着编辑的办公桌。小说散文组在南侧阳面，诗歌组和评论组在北侧阴面。小说散文组加了隔扇，屏风与室内隔开。靠里有三四个单间，中间的一间为公共洗手间，靠阳的两间为主编所用，靠阴的两间由周老师、孙迅韬各为使用。办公桌不同，一般编辑用新式写字台，周老师用的是笨重的原木的，两头沉，抽屉榫松了，关也关不严。只有她和主编多放了一台老式旧台灯。靠门口的一间，用作收发室。

整个办公环境，大约二百多平方米。对外联系的电话，号码为665577，呼叫外地作者由市电信局转接，长途电话常常要等候一天。

那个洗手间我印象很深，我初次知道上厕所不必出屋。开始我很不好意思，总觉得不如用家里的茅房放纵大胆，使用时尽量不弄出声响，后来习惯了，也就不以为然了，瞥一眼众编辑，都是挺自信地踏进去。

编辑部人员

小说散文组:郭德润、赵金九、沈美贵、薛凌云、徐潮、傅雅雯,组长周雁如。这组人最多。

诗歌组:李源实、姚欣、李志、蓝春荣,组长孙迅韬。

评论组:方顺景、孙树林,组长邹士明。

美编:张钦祖,只有他一人。

编务组:贾德丰、李玉奎,由汪爱珠任组长。

时隔四十多年,老同事仍有印象,容我细禀:

薛凌云,眼镜女,面色黄,然举止颇如《红楼梦》中的那个"钗",言谈有度,开口慢,十分斟酌表达方式。

徐潮,大概是因了李希凡的夫人,说话很冲,但感觉这人"竹筒倒豆子",很真实。

傅雅雯,是张志民先生的夫人,许是编《中国少年报》久了的原因,性情单纯。在天下初定时期与张志民先生着军装的一帧合影,显出她当年的俊畅。

沈美贵,文绉绉,专业上不对口,因此发表意见时很慎重。薄薄的唇,颌上一颗痣,记得真切。

郭德润,老夫子形状,眼镜度数高,容易动感情,有一次讨论许谋清稿子《浑身带火的人》,他情绪激动,他倒像浑身带了火一样。他在北京大学读书期间就有语言学专著,让我敬。只是他常提到东北"富拉尔基",不知何故。

赵金九,坐我对桌,人唤"老九",五毛钱一包的"大丰收"烟丝,我俩对着卷、对着抽。一副美男子学者气象,眼大眉重,由给楚图南当秘书来到编辑部。身为本组人员,我竟不知他对诗歌深有研究,多年后在《农民日报》开诗歌赏析专栏,近年就周总理青年时期的一首诗《大江歌罢掉头东》中的那个"掉"字他做了订正。二五眼评家误释已久,掉全为"掉"解,他这才是真才实学。

李源实,几根头发,显出了头皮红,然而梳理精细,在其组内特显"权威"。

姚欣,四川人,却身形瘦长,是一活跃分子。抽烟多,嘴唇紫黑,极显侠气。笔名"姚尔康",极年轻时就发表了多个剧本。

李志,吉林人,体胖臀肥得了得,摔倒不知扶他哪一头儿。口形小而唇厚,面色稍逊于炭,弄得儿子华凯都成了小黑脸儿。眼镜度数极高,眼镜片像摔碎的北冰洋汽水瓶的瓶底儿,金九兄当面揶揄他为"李瞎子"。人憨憨的,最惧内,当产科医生的华大夫训他如小鸡子,连他岳母都看不过眼:"我们小静啊,太不让李志了。"他管闲事比较多,我就求他买过一块吉林产的"梅花鹿"牌内销手表,现在这表上弦还能走。由于闲事泛滥,在编辑部"挨马蜂蜇的"总是他。

蓝春荣,与李志同属一个"产地",由中国评剧院来的。她长得黑了一些,面上有雀斑,唇上绒毛也重,但此人心直口快,胸无芥蒂,"老太太"喜欢。她爱开玩笑,发音清丽,带铜音儿,也爱与赵金九论"亲家"。

方顺景,俊朗潇洒,又是一位美男,人长得帅,很洋派,头发梳得亮。他讲究穿,呢子上衣,呢子裤子,皮鞋锃光。他抽烟,抽高档烟卷儿,说话在组内也占分量。

孙树林,俄语专业,人太老实,瘦高,戴一副眼镜,穿旧衣。他是否因出身问题要表现积极呢?但由于我提早打扫了卫生,墩了屋地,他显得很无奈。

这个当组长的邹士明啊，嘴茬子太厉害，嗓音沾点儿云遮月，忒能说，爱与"老太太"辩理，也使那两位"组男"服帖。听说她丈夫是资深评论家蔡葵，路遥的《平凡的世界》在北京的作品讨论会大部分评论家对它进行了全盘否定，唯有中国社科院的蔡葵和朱寨老先生，持了肯定意见。她的儿子叫蔡舟，很顽皮，见我与贾德丰好，小孩儿对妈妈说："董叔叔和贾叔叔搞对象了吧？"

张钦祖，个儿矮，红扑扑的脸，花白头发，短发楂儿，窄额上皱纹密又深，如很多条蚯蚓。他爱谈论版画，爱谈版画家古元和石鲁，一笑像一个寿星佬。

编务组的三个人，皆为退伍转业人员。贾德丰一头浓密、乌黑的鬈毛儿，唇上绒毛明显，人透着"精"，却跟我要好。李玉奎戴眼镜，人老实，但内心有主意，像头牛默默干活儿。汪爱珠戴眼镜是因为散光，她微胖，话多，若不是有些微"对眼儿"，真长得不错。

无一例外，编辑部人皆和善，大多三十几岁年纪，眼神无其他内容。现在这种眼神儿难觅了。

下面该说领导层人物了。

我初去编辑部，当时主编是谭谊，但不明确，只称"主要负责人"，待张志民先生去了，他让位去了研究部。谭老师个子矮，脸形身形都瘦，口形像兔子的"三瓣嘴儿"，但很精悍。这是一个极有特点的老头儿，性格像小孩儿，一说话两只胳膊先参参，嘴巴"啧啧"，啧起来更像兔嘴儿了。老人在中华人民共和国成立前后曾任松江省文联秘书长、创作部部长，主编《松江文艺》。他小说理论深，而且有实践，在绘画方面根底也不浅，生前送我多本书，赠我多幅画，去世后，他老伴儿王学敏还把他的遗著《梦的喜剧》寄赠予我。

孙迅韬老人，魁梧，也像个老小孩儿，很逗，语速缓慢，张口先"啊""啊"两下才入正题。他鼻梁高且肥，唇厚，脸有"火骨朵儿"痕迹。他像武将，像背筐的农民，却不像文人。他抽烟用烟斗，后来烟戒了，总喜欢将烟斗放鼻子下把玩。

有个老人叫张文远，来历为中华人民共和国成立初期的中国人民大学新闻系教研室主任，级别不低，在编辑部管人事。老人瘦高，圆下巴，少须，微微驼背，唇上有老妇人一般的核桃纹儿，爱笑，吸纸烟。

周雁如老师，从她的照片看，年轻时很俊，大眼睛，粗辫儿。我觉得她最劳累，不同孙迅韬老师的"大松心"。但她也是一个"马大哈"，去卫生间出来，一截儿腰带总掖不齐，在外嘟噜着。她穿圆领子带俩兜儿的的确良蓝灰色上衣，脚上带襻儿布鞋，一年四季装束少有变化。她胖，受血压影响面部的红和光亮都是疾病反应。我想象不出，在改革开放的八十年代初，率编辑部全员观上方山云水洞，那时没索道，从哪里上还从哪里下，那262级近于90°的云梯，她反复了两回。那可是拍摄《智取华山》的外景地啊，我登了，三天没缓过劲儿来，她一个体弱、胖的老人，凭的何等毅力？老师告诉过我，她家为地主兼资本家，有数顷地，山东省金乡县县城一条街是她家的产业，全充了公。她十四岁参加革命，历任冀鲁豫湖西区大众日报报社记者，湖西军分区火线社分队长，冀鲁豫文工团、平原省文工团创作组组长。她入京级别应在行政十四级吧，公社书记工资不过三五十元，她的月工资我知道有一百三十四元。这样级别的干部，仅为一家刊物"组长"，在当今无论如何也想不明白。

时代造就了他们，他们对共产党的信念坚定不移。志民先生、谭谊先生、迅韬先生、雁如老师，都是文艺界的"黄埔一期"、中华人民共和国成立后第一期中央文学研究所学员,是当今鲁迅文学院的前辈。

《北京文艺》标杆人物

　　就我所知,《北京文学》前身叫《北京文艺》和《说说唱唱》。一九五〇年北京市有两种文艺刊物创刊,前后是《说说唱唱》和《北京文艺》。前者由北京市大众文艺创作研究会创办,后者由北京市文联主办。《说说唱唱》主编是李伯钊、赵树理,旗下人员有王亚平、田间、老舍、端木蕻良、辛大明、马烽、章容、康濯、凤子,以及我的乡贤苗培时等十一位。《北京文艺》主编为老舍,副主编为王亚平。

　　编委有王春、吴晓玲、石煌、汪刃锋、李微含、曹菲亚、李岳南、王慧敏、商白苇、谭谊、潘德千等十六人。汪曾祺是那时的编辑部主任,但那时称"编辑部总集稿人"。《北京文艺》创刊伊始,彭真、郭沫若、周扬、梅兰芳题词祝贺。刚创刊定位在通俗文艺一档,与中央要求有关,一九五一年中宣部制发文件,要求"省市出版的期刊,必须是通俗的;省市的文艺杂志应成为以供给工人业余文娱团体和农村剧团的应用材料与工作指导为目的的期刊"。经历了一九五一年《北京文艺》合并于《说说唱唱》之后,一九五五年四月为了适应新形势需要,合并后的两刊再度打出《北京文艺》的旗号。在老舍先生蒙难、"文化大革命"期间停刊,再复刊并转为《北京文艺》和《北京文学》以后,历任主持者和主编有谭谊、张志民、李清泉、杨沫、王蒙、林斤澜、浩然、赵金九、刘恒,一干执牛耳显赫大家。这些名头儿集中一处,全国期刊界罕见。

　　它的影响力,不唯"北京"二字,确实在于名家办刊,名作家云集。我听闻,国内哪一位作家,若不在《北京文艺》《北京文学》上发表作品,在当地打不出名堂。汪曾祺引起关注,还是因李清泉当政,刊载了《受戒》。我清楚记得,我在职期间,陈忠实反映抗旱阶级斗争动向的一篇小说,就发表在《北京文艺》上。后边的新生代作家,一个一个还用讲吗?

一本文学杂志,主编人选由北京市委组织部确定,我不知全国其他地方是否有类似情况。

饭　厅

饭厅在二道门传达室旁边,就是我前面说的那座公主绣楼。守传达室的为两位老头儿,一位胡须重的,据说为戏剧专业毕业生,出来进去我爱与他扯几句闲篇儿。

食堂大厅有二百多平方米,正墙和侧墙悬挂着国外多位音乐家的画像。我把介绍文字捋了一遍,其中多位音乐家寿数不长。

买饭站两行,甭管级别多高,按先后顺序排队。站定了位置以后,或可在洗手池冲一冲碗筷。

卖饭大师傅有四人,两人一组,两个窗口卖饭。有个女的,人喊“小刘”,三十几岁,短发圆乎脸,我喜欢看她笑开口的白牙。我爱去她的窗口买饭,她给的比别人多。

我不可忘记的是在这儿吃上了藕馅儿饺子,平生第一遭。藕多稀罕啊,乡下人谁肯做馅儿吃饺子?我把吃过藕馅儿饺子的经历,回村跟不少人讲。

洗　澡

文联、文化局有共用浴室,位置在传达室西南几步远,隔着窄道,浴室门朝南向。

使用淋浴我也是初见。

与我一同"掺沙子"的,有我一位老乡,叫张万成,是名党员,分在了诗歌组。他嗓子好,带铜音,唱电影《闪闪的红星》中的插曲《小小竹排江中游》比原唱李双江不差。

我俩结伴去洗澡,一会儿便听到蓝春荣在浴室那边唱评戏和不紧不慢的撩水声。隔着墙张万成喊:"真棒!"蓝春荣听出张万成的语声,咯咯乐,也喊:"万成大叔唱一段吧!"张万成就唱李双江那首歌。

我们仨从俩门口一块儿出来,我发现蓝春荣脚丫很白,肥嘟嘟儿美。她头上搭着毛巾。

住的地方

编辑部为我安置的住处为文化局招待所,在南池子牌楼以里,一条街的中间,往北顶到头是北大红楼及北海公园,距宋庆龄故居很近,门口两扇朱漆木门。

按记忆是个带跨院的四合院,有相当的进深。文化局安排住宿的是演艺界人士,编辑部安排的是改稿作者。

我住了一段时间,觉得孤独,虽然编辑部为我买了月票,但我也嫌远。忘了请示谁了,允许我住编辑部旁边的小平房。两侧寓友,一为浙江舟山人,岭南画派方增先的入室弟子画家方楠,一为文化局司机小赵。方画家那时弃了画笔,写起了小说,他的《浪花渡》在中央广播电台配乐无止无休播放。

平房有暖气,冬日不冷,由于在阴面,夏季也比较凉爽。被褥是公家的,一张单人床。我住这儿,跑编辑部方便,与老方、小赵也能聊到一块儿。

吃顺了口的"高台阶儿"

西长安街7号对面有一家餐馆,"文化大革命"期间改的名字叫"长征食堂",左为六部口,右为首都电影院。

老顾客喊这儿"高台阶儿",是登门有十几级台阶。主食特色是饺子和面条,菜是京味家常菜。靠西首还有鸿宾楼和庆丰包子铺,但一般人吃不起。使它驰名的,打烊也晚,周恩来总理就曾在此吃过夜宵,传为美谈。文人雅士喜于此,贩夫走卒也乐意往这儿来。买卖好,来晚了没座儿。几升凉啤酒,几个小凉菜,花钱不多,皆大欢喜。

编辑部招待外埠作家,把这里作为首选地。听浩然说过,一次下乡返城累了,他坐台阶歇过乏。

在编辑部虽为"掺沙子",郊区作者却拿我这窝头当干粮,也将我"当人看",阶级弟兄多次请我在此"打牙祭"。

有个季恩寿,是名侃爷,他喝白酒,多半斤高度数二锅头下肚,红头涨脸开吉普车跑长安街。

他小说写得很有京味儿,后来不写了,神眉鬼道、装神弄鬼,跑江湖给人当"大仙儿",自己的塌鼻梁垫了垫儿,做了加工,以后再见面,单看鼻子,认不出他了。

给赵金九当书童

1975 年夏天,编辑部派我出一趟差,随赵金九去河南新乡辉县取浩然的稿子。浩然在那里深入生活,写了反映农田基本建设的长篇特写。

我俩住县委招待所。浩然的稿子未誊清之前,有几天空闲,他带我登"啸台"和观"百泉"。啸台在山地,地势平缓,古时候一位"平生襟袍未曾开"名士于此隐居。百泉,当然泉眼多,看得很带劲。

大街上有卖油饼的,我注意看了,卖油饼不像北京支起锅现炸现卖,他是把炸得的油饼摆在当门的玻璃柜里,凉的,而且论斤。县城大街上见马车,人们的衣服又土又破。

我们在县委大礼堂观看了豫剧。河南人爱看,我也爱听那高亢优美的唱腔。

浩然在这里"发展"了一个徒弟,听说北京的大编辑驾到,与我俩见了面。我记得叫侯钰鑫,是农民。他长得壮,一只眼"萝卜花",很恐怖地鼓着,像要掉出来,流很多水儿。这个作者,后来有了名堂,成了小说家。

有个情节最不该说,一次清晨时刻金九兄提暖壶去前院打水,桌上放着摊开了的日记本,好奇心驱使看了,看了想乐。四句近体诗,写的是相思。正处婚后欢爱阶段,离家一星期,他想家了。出自老赵心窝的语句,我记着呢,但我不跟你们说!

在辉县期间,我在县城照相馆照了一张整身相,相片是人工上的颜色。一小窄条儿,我左臂搭着汗衫,穿半袖背心。这张照片我曾寄给我表叔给我介绍的对象——河北省新城县一位名叫梁素先的姑娘,后来亲事儿没成,人家把相片又退回给我了。

还有一次,赵金九带我去顺义县访石占琴和张友明两名女作者,时间在同年辉县之行以后。看稻菽翻浪,引出辉县情怀,遂诌了四个句子,前两句"洪州郭外黄沙冈,顺义郊原稻粱城",将此呈给志民先生,志民先生眯着眼睛笑我。

赶 饭 口

吃惯了嘴儿,跑顺了腿儿。

就此以前写过一篇,只写了仨,这回"一网打尽",说说我那"出息"。

大家都喊我"小董",因为路途远,钱不宽裕,不见得逢星期日回家。编辑老师见我孤独,纷纷邀我去他们家吃饭。

去的最多的是赵金九和张志民家。

老赵妻子贤惠,儿女听话,缘分又在于他也属兔,是长我一轮的哥哥。他的母亲也姓董,更靠近缘分。在他家吃饺子的回数最多。他母亲由他赡养,老太太切面手艺很棒,切的面条均匀、细细的长,端起碗来真香!后来老太太因青光眼失明,帮老赵做不成饭了。老赵待我如亲哥哥,厚道不用讲,只是我犯过错误,伤了他的心,多年不敢跟他见面、联络了。

与赵金九住的东四三条 35 号,仅隔两个胡同,东四六条 44 号,是志民先生家。不同于赵兄,赵的住处虽说为临街门房,但过去是官家王府,而志民先生住的纯粹是一个大杂院儿。

原是工厂厂房,房子高,空气流通倒是好,只是那处院子住了三五十家,环境乱。有时候志民先生会去中山公园写诗。大诗人的住处,冬季没有暖气,里外屋靠生煤火炉儿。两间居室,里边住人,外边是书柜;除了书柜,柜底下还存着斧子、锯子、瓦刀、抹子,家务事从不求人。里间卧室,一张双人床占大面积,顺着床的墙壁挂二老一帧穿军装的大幅照片,内侧门楣上挂志民先生手书:留得残荷听雨声。比较称心的是,他家屋后有一小块闲地,一间小屋供客人留宿,余地种一畦黄瓜、豆角。我在这里食宿随意,我还没起床,张老师已在空地摆好了地桌,沏好了茶。傅老师老早就熬好豆儿粥,买回油条。

周雁如老师住新华社家属楼,是羊坊店多少号我忘记了。她家是两居室,大概在三层。家人除了老两口,还有两个女儿。两个女儿的名字我知道,姐姐叫晓露,妹妹叫小雁。周老师的老伴儿叫尤路,给大女儿起名字用了"路"的谐音,二女儿则直接取了雁如老师名中的"雁"。又因二女儿生在兔年,皮肤长得白,小名就叫"小兔子"。两个女儿年龄相差7岁。老太太会看稿,会识别作者成色,是编辑家,但不会做饭,在生活上"稀了马哈",谁去,只会给买切面,煮面条。那回我去了,她下了楼,发现没带粮票,冲楼上喊:"把粮票用别针别上,扔下来!"在她家我还见到了她二哥周冠五——时任首钢党委书记、冶金部副部长。她二哥面如古铜,身板硬朗,我喝上了他带的日本黑啤酒,喝着不错。

我后来听说,有人托她的门子弄钢材,她说:"稿子我看,钢材我帮不上忙。"

都说邹士明厉害,可她待我不薄。她住文化部宿舍,从文化部宿舍后门可进入她家,距老赵家不远。她听说赵家常提供饺子,她叽里咣当也给我包饺子吃。她是刀子嘴豆腐心的人,笑起来的一双慧眼,可好看了!

我在徐潮家也吃过一顿饭,可惜没见到李希凡。

李志家我也常去吃,可吃饭之际,其夫人华大夫依然未忘教训老李的责任。

薛凌云、方顺景、蓝春荣等也曾向我发出过邀请,却因有的路远(蓝春荣住东直门),或我有了别的安排,没有去成。

东四一带,是文化人扎堆的地方,叶圣陶、王蒙都住在附近,倘若同期认识,凭我爱"赶饭口",不拿自己当外人,肯定又会多俩赶饭场合。既然六条去得,难道叶老的八条去不得吗?

可是,这是烟景了。而今,若非你名头大,哪个编辑肯请你? 即便是请,也不会引到家里,是去外场儿"撮"——请到家里吃饭,才算待客最高规格。至于一般作者,你要请吃的是编辑。

农民的孩子爱送"礼"

父母给我的家教是:借轻还重,别人给了一根豆角儿,要还人一根黄瓜。宁让家贫,别让路窄。

我平生爱交朋友,自认侠义。北京文场测算大师刘孝存考察时,让随意说四个成语,我脱口而出的第一个成语是——仗义疏财。在刚挣工资,当合同工时期,为招待朋友,八块钱一斤的酱牛肉我也敢买。

农村人,脱不下农民见识的皮,我带去编辑部的是"礼",但都不是值钱物:春天的香椿芽儿,夏天的杏儿,大秋的桃儿、枣儿,冬天的柿子。礼品最充足的,应属自家的白薯。我是从白薯锅里爬出来的,对白薯早已"苦大仇深",而送编辑,大家都觉得适宜。我爷爷特有本事,能把大秋入窖的白薯保护到来年"五一"。在老家,谁都知道我家是白薯户,因为这我岳母不同意我的婚事。我送白薯源源不断,每次一提包,足有三十斤,有一回手提包的提手都被拽坏了。我把白薯搁大家面前,不说专给谁;老师们也谦让,谁也不多拿。

这一积习,至今未改。赶在年节,我会去看望年轻的编辑老师。当今执行主编杨晓升劝我:大老远的,老董别来啦,打个电话就尽心意啦!

我说,不行,我是此门学生,临节拜谒师门,应当。

人生四大恩情:养育之恩、教育之恩、知遇之恩、救命之恩。我奉为圭臬。我认为忘了其中一种,都枉为人。而编辑部有两种恩情于我,我师出此门,虽为不肖之徒,但若不会三两下"狗刨儿",也不敢在文学江河里试水。

知恩报恩,是我心愿。

献 艺

我在编辑部"露过脸儿",露脸儿凭的是"书法"。周老师办公室座椅前一面墙上贴的就是我的手笔。我也奇怪,文联书法家那么多,恩师怎用我这生巴虎子的?

我书写的是毛主席诗词,仿毛体,但具体是《卜算子·咏梅》还是《浪淘沙·北戴河》,确实忘记了。

李学鳌进周老师办公室,问是谁写的,周老师笑答:"我们这儿的小董。"

我还记得一桩事。有篇小说题目需要配手写体,美编张钦祖老师让我写,我记得是"春风吹拂"——那笔体还真印在了刊物上!

受 教

人说：两年编辑部，胜过两年大学。我更以为，两年大学不止。

大学是学知识，但学不到人品，而我在这里是学到了怎样做人，本于什么人性。

跟着老师学手艺，我的体会是"耳濡目染"，关键是你是否是"嗑这树的虫儿"，有无"灵性"的一根筋。他不教你全套武功，不教你花拳绣腿，教的都是实战技法，犹如武术中的"散打"。

我记得，周老师总是不离口地夸我"内秀"，"老太太"的嘴角挂着笑意，但我真不知阅人无数、从战争中走来的周老师怎么得出这个结论的。

我认为这是一种疼爱。

我成长在充满爱意的集体里。

我在《北京文艺》正刊登载的那篇小说和发表于增刊的儿歌，都经了周老师、谭谊老师、郭德润老师的手修改。

《花香菜鲜》在编辑部定稿，谭谊老师帮助我添了一句"韭菜黄瓜两头鲜"，并给我讲了小说结构的"二律背反"。周老师给我讲，"想象是文学的翅膀"。

《跃进喜讯传万家》这首儿歌，刊登在一九七五年元月"庆祝四届人大胜利召开"专号上，铜版纸印刷，套红。容我把这十八句抄出来，您别笑我：张小梅，李小华，围在桌上听喇叭。喇叭里面传喜讯："四届人大召开啦！"小朋友们拍手笑，脸儿笑成一朵花。红小兵，要出发，小喇叭，手中拿。奶奶问："去干啥？"举起喇叭笑声答："我们要开庆祝会，向党说说心里话！"嘀嘀嗒，嘀嘀嗒，嘀嘀嗒嗒吹喇叭。声声和着跃进曲，跃进喜讯传万家。革命形势无限好,祖国跨上千里马。

您看,这如同"小小子儿坐门墩儿"一样格调的习作,就是我二十三岁时的水平。直到一九八四年《北京文艺》第一期"青年作者小说散文专辑",才登了我第一篇独立完成的散文,余华的小说处女作《星星》列于头条。我熬年头儿比他长,年岁比他大,水平却不如他。名字同叫华,我臊死了!

留着我爬行痕迹的那一张四开增刊套红,业余作者阵容强大,打头的为江西人万里浪,北京的有几位后来成了名家,比如署着"第一机床厂"的王恩宇,署着"木城涧煤矿"的陈建功,署着"京棉三厂"的陈满平,署着"红星公社"的姜连明等等。我署的是"房山县"。我爷爷生前见我白纸黑字的作品,就这一篇。

赵金九教导我最多,记忆最深的是他跟我讲:"文学写什么?写记忆!这是老舍在济南时讲过的。"这讲法如同今天曹文轩讲"谁也走不出童年",性质一样。试来试去,我现在写着顺手的,不还是记忆吗?

走进编辑部的作家

在《北京文艺》编辑部,我几乎认识了全部的北京老作家:阮章竞、雷加、管桦、杨沫、李方立、草明、古立高、李克、曹菲亚、葛翠琳、杲向真、萧军、端木蕻良、骆宾基……独未见过汪曾祺,今生所憾。

在这些老作家中,给我留下深刻印象的,如下:

阮章竞,面孔白净,宽脑门儿,无须。

雷加,头面有如"赤发鬼刘唐",感觉眉毛红,有些唬人。他的作品多,但不善言谈。

管桦,体大耳阔,面色红润。我的遗憾是,那时没有向他索一幅"管桦竹"。

杨沫,她的胖几乎与周老师一样。

草明,瘦小,皮肤白皙,短发,黑的成分还较大,看着严肃。

古立高,真的个子高,穿戴利索,在初中时我读过他的一部长篇小说《生活的道路》。

李克,《地道战》的另一位作者,面黑红,有坑儿,断定青年期没少长"火疙瘩"。

萧军,认识晚了几年,他戴一顶无檐带鬏鬏儿帽,至老不改孔武形象。刘绍棠喊他"出土文物",他快然于胸,甘愿接受"神童"赠予的封号。

陈模,身材修长,青年时期给彭真当秘书,著名的儿童文学作家,也是文联高级领导。

朱靖宇,一位淹贯经书老夫子,腹内学问如他坚硬的表情一样实,给《现代汉语词典》挑出 100 多处毛病,周雁如老师的挽联或可出自他的手笔。

江山、江枫,也居文联或文化局领导职位。江山胡子楂儿青、眉重,略有印象,而江枫我是一点儿也想不起来了。

萧乾,我在十渡见过,已是后话。

端木蕻良和骆宾基,二人的形象我记不准了,只记得众人喊"端木",我读过骆宾基的一本名为《山区收购站》的小说。他二位学识,为老舍先生所敬。

那李方立呢,我知道两点。他作品少,比较显著的是两部小长篇:《第一年》和《第一犁》。他的方脸形不太主要,我记住他一个桥段:有一次,他走长安街,一个小孩爬树掉下鞋,他弯腰去拾,小孩说一声"谢谢爷爷",他一听,"呱嗒"把鞋扔回旧地,扭身而去,嗔童儿把他喊老了。

李方立、杨沫、雷加、管桦、周述曾、戴其锷、曹菲亚、浩然，都在我少年时期先后在房山县接受劳动锻炼，只是那时我不知。

…………

李学鳌，我是边读他送我的诗集《乡音集》边和他忠厚人品对上号的。那首《乡音》太好了，我仍记得开篇的两段："谁说乡音不好听？发音如飞泉，喷喷出石门！谁说乡音不好听？落音如铁锤，重重击岩层！啊，家乡声家乡音，多少年啊梦中听。千只金鸟鸣银山，怎比乡音一字亲！万把丝竹歌一曲，怎比乡音语半声！"工人诗人的声韵铿锵，与张万舒的《黄山松》开笔吼出的"好！黄山松"堪属异曲同工。

刘厚明是《箭杆河边》的作者，我也遇上过，他的这部作品与李亚如等的《夺印》同样影响大。

李瑛和浩然是常客，李瑛去诗歌组，浩然拜过周老师以后找赵金九说话。浩然精气神儿足，人也随和，让我看着潇洒。李瑛呢，我读过他的《枣林村集》，但没和他说过话。

那一时期的文艺生活

这一点我能吹——在编辑部两年，我看了不少电影，不少场文艺节目。全是赠票，搁在编务组桌子上，谁想看谁去拿。

那两年，地方戏曲进京成了热潮，全国会演。不到北京，你只是地方上一头沉；进了京，才给你镀上金。

北京的影院、剧场，我全去过，反正乘车月票在手，去哪儿也不成问题。扎在胡同里的地质礼堂，我看过多场。

梆子、豫剧、黄梅戏、秦腔,我喜欢听,而山西、陕西一带的眉户戏,就听不甚清,但我喜欢那种"土味儿"风格。

我记得湖南省上演过一台《三上桃峰》,什么内容全然忘却,有评论说好,但后来又全盘否定,一时批判文章铺天盖地。

我还保存着一张电光纸的红色请柬,上面印着"为庆祝'五一'国际劳动节,定于一九七五年四月二十六日上午九时在颐和园组织游园预演""请参加指导",发柬单位是"庆祝'五一'节颐和园游园指挥部",括号内另注:每柬可带家属5人以内。票的编号是:NO0000236。

没人陪我,每次都是独来独往。

在编辑部"生病"

生病时间在一九七五年二月末。

不是真病,是精神受到打击,村里一桩婚事不顺!

我挨一场"批斗"回京,即病恹恹的,工作打不起精神,终于发烧,躺在编辑部旁的小屋里,起不来床。

周老师与赵金九、薛凌云来看望我,赵金九提了一网袋水果。周老师、薛老师未坐,赵金九坐床。

见我的衣服少,隔日赵金九送来一套很体面的,他在对外文委时穿过的西装。衣不大寸,鞋不争丝,他的衣服大,我穿不了。

随后"喜剧"发生,第二天见面他暗示,我床上有"小动物"隐藏,沾了他身,因为他坐过我的床。

周老师后期来信,批评我"不够奋发",原因在此,而当时心况怎对她讲？今日揭秘，周老师，您明白了吧？

照　相

文联、文化局图书室的东侧墙根有两棵榆叶梅，一入春就开放。我老家谈的对象来了，她名字中也有一个"梅"字。

对象寻我，表示她心志已决：非我不嫁！

贾德丰说：给你俩照相吧。

从两棵榆叶梅起步，一路照到天安门广场、中山公园，一个海鸥牌135相机，装一轴黑胶卷，拍摄三十六张，没空一张。

我的对象受反对势力摧残，消瘦太多，只两条短辫儿，保持黑漆漆模样儿，笑起来，齿间盈润有光。

我是心事重重与她照相的，而她在按动快门时，单纯笑容浮上脸庞。她的意志太坚强了，我比不上她。

有三十六张照片为证，她托付终身。我呢，卸了心事，家里家外也别说我"勾引"了。

来编辑部"掺沙子"的哥们儿

在我之前或在我之后，数年时间编辑部接纳了多个业余作者。

仅我知道的，前期有王恩桥、赵日升、孙玉枝，同期的有陈松叶、杨俊青、张英、张万成，后期的有许谋清。房山作者前后人多，占了五名。

　　张英，比我大十岁，他的创作体裁是小说，是个工人，住西四一带一个不大的杂院儿，住南房。我和傅用霖在他家喝过酒。后来我们断了联系，听说他不写了，迷上了钓鱼。

　　陈松叶，武汉人，原属一家建筑企业，其青壮之时意气高蹈，不屑池中物，嗜烟酒，杯起杯落呈慷慨激昂之状，被顾城等小哥们儿尊为"酋长"，《雪花赋》和《梦九泉》是其代表作，交际上另有一套。

　　杨俊青，国防工厂的宣传干部，老家山西，人老实，"蔫儿聊"。他很顾念穷亲戚，他的一间屋住所是老家人的"中转站"。他能喝酒，一瓶老白干下肚，一夜能写出百行诗来。他成了名，笔名"晓晴"。

　　许谋清，故地福建晋江，穷小子出身，北京大学毕业来房山工作，原攻油画，后痴迷文学，结婚晚，却生了一对双胞胎。"海土系列"使他在文坛成名，再往后，奔当官儿去了，曾任晋江市市长助理。

　　赵日升，完成了"掺沙子"，辗转走向《诗刊》和中国青年出版社，后任《青年文学》副主编、《小说》主编。

　　10多年前，何镇邦为我两卷报告文学集《乡里乡亲》写序，各述身世，他说也"掺过沙子"。

　　编辑部是圣殿啊，蓬生麻中，不扶自直，别说个人，就是一根草也能修炼成精。

　　以上各位，为期大多半年，我时间长，待了两年多。

　　编辑部要与每人的原单位签合同，城市中的好办，我这儿就要专程跑一趟，见大队干部说好话，把那章盖了，半年半年地续，一趟一趟地跑。我有二十多元补贴，不交村里，但村里也不给我记工分。编辑部谁去为我续的合同，我不知道。

改稿子的人

短篇小说是主打。作品有基础，把作者请到编辑部改稿，是编辑业务的一个主项。

稿子经编辑传阅，然后讨论，跟作者当面提出修改意见。一篇稿子凝聚着集体的智慧。

在小说组，我先后见到改稿的三个人，李陀、孟广臣和傅用霖。李陀是后来的笔名，在北京重型机械厂时的真名叫孟克勤。"文化大革命"前他写小评论，《北京文艺》发表过很多他的评论作品。此人络腮胡，头发打卷儿，思维活跃，爱"抬杠"，斤澜先生就说过他"爱用斯基什么的唬人"，与周老师争论"重大题材"，他说，试验原子弹是大事，不能天天写原子弹，噎得"老太太"够呛。他的小说处女作《重担》，一遍遍改，黑夜白日地改了九遍，脸都改青了，最终在周老师和小说组同志不厌其烦的帮助下通过了，发表了，我看着都心疼。后来，他的短篇小说《愿你听到这支歌》于全国首届评选中获奖，与刘心武的《班主任》同在一榜。再后，与身为导演的夫人张暖忻合写了电影剧本《沙鸥》，讲述中国女排故事的影片又获奖。李陀的笔名在刊物重新出现，官至《北京文学》副主编。

孟广臣，讲鬼故事讲得妙，老早就是北京文联理事。他家住延庆，那地儿冷，我们这儿穿单褂儿进麦秋了，他还捂着棉裤棉袄。他年岁比那二位大十几岁，给他安排的住处就是文联食堂上边的二楼。他跟我讲：你站楼下一喊老孟，我就听见了。

傅用霖，性情不枉满族后裔，穷得开心。他原是北京化工机械厂宣传干部，以反映化工战线小说为主。在当时，他的名气不逊天津写机电行业的蒋子龙。穷，还硬撑着，我亲眼见"老太太"塞给他粮票。

在评论组，常与编辑切磋的，有钱光培和钱世明。

编辑对业余作者，业余作者跟编辑，都是一个心肠。

当　贼

有道：家贼难防。

有道：做贼十年，不当自招。

编辑部和文联图书室是什么地盘儿？孔夫子搬家，书多！

全国各地给编辑部寄赠刊物，每天摞一摞，老师们不看，我看着新鲜。其中有一种经常寄来的封成筒的资料，大概是中国新闻社的"国内外动态"，见总不拆封，我就打开瞧。大学中常往来的有三所：山东大学、武汉大学、南京大学，山东大学寄赠《文史哲》，武汉大学寄赠《武汉大学学报》，南京大学寄来过《浩然研究资料》。有的我觉得有用，带回家去，送给我们公社书记和村干部。朝鲜大使馆寄来一本精装大画册，反映历时十五年的抗日武装斗争，全面展示金日成革命生涯，书的导语有这样的话："民族太阳、传奇式英雄、卓越的爱国者、百战百胜的钢铁元帅、我们党和人民的伟大领袖金日成"，书名为《永放光芒的革命传统》，我看着喜欢，"顺"回了家。

俗话说，"兔子不吃窝边草"，从编辑部试起，延伸开来。

编辑部北侧穿过一段走廊，是文联图书室，管理员一男一女，两人都姓李。女的我记得叫李玉坤，耳朵不太灵。男的叫李文贤，说话有点儿齉鼻儿。工作时，两人都穿蓝大褂，都很和善。图书室里的图书多年缺乏整理,书刊散落一地,没脚面。我从中翻找,就找到了"文化大革命"前的《北京文艺》《解放军文艺》,按期数找,差不多凑齐了老版本的《北京文艺》。我一回掖两本,一回一回鼓捣,有一本佛学刊物我也没放弃,也"顺"走了。

最不能说的是,一本民国期间的初版读物,也被我拿走了。但书名我不告诉你们,怕你们追回。

我说雁如老师像妈妈

我在编辑部有人缘儿,大概因了四名属兔的起了主导作用。周雁如、张钦祖、赵金九、蓝春荣都属兔。赵与蓝同庚,周、张二老长他俩一轮,长我两轮。重要的是,我爹妈也属兔,天然根襻儿,周老师跟我爹妈是一辈儿。

老太太待我太好。老太太一辈子太累。

我母亲不识字,年上九十仍然健朗,而像妈妈的周老师,六十二岁时就离去了。

我的"没出息"还得要揭。平日见编辑部人都称她为"老周",我虽没明着叫,但背后同他们一个叫法,给她写信也称"老周",而今真真感愧与并。

称官场人物,年龄比我低的,表示尊敬,我称"老×""老×",可人家充耳不闻,甚至于场合上不与我同桌,或拂袖而去。

这称呼是我从编辑部学来的,怎么那么招人不待见?是我中了"毒",害我不浅!现在我学乖了,遇官称官职,逢人叫老师。

老太太的书桌上,稿子堆得最多,天天看,天天看不败,夙夜皆悃,身心交瘁。孙迅韬老人追忆老战友,在《人们不会忘记她》一文中讲述了周老师的工作常态:"三十余年,从小说组长到编辑部主任,从未离开过小说散文的行当。访作者,组稿子,看稿子,退稿子,选稿子,讨论稿子,发稿子,上班桌上堆的是稿子,下班书包里装的也还是稿子。稿子,稿子,稿子,稿子,三十多年的日日夜夜,谁能够统计她精心阅读过多少亿万字千姿百态、五花八门的中国字!谁能够记清她踏过多少位著名的和不著名的作家们的门槛!谁能够记得清她举办过多少次创作或改稿的学习班,给多少工农作者出过多少次'点子'!谁能够查清三十年来发表在《北京文艺》(《北京文学》)上,尽收眼底,写着别人姓名的作品里都包含着她的多少智慧和辛劳!"

迅公在倾情描述雁如老师雪写星抄、殆无虚日的工作精神后,于上文又记叙一件事:一九五八年年初,刊物需要一篇反映十三陵水库的文章,任务落实给他,周老师完全可以任其自往,可她伴随去了。在除夕这天,她参与采访,在水库工地与不停歇的人们彻夜长谈。当时她家中撂着年仅三岁的女儿……

与此事互证,我提供一件。我家在坨里村,自打出了作家苗培时,文脉不断,出现几位爱好文学的农民。我当时上中学,也爱与他们糗。我的乡亲一篇小说投了出去,周老师看了认为"有基础",就专程到村里来了。那时交通环境很差,破汽车,土路,颠簸一百多里,一双解放军黄胶鞋,一身布衣裳,住马车店。当年马车店啥条件?我跟你介绍:院落宽大,面积大约六亩,大栅栏敞院,靠北一趟石板房,除了守门口看店的和车把式住的大通炕房,窗户和门齐全,其余全为通风透光、一根窗棂没有的牲口棚。靠南侧停放马车,有一口辘轳井,人马共用,打上来的水,漂着牲口料。人提水走了,车把式就近在大石槽饮牲口。一地尿臊,一地骡马粪,入棚骡马不时嘶鸣。院场外是钉马掌的和一盘打造农具的红炉,二道门里七八个单间提供给"体面人"住宿。体面场儿如何？容我讲：小窄炕，破炕席，那被子、枕头呀，原为蓝布，却看不出布样儿，油渍麻花地锃亮，全藏着虱子。为了一篇小说，周老师在这儿住了两夜。那篇小说在《北京文艺》发表了，作者声誉保持了好几十年。我知道周老师名号由此发源，敬她，始于少年。

被周老师培养成气候的作家太多了，浩然只是其中一位。浩然第一篇小说《喜鹊登枝》出自周老师编辑之手。在她主持小说工作三十余年里，经她编发的许多小说在全国获奖，她发现和扶植了很多有才华的青年。那时期在京的青年作家哪个对她不敬？理由、李惠薪、陈建功、陈祖芬、郑万隆、陈大彬、陈昌本、胡天亮、胡天培、傅用霖、母国政、刘国春、孟广臣、刘锦云、韩霭丽、尹俊青、马徐然、肖复兴、王梓夫、刘颖南、周祥、李功达、李子玉、倪勤、刘连书、韩静霆、张辛欣、刘索拉、刘恒……一一在她的护翼下走向成功。她喜欢这些青年作家，孟克勤（李陀）虽然犯"拧"，但周老师的神情透出了对他的包容。

老太太患有高血压，高压长年 200 以上。医生检查出来，不放她走，可到底她还是跑了。医生追到办公室，说："可不行！你这样会发生危险！"

她说："不碍的！我这样惯了，低了还不舒服哩！"

除了高血压，她更年期也有症候，她单说给薛凌云时我听了一言半语，但没见她歇过工。

我就想象不出，一个疾病缠身的老太太，意志力咋这么坚强？上下班挤公共汽车，车上没座位，她的胖身子是怎么挤上去，又怎么挺过十几站的呢？

从文联图书室"顺"回的早期的《北京文艺》，我发现了她的多篇散文作品。有一篇《在白云石车间》写的是首钢的事，那笔触，真叫妥帖、细腻。老太太喜欢作品的"生活味儿"，她的作品这一特点明显。她也是苦心钻研过小说的,她的创作含小说和剧本。她的遗著《吕堤事件》被我朋友看到,吉林省作协副主席、小说家朱日亮刚看一眼就赞佩不已!

老太太晚年太不顺了,老伴儿半身不遂,大女儿晓露因没在恢复高考的第一年考上大学,患了精神分裂症,家人多让她操心哪!我就生气,那么一摊子事,怎么还去上班干事业?

老太太疼爱女儿的心,跟我讲了。晓露病情稳定后,周老师给我写了一封信,嘱我给晓露介绍个对象,说不求相貌,人品好就行。捧读这封信刹那间,我落泪了!老人家是从不开口求人的人,生前好友那么多,有那么广泛的人缘儿,她不去跟别人说,独独把心腹事说给了我这晚生后辈,这是对我何等的信任!

接信后,我用心查找,终于访到县机械厂一名青年职工。个子高,不俊,有不少"青春痘",但我判断出他本分、老实,他的父亲还是解放军团职干部。我反馈给老师,老人家高兴。待我把这个青年领去羊坊店,晓露拒不见面。老人家笑容收敛,再不为此事给我来信了。

再一封信,不是周老师写的,是北京市文联的来信,用的白信封,下边一行黑体字是"周雁如治丧领导小组"。那时我还在十渡文化站工作,早晨披着雪花从拒马河边遛弯回来,还沉浸在雪天愉悦的心情中,进了文化站,邮政所(与文化站一墙之隔)送来这封信,一时还不很明白,但很快就蒙了,头发根儿发紧,泪水哗哗流了下来。往日周老师音容,一一浮现……多年以来,当天空飘雪,大地一片洁白时候,我就常常想起周老师。

一九九〇年二月周老师的追悼会,我去了。人很多。像这般真心实意悲痛的样儿,我在北京仅见过两回:一为周老师,二为志民先生。哀悼行列中我见到了贺敬之、李准、王蒙、翟泰丰、邓友梅、林斤澜、浩然、绍棠、李学鳌、韩少华、张洁、谌容、曹世钦、刘厚明等一干师长。有一副挽联情深意重,极讲学问,有"淑界"二字。追悼会上关于周老师的文字材料,我存了一份,包括挽联内容,存了几十年,但在写这段文字时,翻了几遍柜子,竟一时找不到了。待找到时,我把这原始痕迹补上……

人世几回伤往事,山形依旧枕寒流。周老师,我的泪流干了,再也流不出泪来了。妈在家在,妈不在挂念在,我这一跨过花甲的不肖徒儿给您老跪拜行礼了。

回　家

千里搭长棚,没有不散的宴席。

我要回家了。志民先生请我到他家吃一顿饭,解释不得收留的原因:农村户口,编辑部转不了正。在编辑部两年增长不少见识,回到房山县或许有个前程。

见我郁郁不乐,傅老师劝解:搞写作,还是在基层,离生活近。

我没的可说,点头诺诺。

回家日期,准确时间是一九七五年十月六日,我的一点日记可与周雁如老师所赠纪念品标注互证:她送我一支钢笔和一个解放军文艺社采访本。采访本,豆青色塑料皮,活页芯,扉页毛主席语录后边,竖行写了:"董华同志留念周雁如七五·十·五。"

除了各位老师赠物,我的书包又多两本书——《红楼梦》脂评影印本和香港版大字本《金瓶梅》,这可不是"顺"的,是发给编辑部书票,我正大光明买的。文艺界好像有些解禁了。

上午编辑部开欢送会,中午我回到家了。

风流云散

《北京文艺》改称《北京文学》之后,经历了几次迁址,我知道的就有如下:由老编辑部迁到铁二中;由铁二中迁到中山公园;由中山公园迁北京作家公寓半地下室;由半地下室迁至旁边以前门西大街97号为追寻目标的新文联大楼;由文联主楼挪到西配楼。

一个国内外知名,属于文学期刊甲级队,被无数作者尊为圣殿的刊物,竟如此多年不得安身。

"铁打的营盘流水的兵",地址发生变化,编辑人员也历年有变:志民先生被调去《诗刊》当主编;张钦祖去了市委机关杂志《支部生活》;方顺景去了市委理论刊物《前线》,任副主编;姚欣去了文化部,任艺术局副局长;蓝春荣去了《东方少年》,担任领导一职;高进贤看好《中国教育报》,满意而当那里的文艺部主任;赵金九几进几出,创办了《东方少年》,后任作协秘书长、作协分党组书记、文联党组副书记,再回《北京文学》任主编;邹士明去给林默涵当秘书;薛凌云去了市委机关;沈美贵去了丽都假日饭店,当工会主席;徐潮也被调走了;李志因为评职称不顺心,另谋高就;贾德丰去了文化局,后来官至保卫处处长;李玉奎去了中青旅,任驻京经理;郭德润多年下落不明……

除了郭德润,在《北京文艺》有过从业经历的人,个个在外开枝散叶,彰显了人才品牌,将编辑部的好传统、好作风传扬出去。

扬帆还有接力人

　　写过了对于雁如老师的哀思，写过了编辑部早先成员的风流云散，我心戚戚，我心哀伤，真不知该如何运笔记述过往了。

　　泪中思，梦中念，我那映映真真的文学殿堂。

　　由心理郁闷转为欢畅的是，我看到了《北京文学》精神传统的薪火相传，又涌现出一拨撑起声誉的骨干。

　　章德宁是数得上的中流砥柱式人物。她在毛主席逝世那一年入职，我在她来之前走了，没碰上。但在多年接触中，我感觉她是在继承传统，尤其像周雁如老师那样做人和工作作风上，是表现最完美的一个。周老师的贤良她有，周老师的聪慧她也有，她简直就是周老师形与神的复活。

　　她勤学苦练，把自己锻造成了新一代编辑家。在这所殿堂里，她由一名普普通通的小编辑，逐渐担当要职：小说组副组长、组长，编辑部副主任、副主编，杂志社社长兼执行副主编，层次一个未落。编辑部经费困难时期有她在，她所受的苦和压力不比别人少，她挺了过来；编辑部再创辉煌，脱离不开她的一份力量。

　　《北京文艺》(《北京文学》)大旗不倒，她的功劳不可掩盖，或说"中兴之臣"也不为过。

　　周老师之后，称她为编辑家当之无愧。她任责任编辑，经她的手编发的稿件有数十篇获高规格奖项，如方之的《内奸》、母国政的《我们家的炊事员》、林斤澜的《头像》、陶正的《逍遥之乐》、李杭育的《沙灶遗风》、邹志安的《支书下台唱大戏》，获得全国优秀短篇小说奖；董保存的《毛泽东和蒙哥马利》、李鸣生的《中国863》，获得鲁迅文学奖中的"报告文学奖"。

　　《北京文学》后起人的"学术当量"世人震惊，引全国无数作家视此地为神圣,当创刊五十五周年之际,许多重要作家表达真挚感念。

余华在题词中说:我怀念去世十多年的周雁如,她的音容笑貌仍然历历在目。我感谢陈世崇、傅用霖、王洁、付锋,他们先后调离了《北京文学》,他们二十二年前就培养帮助我了,还有林斤澜和李陀,后来也是各奔东西。只有章德宁坚守在《北京文学》,章德宁是我和《北京文学》友情的见证人。

陈忠实感言:温馨记忆,铸成永久。感动于新时期伊始最早约稿的《北京文学》。

刘震云感言:五十五年来,一直对中国人想象力有帮助的杂志。

陈世旭感言:北京是文化首善之区,《北京文学》堪当大任。

周大新感言:将无名者推上文坛,为小人物送去慰藉。

贾平凹感言:《北京文学》越办越好了,刊物气象很大,编辑眼光独到,这些年推出了那么多优秀作品和文学新人,令人敬服和信赖。

…………

《北京文学》创刊至今已经七十年,她的荣耀不断刷新,就在于她的精神血脉中有生动鲜活的血在流淌。这是在敬业基点上,接续老一代风范,继而一洗乾坤,章德宁们所燃起的风格,所升腾的努力。

可是,想一想啊,章德宁由做姑娘时进入编辑部,直至退休,在一处工作长达三十年,这在文学期刊界极其罕见。她的前边有老恩师周雁如,老恩师后边就是她了。偏偏就是在生命的宝贵时期,把青春和才华交给文学事业。这般刻苦执着,当下可知还有几人?

我经历了两代德能出众的女编辑家,老一辈扶我上路,新一辈章德宁对我后期写作多有指导,既感旧慈,又沐新恩,曾吃种田饭、今使卖文钱的我,理所应当再向章德宁致敬!

四十年情缘割不断

春风风人，春雨雨人，甘苦与共，水乳交融，恋母一般的情愫，我徘徊不去。编辑部搞活动，常逢礼品相赠，一把普通雨伞，我使用了二十余年，破了旧了不忍弃。出门在外，我没挎过皮书包，用的是编辑部赠的布袋。这些物品价值都不高，但上边都印着红艳艳的"北京文学"标志，有师长们的气息在，我自认比金子宝贵。一个在青年时期打下过烙印的人，怎能忘记原初的记号呢？

相忆，思念，一霎一霎心头紧。

想当年，毛头小子入京城，这不会，那不懂，一颗问贤的好奇心驱使，编辑师父手把手地教我，怹们个个和颜含笑，视我若足边亲昵小童。青壮师者意态或俊迈，或娴柔，神情举止自带光芒，"态情的真至亲切"（傅斯年语）感不可言。一登君子堂，顿觉心寥廓，亲炙顶级传授，唯我编辑部。在内，知了什么为缀网劳蛛式劳作，什么是外行吃肉、内行吃粥的艺理。

至今我仍食旧德，一副龙性岂能驯架骨之下，本着"咱是蚂蚱打食紧张嘴儿，住了辘轳便干畦"，境遇上（包括育儿和家庭料理）虽则事事堪惭，但于感愧与并盘桓中，仍不负初心，持"小车不倒只管推"、不疯魔不成佛心志。因为，我是《北京文学》受业弟子，我不能辱没师门。

我不会忘记，恢复高考那一年，编辑部伸出援助之手，高进贤把箱底存货油印的武汉大学历史讲义授受于我；姚欣骑一辆摩托车，冒寒风带着我驶过长安街，去北京大学打探情况……

我不会忘记，傅用霖有一次终审时对我作品的批语：文理不通，切告作者文从字顺（我偷看了）。当时我以为他变成了朱元璋，对"哥们儿"严格，转而思忖他正确。历数期刊，《北京文学》发表我作品最多……

我不能忘记，三峡大坝合龙之前，编辑部组织参观，名额有限，硬把我"加塞"进去。返京于夜间，付锋把家里的一张床腾给了我……

我不能忘记，浩然凭借《苍生》重磅复出文坛，在北京市委机关召开研讨会，出席者皆为高端人物：吴象、宋汛、田耕、曹世钦、刘绍棠、孙自凯、何镇邦、曾镇南、康式昭、谢永旺、顾骧、刘锡庆、蔡葵、方顺景，而基层特邀作者仅我一名，编辑部把这个机会拨给了我。

我不能忘记，志民先生在我结婚二十周年，手书诗联相赠。他偕夫人傅雅雯和诗人峭岩来我家走访，张老作得一首《董华家做客》，不但赠我手书，还收入他《死不着的后代们》诗集中。

我离开编辑部十年，编辑部一直寄赠月刊，保留我的户头……

新一任社长、执行主编杨晓升，他作为一个广东人竟持北地侠士之心，认我的"老资格"，发我作品，把我拙作向其他"地盘"推介……

往事历历，心头暖。

编辑部有困难，我当然出头。只有对朋友才肯说出的心腹话，说给了我。傅用霖当政，是最困难阶段，经费严重不足，老傅想出了成立理事会，吸引企业界人士加盟、支援资金的办法。为了化缘，老傅率付锋、吴双明不停地奔跑。一次，我带路去二百里外深山区，雪路冰辙，车轮打滑，我们仨差点儿落入山涧，见了阎王……

老傅好面子，编辑部好面子，每年理事会宴请一顿，地点选人民大会堂或老舍茶馆。群人饕餮，大快朵颐，还送礼，就听老傅感叹："瞧，又吃了一个理事！"一语让我心酸。

我另个险情，行迹被主管上级注意，说为外边拉钱，要审查我，吓得我够呛……

　　我回到房山，日久经年，编辑部不断支持我的工作，甚至借助他人力量帮助我开创局面。

　　县文化馆文艺小报改为了《青峰》，张志民先生亲笔挥毫，题写了刊名，字体人人叫好。

　　有钱难买亡人笔，弥足珍贵。

　　区委机关创办《房山报》，绍棠已然半身不遂，闻讯让人把他连带轮椅拉到房山。他热情洋溢地宣讲，还用他惯用的蘸水笔"戳"出了与蚕蛹肥大相当的八句话："虽是地方小报，也要消息灵通。报道县内新闻，传播天下大事。内容丰富多彩，办出乡土特色。发行进村入户，努力深得人心。"这就是"运河人家""蒲柳人家"的全然风格。另外，他讲副刊"不要成为报纸小妾"，引人发笑。志民先生的书法又好，任务交给了双重，既期一逞豪素，给副刊"百花山"题字，又期舒展文笔，他的题句是："报纸的上帝是读者，一要爱看，二要耐看。"果然是诗人的睿智，言简意赅。为副刊题写刊名的还有老舍先生的长公子舒乙和著名书法家苏适。舒乙附了一封短信："寄上'百花山'小条，不好意思，随便处理吧。石经山云居寺太有意思了，很欣赏，很难忘。房山好地方，以后还要去。"靠编辑部帮助联络，在京十几家报刊写来贺信。

　　我早年在十渡文化站工作时期，组织了一个有三个山区乡联合的文学社，名"绿谷文苑"。甫一创立，我请编辑部助威，志民先生伉俪、浩然、赵金九全来了，一一接受弹丸之地文学顾问的聘任。出了成果，志民先生题写了诗句，浩然率先写评论，名噪一时。

　　因为我能力有限，地方巨头做宣传看中名家，编辑部也帮我找人手，毕淑敏的《昆仑殇》打响以后，就约请她代我写出让人佩服的文章。石花洞操持高档次的读本,编辑部领来一群文坛勇将。

我给《房山报》策划"北京作家写房山"活动,那作家阵容于一地世所罕见:宋汎、林斤澜、赵大年、中杰英、刘国春、柯兴、夏红、曹菲亚……老壮名家云集,内里有北京市文联党组书记、北京作协两名副主席、两名主编。斤澜先生为韩村河韩建集团写《微笑》,为石花洞写《石花洞童话》,为十渡旅游风景区写《轻重小驴车》,都是千金难买的佳作,给房山留下一大笔珍贵文学遗产。

我在老家承包了一处果园和一座荒山,请几位老作家指导规划,一个归我发工资的乡亲吹捧我说:"董华你真有本事,宋丹丹老爸都进了你的果园。"对那座荒山,我意图是建文人公墓,进公墓的条件,前提是一个文化人,而不是大款和大官。意愿挺好,也能为地方招来名气,但民政局不批。

弹指一挥间,而今四十多年。

从我初入编辑部,诸位老师亲切喊"小董",归房山"老董"沿袭,至今日很不幸被谑称"董老",时光真快,如一闷棍加身。"樱桃豌豆分儿女,草草春风又一年"(白朴),我感觉时光流逝像人民币贬值一样迅速。

倾盖如故,白头如新,我救赎青年时期清狂和狂悖的罪愆,我纠正以前不在言语上积极表现感恩,珍惜与编辑部四十余年友谊。今日,编辑部只剩干编辑工作的张颐雯和发行组刘小军半拉老人儿,但我知道该如何表达我的敬意了。

杨晓升率领编辑部全体成员,实践"三贴近",扎进了我家乡的深山。发言中我讲了"小孩喊娘,说来话长",便不忍再讲下去,向青年编辑们鞠了躬——而这,雁如老妈妈在世时,未受过一个礼。

我出身农民,无大本事,不能像其他人那样给《北京文学》壮门面,但我把命交给了我的师门。

"恩欲报，怨欲忘；报怨短，报恩长"，此乃《弟子规》名言。我说过我是一个"田七郎"，是一只义犬（只是柴狗，不是藏獒或京巴），谁说我们编辑部不好，我跟谁拼！

清代人淡墨探花王文治曾道：人间岁月闲难得，天下知交老更亲。老人儿走得差不多了，当年青壮亦为踵事增华，垂垂老矣。曾念"酒旗风暖少年狂"的男同胞，而今白头搔更短；当初明眸皓齿的女编辑，此时也变为了"除却红衣学淡妆"。前日刘恒电话，亦发如此感慨！

多年以前，我想写一篇《白雪一样的思念》纪念周老师，没有写成。可是，我头顶着苍茫岁月的阴云和恩师们巨大的慈影太沉重，日益压身。就历史责任，心中也时时传来呼唤。现在写上述文字，真是心怀百感呀！刘恒在《老编辑文丛》序言中有一段话："我斗胆呼唤读者来亲近这套不起眼儿的书籍，却并非出自私利与私情，而是希望有更多的人来领略一种淡淡的仁慈、拙朴、坚韧和梦想，并从中吸收有益的养料。那些深爱文学的人，必定会在前行者的足迹中领悟到职业的真谛乃至人生的真谛，并像我一样受益终生。"还说，"对此书而言，我只配拜读，不配来作序。三言两语难述此心，唯有拳拳诚意借片纸一表，算是向我的领路人叩头施礼，也算是向我的同路人拱手道安了。不尽之语，来日携书品茶悠谈。读者则自便，无须我来愚语了……再拜、三拜。"语态谦恭之至。谦逊，来源于心胸正大，来源于萦绕于魂的敬敏。

既然刘恒先生都表示了"不配"，我给老编辑们写文又算个啥？

我只是一个"田七郎"啊，只有一支笨笔，追述先师恩德。想来那时期全国文艺刊物都有"掺沙子"的情形存在，但至今无人写。我的觉悟告诉我，这是一个缺憾。我笔下的这篇文，本应由中规中矩的大德来写，我僭越了,我丁点儿功夫只不过"泥马渡康王"而已。离地三尺有神灵,沐浴焚香,我献上心香一炷。

落其实者思其树,饮其流者怀其源。我家是山西省汾阳县移民,至我九代,前两百多年没出过读书人,我却受栽培成一个能写书的人,一个为汾阳传芳的人。而今可以告慰周雁如等先师的,是我懂得"奋发"了,从五十岁那年起,自制座右铭,曰:不可一日虚度。在上边没人,下边也没人(以前下边有人)的光景中,我作困兽犹斗,因颈椎病脖子每天挂"套缨子"(暖水袋)也不肯放笔。我出版了几本书,有的还被列为北京市重点图书选题项目;我得了奖,从马烽和浩然手上接过获奖证书,得了冰心散文奖、孙犁散文奖、琦君散文奖和北京市政府奖。我的作品十余次登上中国散文排行榜,我也成了中国作协万名会员之一。所学为当地服务,家乡人民在南水北调工程中研制成功超大型输水管,我为他们及时创作一篇八万字的作品;北京遭遇"7·21"大洪水,我挺身一线,用笔助威呐喊。两部长篇报告文学,我拒收高额奖金。心正则笔正,我得意乡亲夸我作品是"正经粮食"。拿编辑部的"火",给地方文学爱好者照亮,培养了两茬作者,被培养的作者有的成就超过了我,我像周老师对待我那样感到由衷的高兴。

就"掺沙子"一事,我谈一点儿个人的浅薄感想。它是历史产物,对此形式,我不持否定意见。伤痕文学也刮过一阵风,但在下乡知识青年这一点,经过反思,人们有了新解,如今国家的中流砥柱,正是那一茬人。

现在,人的观念变化太多,谁都有发言资格,但断了历史,断了历史认知,什么问题能谈得透彻?工农兵入编辑部,不见得给刊物带来什么好处,但确确实实培养和锻炼了一批人,业余作者一步登天,接受了真传。当下普遍编辑作风大不如前,以前手写稿时编辑一句一句看,现在变为了网送、电子邮件,往往石沉大海不说,更不会一字一句给作者指点。上了报刊的作品,也常常错别字还是错别字,错误标点还是错误标点。编辑的辛勤和耐心淡了。令人堪忧的在于基层,以前的文化馆,文艺创作是主项,现在文学内刊、文学创作组取消了,一县上百人的作者各干各的了。从上到下的娱乐栏目,把国人精神闹拧巴了,谁去谈、谁去说? 当今演员最趁钱儿,颜值高的演员,一晃身子,一部电视剧的片酬超过诺贝尔奖、国家大奖的奖金许多倍! 怎不令人慨叹?

　　冰心老人晚年就改革开放初期所奉行的"无工不富、无商不活"、经济上一边倒,提出质询:无士将如何? 陈寅恪当然从史家角度发表言论,他说,"哪个民族把士给打倒了,这个民族就流氓化、卑鄙化了","纵览史乘,凡士大夫阶级之转移升降,往往与道德标准及社会风习之变迁有关。当其新旧蜕嬗之间际,常呈一纷纭综错之情态。"

　　黄钟大吕,我们今日谁信呢?

　　水流元在海,月落不离天。"假话全不说,真话不全说","以无生之觉悟为有生之事业,以悲观之心情过乐观之生活",季羡林和顾随二位前贤言之谆谆,我的"雕虫蒙记忆,烹鲤问缠绵"至此为止,无待词费了。

写两笔刘恒

对于我们的"刘主席"，我心里有个掂量，我写与不写，既不会使他"缺斤少两"，也不会给他"添秤"。他是他，我是我，我知道自己几斤几两。

习惯到如今，我不爱傍大官，不爱傍大款，也不爱傍名人，怕别人说出啥。有的人，我心里边敬着，当成父母，当成亲友，也不爱表露出来。指名道姓，专给一位名人写文，刘恒先生是第一个。我自己年岁不小啦，写几句感恩的话，留个纪念吧。

我与刘恒先生认识久，有他自己承认三十几年为凭。老根儿在《北京文学》。

论起来，涉足《北京文学》，他资历比我浅。刘恒是一九七八年去的编辑部，先借用，时间不长就转为正式编辑。他去以后，我到北京拜访恩师们，我们见过面。他二十岁刚出头，上衣穿什么记不清，记准了他下身着装：藏蓝色肥大的空军地勤裤子，黄胶鞋。头发什么样，忘记了，但肯定不同于刘震云的发型，头发虽然不"囊"，也不会像现今一片渺茫。他跟每个人都恭恭谨谨，语声绵软。我就想象不出来，这一老实人肚子里咋憋这么多"嘎"、这么多"坏"：把"张大民"坏水儿吐了这么多。这当然是以后一点认识了。

据熟知他的文友揭露，他这些段子来自生活，当年下乡睡马车店，半夜三更捉虱子，那种地方是其口资笑禾、风趣横生的策源地。

他的小说我爱读，刚出山的几篇，我就读出了"质感"，读出了不一样，语言似钢丝有弹性，拨棱儿拨棱儿的发金属音，与他人显然不同。

大概三十来年前,他来过我老家坨里村,提前没打招呼,一百多里乘公交车来了。我住处狭小,作居室的一间瘦屋,半为卧室,半供爬格子,外间只放了一个三屉桌、一张单人床和一把折叠椅。这把椅子,我坐他甭坐,他坐单人床床沿儿。可能连茶都没沏,我俩干聊。他发现写字桌上摞着两篇稿子,对《移位诘花》和《天问屑语》题目,他夸"好"。从那以后,我们少了联络,仅见的几回,一回在人民大会堂编辑部搞活动,另两次分别是张志民先生和傅雅雯阿姨追悼会上,他送葬去了门头沟,由于路程远我没去。在大会堂那次,他分赠的《贫嘴张大民的幸福生活》单行本,我没得着。

轮到前几年,我攒本书了,档次上我清醒,未看得过低,货色属于"能者不为,不能者不可为"(陈垣语)之列,结了集子的散文《草木知己》求谁写序呢,很犯难。倘若张志民、刘绍棠、浩然几位先生在世,料想您们都不会推却。现今之人,谁最好?我想到了刘恒。可是,我胆"虚":人家那么大名气了,地位又高,还认不认同道"草根"?我跟章德宁商量,德宁老师一句"没事",我壮了胆。隔日,我结结巴巴跟刘主席交代意图,电话里就听出语声乐,跟我约了见面时间。

混老了,现今文场规矩别人也传授一点儿,求人写序,应备"润笔"。我从老伴儿手里领出银两,装个信封,再捎上几斤核桃、一包儿花椒,颠颠儿奔往牛街上刘府。

登门紧张,一怕钱不接,二怕礼不收——不收钱礼这事怎么办成啊?刘恒乐我,钱是不能收的,花椒、核桃给留下——"待大功告成,用那钱儿喊朋友喝酒吧!"我的心踏实了,观察书屋,见茶几上放着几本山西省老县志。他送我两本新书,签了名,还摁上他的娟秀的名章。既定目标达到,我心满意足欲走,他说不行,咱去吃饭。临下楼他又送我几样东西:洋酒和他家乡的土特产——他送的比我给的多！"贼不走空"，我很为老家人的一句江湖话自豪。

请饭的地点在北京老招牌"东兴楼"。他知道我饮酒，也知道我馋，点的下酒菜正合我意，其中一道"九转大肠"，我是第一次吃到。

以酒遮羞，再跟他说话就随便了，平素颜色显了出来。我去结账，他横住了我身，他去了收银台。我把这份惭愧说给共同好友傅用霖，老傅"嘿嘿"坏笑，道："他就那样儿。"

我那本书已过两校，"序"还没有来。我心里急，但不能催。我打过一次电话，就想让他践约到我家看一看，看是否比昔日寒酸强一点儿。

我的儿子和女儿也盼与主席照一张相。他明白我未说的那层含义，在电话里安慰我不要急，同时建议就书稿内容以"老树"作品或儿童画插图为宜。我把意见转给责编德宁老师，第三校上果然用了"老树"的大作。

我没想到，序给刘恒添了累赘，累他把书稿背来背去，最终在青岛完成。序中说："我通读了他的每一个字。他写得如此认真，我要读得对得住他。"这可是一部共六十六篇、二十五万字的文稿啊，而序文又写了两千多言（我知道刘恒也不用电脑写作）。不瞒您说，刚读开头几行，我就落泪了，他对我的人性认定太透彻了！以前从未有人说得这样完整。一鸟入林，百鸟压音，他为我作了"正名"。

他完成的序，文末注明"2016 年 8 月 11 日午后于青岛涵碧楼"。

听他说，写完了就发短信通知，我迟迟未应，才来电话。我解释不会发短信、不会看短信，他连说两个"你真笨！""你真笨！"之后我要求把序文发到我一位文友的电子信箱里，由他俩接洽，他照办了，我生生支使动了大主席。但他说我"真笨"，我不太受用，我是不愿学电脑，跟"笨"关联不大，那个说两遍的"笨"，找机会算账。又一想，算啥账呀，不笨，混这模样？

　　这本书稿被他提着南来北走，我于心不忍，他一个高产日该写出多少好文章呀！在当今世态下，他笃于《北京文学》的精神传统，提携我，实在难能可贵，令我感激不尽。

　　他的序文我觉出了平视眼光，不是高高在上俯视的那种，主导不在于夸我，而在于评点了世道人心。有三言两语的夸，也是因为他心中"有佛"，才把我看待成了"佛"。若非如此，序文结语怎道"美哉善哉"呢！

　　人心都是肉长的，人性好是第一位。我敬佩刘恒，当然是他的小说、剧本等等，写一个红一个，但以我个人度量，他的好人性最该被传扬。

小记章德宁

　　章德宁退休了一段时间,我喊她"老领导",称谓与别人不一样,容易被识破,打通电话她即反应"董华吧",就搭上了腔。

　　她在《北京文学》编辑中,"服役"时间最久:刚走出北京大学校门就来到这个单位,在这儿干了一辈子,这种从一而终的情况,在编辑业内不多。她从小编辑做起,至小说组组长、编辑部主任,再至"策勋十二转"、为期十二年社长,她辅佐几任主编,非"老领导"又是哪个?

　　章德宁长得好,"保鲜期"也长,从做姑娘到如今,风韵一直未变。一米七以上身材,既不"骨感",又不多斤斤两两,那叫匀称。面貌上,书香人特有的清秀,我用三个字定音:慧而美!不是双眼皮,眼睛细长,越显端庄,气质高雅。当时编辑部,列几位美男,标致一流,而美女部分,不单编辑部,在文联大院儿,她也为"女神"。她穿衣服普通,但普通衣服穿她身上,犹珠镶玉佩、乘着凤辇。多少年,她是《北京文学》的形象代表,京城刊物也必须有这样的人才撑得起门户。

　　章德宁聪慧、端庄,予人第一印象满满,而关键点更在她对人坦诚,认真负责。一篇稿,在她手和在别人手不一样,常碰上的一些"老干家儿"只瞥一眼开头和结尾,她却从头看到尾,与刚坐科的小编辑一样。长一些的稿,她往往要看几天。她还不势利眼,作者熟与不熟,一律平等对待。她给作者提出审读意见,也冠上了章氏风格,非任何作品都适用的"官话",讲出她真挚的发现,好在哪里,差在何方——很少看走眼。"即便作品不成功,也耗了作者几年心血,要真诚对得住他。"章德宁推心置腹地这么认为。凭着作家们信得过,她在职期间为《北京文学》揽来不少好稿,历年全国获奖作品,《北京文学》上的小说年年不缺位,是获奖的"金砖庄家"。

这么美妙的人,很年轻就患腰椎间盘突出,我去看望,见她做牵引治疗,一双脚腕各坠一个大铁砣,真感凄伤。

从结识时起,我就认为她名字起得好,不明就里,只猜想其尊人绝非平头百姓。后来证实,她原籍江苏常州,母亲四川人,父母俱为旧中国时期名牌大学高才生。弄清了这条,她的灵秀、温婉、高贵、视野清敞,就对上号了。

由于我阅读面有限,读她文章很少,只一篇她写自己母亲,被《散文选刊》转载的作品被我发现,让我惊骇不已:文章好!有女性作者的细腻,而无女性作者的纤弱、琐碎,文气贯通,文章有魂,印着厚重的大德,凭我自修写散文的笔力,赶不上。

我这个人,有在中午喝过酒之后兴奋给人打电话的毛病,常在此间骚扰男性女性文友,并不管人家休息不休息。她听了我絮叨,一句话把我的兴奋劲儿憋了回去:"董华,你又喝酒了吧?"我当即觉得臊得厉害,说话肯定又走板儿了。

由"老领导"改称"章老师",缘起她给我的《草木知己》一书当责任编辑。现在出版社行情我知道,了解一些市场经济的巨大魔力。但凡一书出版,要看作者名气够不够,遵循"丛林法则"和"眼球经济",凭镖号能赚来利润的,出版社高兴。"大鱼吃小鱼,小鱼吃虾米,虾米吃渍泥",习惯锦上添花的多,雪中送炭的少,换我们乡下话"扶旗杆,不扶井绳",同属一个类型。但我也要奉告一切聪明的出版商,你们也要知道"升米养恩,石米养仇"这句话,要适当关照下底层作者——你知道哪块云彩有雨?章德宁坚信我的《草木知己》是一部好作品,有机会就向有关方面说项,终于争取到了"北京市重点图书出版扶持项目",安排出书。另外,她对文字抠得真细。我自谓写作不糊弄,每篇作品改动量在十遍以上,谁知她还是发现了毛病,一处一处跟我商榷。尤其对我自造的词,我的"毛病",一眼识穿。而今的她,也戴花镜了,感于她细心、耐心,也羞愧我知识欠缺。老百姓讲"不怕没好事,就怕没好人",就此,我真该像单雄信供奉秦琼一样,设牌位将她供奉。

对于襁褓中的《草木知己》,她又没少操心,仅封面设计就出了三稿,最终才达到满意。有一次与插图作者会面,她带领青年编辑陈玉成专程赶来房山。那天是北京入冬以来最冷的一天,我早晨去良乡接站,冻得我都握不住手机。我们在一乡村小饭馆入座,摊开书稿先讨论,她让每人都发表意见,安排在午间的那顿饭,奄奄将至日平西。

几十年交往,我觉得她真沉迷上了编辑职业,或许她也曾有过其他志向,而一旦认了此门,就一头不回,将大好年华耗尽,贡献给了一茬又一茬作者。就她的文学潜质,当专业作家没问题,更何况有现成地位,怎就没想改头换面,自己当一回"作家"呢?她退了休,换了场地,受刘恒之嘱,把《北京文学》老编辑丛书出齐。嗣后,她又拿出梁红玉击鼓金山的气概,为出版社出力。像她这样搭上节假日的少有,遇公事外出,坐着飞机,人家休闲看电视,她看稿子。据"内线"青年反映:出版社只一位带稿子出门的人,那就是章德宁。这种工作状态令作者感动,作品用不用已置其次,关键把稿子交给她,放心。因为"金砖"又坐在了出版社,好作家、好作品又奔她而来,有的是老交情,有的是朋友又推荐朋友,将手里的好活儿递给了她。这几年经她手编辑的优秀图书每年都有量的突破,获国家奖、市政府奖、老舍奖、人民文学奖的,还有上小说排行榜的,屡屡不绝。2017年,以周梅森小说改编的电视剧《人民的名义》在全国热播以后,他的同名小说,各出版社哪个没有市场眼?而周梅森独独将书稿给了章德宁,邀请她做他的责任编辑,图书总销量达到一百多万册。让我看,新中国两代编辑人(她属于第二代),周雁如老师的德能风范被她完美继承。记得崔道怡先生在《谁为他人作嫁衣》(载《作家通讯》2016 年第 1 期)一文中提出疑问:"当今之世,求名胜于务实,哗众才能取宠。在编辑岗位上,还会有谁肯于默默无闻'为他人作嫁衣'?"章德宁,也就是章德宁,她给老一辈解了心结,未患"迷心逐物"现代病,中华人民共和国成立后第二代编辑家章德宁一往情深、义无反顾地做到了。她的业务水平高,无可否认,但她毕竟是女性,她还有贤淑的一面。她的心如金子,只想为别人好,根本不在个人利益上碰撞。只要人的良心在,都会识出这一点。

没有内在的平静,就没有外在的宁谧。静水流深,一时之功在于力,一世之功在于德。德宁,德宁,具大德方得安宁。"德人无累,知命不忧"(贾谊《鹏鸟赋》),贾谊在青年时期的卓见,显应在了章德宁身上,以前她得安宁,与此有关,以后安宁,亦将如是。写人只两笔,做人须一生,而今我这一个竹间老人要把这位良师益友和她的好人性,说给人听。

叫一声"阎哥"心里热

阎文利比我小六岁，我喊他"阎哥"，你说逗不逗？

不称他"阎总"，也不称"阎老师"，对喜欢的人儿喜欢为其变变名号，乃俺董氏之风。

可你不能说我"没正形"，按中国文化传统，弟兄间可以互敬，出于礼，八十老翁对十八也可以称为"大兄"。只是被称者别犯低级错误，跳进坑，以弟回敬。

他的姓氏由"门"字里边多笔画改成了三横，我不太赞成，这是第三批简化字造的"孽"，字面既无美感，又无解析内容，徒使《百家姓》增长数量。我想问一问，倘若把阎立本和阎锡山的"阎"也换成有三横的"闫"，两家后人还认不认他们祖宗？我们老董家有觉悟，举国上下排斥了草字头下边书写冬瓜的"苳"为董。

为了心里痛快，这篇文我仍用老版的"阎"字说同一个人，反正你懂我懂大家懂。

我是以投稿方式认识阎文利的——打电话相认。听语声投缘，一来二去，我一不留神把"阎哥"秃噜出口。叫的回数多了，我就逼迫他在人家对他敬称上增容。

我的稿子直达总部首长，属业余作者队伍中的个例。这些年，我投递给他的稿子赚回来的稿费，每年都可以买件羊皮袄（没试过买彩票，若试，说不准能添一辆奔驰车）。

渐渐地，我觉出他水平高。我投稿向来慎之又慎，每篇打磨多遍，俗话说"人怕上床,字怕上墙",这一把持差些摧垮我的神经。我就这样加小心,阎大人还能挑出毛病。业内老祖儿讲:改章难于造篇,易字艰于代句。这可需要真才实能。我每每对照样报核对原稿,咂摸了以后真心佩服。

我出版的新书一些篇目都以他订正的为准,免了我丢人现眼、贻笑大方。

前数年,《京郊日报》副刊做重大调整,突出了文气和时尚,彩色印刷,并新设"乡土文人""乡村图话""新作赏析""经典阅读""说文解字""智力游戏"等若干板块,以适应不同读者群。以前,文学作者只能上豆腐块,现在可以抢开笔墨,为你登一整版。"乡土文人"板块志在一网打尽方方面面有出息的文艺者,不光有头有脸儿的亮相,被庄稼地埋了半截身子的山中诸葛也在大块版面上开了光。

《京郊日报》前身叫《北京日报郊区版》,创刊伊始,"喜鹊"副刊即诞生,从当初到而今,这块园圃培养了无数作者。我就想象不出,郊区有哪一位作者没受过它的恩泽?如今成名立万、兴风狂啸的,回过头看看,在"喜鹊"陈迹里不也是一"小於菟"吗?如果把"喜鹊"副刊比喻成鲜艳欲滴、甜美异常的一串糖葫芦的话,那么经它培养的万千作者就是一粒粒熬化了的冰糖,紧紧围裹了它。由这儿起步,开枝散叶,作者又拥有了新的门庭,这是《京郊日报》的骄傲,而翅膀硬了的优秀分子对它不应该惮忘——"不在郎行远不远,只在郎心归不归"。我作为一名受过《京郊日报》恩宠的老作者,更不敢冒犯它、唐突它。

我跟老阎混熟了,逐渐摸清了他的底,这家伙不简单!他是从怀柔县委宣传部副部长和广电局副局长职位来报社的,由青葱小伙儿一干就三十年。他对农村事物太门儿清了,杂学也深不可测。我执拗地认为,倘若你不知农家哪儿下屋、哪儿下炕,说不清楚谷苗和草儿怎样长,就别同他谈农村——写农村,你蒙不了他。这人还是个故事篓儿,星期天查他岗,我打总编室座机电话,本意为了让他喘口气,他很可能借间隙聊个简短段子。我俩互相补充,他那部分大多成了我作品的营养。

阎哥才思敏捷,我敬佩他能做到"樱桃桑葚,货卖当时",他非常适合吃报社这碗饭。快上版了,好东西还未露头,这阎某就技痒,登时来上一篇,虽然署名捂着盖着,但从那行文语气,断定出自老阎没错!他写小说的功夫也深,我看不低于孙犁弟子房树民。"开天窗"不行,他随手拈来,又成了"补白大王"郑逸梅的后续翻版。

蔫啦咕唧冒出嘎,那才叫真嘎,世人谁不喜欢马三立的段子?我观老阎,也有这道行,一句话经了他口,如沙里澄金。根据准确消息,《现代汉语词典》第七版收入的新词条"的哥",就是出自他的语言创造。他的灵敏度来源于北京人爱讲"爷",什么"官爷""款爷""侃爷""倒儿爷",拉三轮的"板儿爷",光肩膀的"膀儿爷"等等,虽戏谑成分在,但毕竟隔两代人,不在平等线上。叫声"的哥",拉近了距离,亲切感就在眼前,社会认可,于是新名词进入大同世界。

通过"查岗",我觉出他活茬累,像我这"老帮儿菜"的文字他都一句句抠,那么多作者,不经他"开刃"的作品能有几何啊?我不愿说他是"敬业模范",我担心如此的从业人员别成了"濒危动物"。我与老阎也有过合作,往往他出主意,我干活,若正碰心思,我能飞快交稿;若不碰心思,他"牛不喝水强按头"的话,我也不干。

君子之交淡如水,凭良心说,这么多年他连一颗糖豆儿都没吃过我的。我多次邀请到房山散散心,选一山沟我俩在水泉泡泡脚丫,他答应倒是答应了,就是不见落实。他不来我就去拜见,见个面,认识一下,再请他吃顿饭,如此打算,他却把我领到了机关食堂。那天我从家里吃得饱,到中午还没太消化,他竟又端了荤的素的好几个菜。饭菜诱人,我摸着肚皮,想到绍棠的一件趣事:多年前绍棠应邀去外边讲课,上了车,人家告诉他有早餐预备,我们这位刘大师竟赧然曰"早知不在家吃多好啊"。我的风情同于绍棠。

老阎的个头儿比我高了半头,因为高,他走路总是半低着头,像一头骆驼——就是他自己不承认像骆驼,活茬的累也让他像了骆驼。他喝不喝酒我不知道,就见他小烟儿抽得美。文友加烟友,不可救药地让我爱上了"阎哥"。

"我问青山何时老,青山问我几时闲。"阎哥呀,我这一篇短文权作驼铃响叮当了。

文友、吃友、酒友加烟友

一个被我称作大师兄的人，是刘晓川。您或许注意到我的一个叙述习惯，凡被我喜欢的文友，总有一绰号见赠。可能是八竿子打不着，但于我是表达私淑心境。

我与刘晓川相熟了几十年，电话里一声"大师兄"，还常使他犯迷怔。

在我心中，作为《北京日报》文艺部编辑、《京郊日报》副刊部主任、《北京作家》特约编审的他，是对郊区作者用心最勤苦的一个。他延伸出的恳恳款款，一如当年搞文艺绿化的浩然，一篇篇带亲切感的评论文字热情鼓励了郊区县一个个习文者。

他不是农民，却把农村作者看成了最好的庄稼。老少都跟他亲，喊他"刘老师"的时候少，叫他"晓川"的时候多。

为他码功，信之九城的恭维话，不归我说。我只讲一讲我们之间怎么饮酒。

酒是公爱的好东西，从来文士多耽酒，祖辈传流，莫使我辈有违传统。

操持楮墨者，独处成习，长久寂寞或许引发精神饥渴，众人拾柴一起烤火的营生决定适度相聚。一声召唤，便乐得山鸣谷应。饮饮小酒，扯一扯闲篇，各自把肚子里的东西敞开一点儿，彼此就觉得欣赏之处更欣赏，胸怀里的芳馨更芳馨。

北京文人间，被文坛传为佳话的是林斤澜和汪曾祺这一对酒友。林老、汪老擅饮，还同为美食家，那般议着国故对酌的至境非吾侪可比。就此，林老撰得一副美联："我行我素小葱拌豆腐；若即若离下笔如有神。"

把友情、嗜好和演文诀窍附于其中,真真陶潜风神。

汪老吸烟,林老不吸烟,所以被林老肯定的"文友、吃友和酒友"少了"烟友"一项内容。我们无二老的大本事,但比二老多了一道题,对于我和晓川、傅用霖来说,须加上"烟友"才能把我们的情义说得透。

我们仨,傅用霖年长,大我十岁,晓川只大了我两龄。这老傅是旗人出身,总有点儿别人不具的仙风道骨。我认识他多半生了,除了他有三位"千金"比俺优越,经济上从未显得宽裕。穷,并且快乐着,从而敬信于他。自打退了休,老傅难得一见,"老妖精不出洞"了。我想他,晓川想他,必须找到"组织",深入地交流思想。

约好了日子,我和晓川跨区县直奔傅府。

他还是那个瘦样子,还是那么热诚,我二人为老傅的健康感动。

聊天的工夫,老傅夫人"自觉"地进了厨房,估摸着时辰差不多了,老傅就搜罗出几样酒,让我俩挑。晓川和我异口同声:喝二锅头绑一起的弟兄,今儿还二锅头。老傅听罢,一片笑纹。

酒菜上桌,不待虚言了,斟满酒的茶杯分配到手,喝!

下酒菜,与白酒对准了路子:炸干辣椒泼雪里蕻缨、芥末白菜帮儿、花椒油儿淋萝卜皮、豆腐丝拌白菜心、葱烧豆腐、炸八成的花生米、葱丝拌耳丝、一碟儿酱豆腐。让哥们儿深以为奢侈的,是上了一道清蒸鲈鱼。艳的艳,鲜的鲜,洁净利索,上好的刀工配以美器,不由得酒虫不咕容。

喝了一会儿,佳境荡开,仨老爷们儿也意绪缠绵。我年岁小一点儿,可以少插言,却正适宜酒场上爱观摩同类的瘾发挥。傅大哥本然清癯的脸,两鬓重重的毛楂儿遮不住釉彩,天庭放光,仙风道骨韵味愈浓,腮大肌一动一动的惬意,仿佛嚼的不是雪里蕻,而是人参。晓川兄原本肉皮儿细致,着了酡更加返嫩,慰劳感官,真想在他软地儿掐两下。我和老傅的酒杯进尺深,晓川提速缓,一小口儿、一小口儿抿,但被我瞧入他心里的,是他小酒喝得美!

我们先后燃起了一支烟,苏大学士掌控的"钓诗钩""扫愁帚"愈发引导兴致入轨,俨然脱胎换骨了一般,各自所言夹杂了禅味。在轻烟袅袅中,自我羡慕的热流翻涌,就觉得我们仨迹若古人:泛舟赤壁,江上行酒的苏东坡、佛印和黄鲁直。老傅看穿世事、随遇而安,他当属峨冠而多髯的苏东坡;晓川笃诚而厚道,烟云掩面之下活似袒胸露乳的佛印和尚;剩了一个黄鲁直,奉送无人,该是在下。虽身在亦庄,"情与貌,略相似"(辛弃疾语句),"山高月小,水落石出","清风徐来,水波不兴",好景如在近前。

酒友、文友中,能把我的清狂关进笼子里的是刘晓川。老傅已然成精了,他一个闲人天地外,"无事此静坐,一日当两日"的功夫我学不了,好在他也无意对我多加管束。唯晓川身体力行,对我起震慑作用,以形体表明我应该遵循的取舍。但见酒桌上他言语温和,拈一支烟如拈一枝莲,端方里显慈蔼,清虚中驻腴润,和颜含笑,气度阔朗。每观其状,我便产生鼻无他馥之感。他那般正大,将我在他人面前容易显露的"返祖现象",未及萌发便秒杀,口无遮拦、欺君罔上的言辞也得以收敛。

相由心生。人的心怀明暗与否决定人的外在气象。我的阅世经验认为,爱心决定立场,心里觉得谁好,看着他就顺眼。我只在担心,似晓川这般佛薰入内,会落得巧人乖人讥其迂拙,致一干贤人君子悯其朴厚。所以,我不单单慕他佛印一貌,还悯其若评书中鲁肃状况,无智有仁。晓川以温情照世,却主导分明,达到人生正果。我就此也以为锋芒毕露并不一定是上等选项,温温和和何尝不能做到刚刚正正?

这一点,值得我学。

　　木心讲:择友须三试——试之以酒,试之以财,试之以同游博物馆。前两种,我们仨试过了,后面一种试不试已无关紧要。结缘聚一起饮酒,人是最好一道菜,友情更是食中美味,何必多说?

　　"羡慕我的,赠给我鲜花;厌恶我的,扔给我青蛙。"胡乔木的这句话不关晓川的事,只归我私藏。这也说明我疾恶如仇的旧习性难改,修炼还未到家。晓川不弃,把我判定为长期好友,知足。

葛一敏来过我的家

葛一敏来过我的家,那一次称心的会面,十分难忘。

我得感谢董彩峰:我这一在中国散文学会做办公室主任的"从妹",使我与葛一敏相识。很早以前我就同《散文选刊》有联系,但不知历任轮值主席为哪个,联通葛一敏,才与此刊交往达到巅峰。

作为一名散文作者,我懂得"选刊"金贵,敬慕操盘者,自不待宣。

电话里凭声音熟悉了几年,好像也不是一句一句"葛主编"恭谨,但我觉得她喜欢上我这人土言土语。她的语声不像地位高、学识深,自赏状的娇音妍妍,她的话音朴实而平缓,像极了乡村德行高家庭的妇人,像极了我家妹妹。

听语声是能够听出心性,并得出结论的。

投不投缘,交友够不够格,只须三言两语的感觉,如同蚂蚁一闻气味就知是否一窝儿。这不是秘密,各人选择即于一点灵明契合。历年间我与葛一敏通话,有几次超过半个小时,在人性人格讨论上颇多共识。我撂下电话,好一阵"灵风生太漠,习习吹人襟"的感觉。

靠空气振动传达心仪我不甘,力邀葛一敏来我家做客。几次三番,摇唇鼓舌,我把老家的"好儿"吹了又吹,直到报告自家菜畦生长着野菜,我才听得电话另端葛家妹子笑吟吟应腔。

那次她来北京参加中国散文学会颁奖活动,按日程有个余暇。中午席散,为满足一同来的同事愿望,允许两名男士去登八达岭。长五月,短十月,十月节气,待他俩从长城返回,再从住处接上领导,赶至我区良乡,已是夜幕四合，灯光烁烁。家乡人帮助张罗，在良乡城尽欢于酒桌上。

宴罢，她去往我家，入村一团漆黑，很有可能路灯出现了状况。我不以为时空切换、转场景象低迷，反以为那是怡情的一部分，觉得越如此，越显街巷幽深沉静，越显柴门客至古意潇洒。

他们一程劳累，我不敢置语耽搁。葛一敏同马红，去住我女儿的"绣房"；两位男士，住楼上书房。楼上楼下都只放一张大床。我老伴儿跟我叨叨，别委屈了远道宾朋。

农村的早晨，我从骨子里爱，尤其在自家庭院浏览早晨，喜爱仍如童蒙。它勾连着我过去的农家生活，从亭亭草木的翠影中我感受到爷爷奶奶、爸爸妈妈慈爱的目光。和煦的阳光穿过东邻枣树，射入我家，整座宅舍一派辉煌。柿子树、香椿树的叶子发着光泽，红红的柿子笑在面庞。正是果实迎宾时节，架上的葫芦白若面盆，坠下了碰头，红黄的倭瓜在棚顶稳盘大坐。篱笆上的豆角和丝瓜赶着热潮，一边紫花儿和黄花儿开着，一边挂着丝丝缕缕的果荚与快活的丝瓜。菜畦里种植的韭菜、苤蓝和秋黄瓜不用说了，单是畦边的紫苏、白苏、茼蒿、马齿苋、苋菜、苦菊等等，也像知道来了贵客，张手张脚，全逗着精神。

"小院儿真美！"在我入畦挑选又肥又大、黑绿黑绿的苋菜叶时，葛一敏来到身旁说。她拿着相机，这儿"咔"一下，那儿"咔"一下，上了楼梯观南坡，下了楼梯端详村落古宅，她眼神里惊喜荡漾。

老伴儿忙了一个早晨，喊我召集他们用餐。玉兰树和柿子树旁石桌摆上了农家饭：一盘掐嫩尖的炸香椿鱼、一盘将嫩梗的蒜蓉马齿苋、一盘茄丝炒丝瓜、一盘花椒油淋黄瓜条，外加几个腌鹅蛋、一碟咸菜丁碎椒拌紫苏，一笸子葱花饼和一盆苋菜疙瘩汤夹在中央。

这种设计，老伴儿心里没底，生怕待客简慢，而我成竹在胸，看一眼身边客,以马红为首的青年眼睛放光。

我与初来的贵友没拘束,这马红啊,更不认生。人家男士一言不发,而她垄断了气场,话当然她多,既涉及对我文字的评价,也谈每种菜味的感想。瞧她语流多变,绯红上妆,大孩子模样儿,我和葛领导想笑又不能放开了笑,只能认真听讲。

现在有机会观察葛一敏了。她是那么朴素,那么普通,人海之中若是不认识,谁也猜不出这是一名知识女性,且是影响全国的一本大刊的首领。她眉宇清和,慢声细语,仿佛从对门走来的老亲旧邻。可是,我能觉察到她骨子里的一些东西,和善的外表下,身存着不媚俗的刚强。这种女子往往连着侠气。与马红做比较,以牡丹打比方,马红活泼可爱,面目如画,俨然一枝"洛阳红";而葛家妹子则为仪貌峻直的"焦骨牡丹",心无她的品性,觉不出她的象。这是需要阅历来衡量的。

吃过了早饭,他们要走,两难之下我只得引领去石花洞近处参观。因为返回郑州归程紧迫,三层洞他们只参观了一层,这于我很愧疚,觉得对不起他们。

我目送葛一敏一行走了,几日都觉得空空落落。从那时算又数年了,我还想着一见如故的葛一敏。我在老县城的住家至我的写作室,有二三里路程,在有些时刻见着榆树、柳树、小桥流水,竟叠起她的面容,不由得想起她,默默地想。她的淡定、朴素,让我感知她内质极为聪俊;聪俊不形于外,那才是真的聪俊,尤其是女人。这一类型女人的美,只有心地贴近,才能够识其神韵。她们这样的美,往往是第二眼、第三眼的美,若是寻找到了,便会念念不忘。现今一些女士常借用"素面朝天"来比拟自己高尚,但往往自矜者多,真正的素面朝天,它要求自省和自信心的强大,岂是那么容易做到的?由葛一敏特征进而思摸,她的工作表现不会拖泥带水,定然有主见,一柔弱之躯干起工作当如大丈夫见客,大步生风。我同时以为,葛一敏心腹中是含着大悲悯的,而无意表达,这与她内心聪俊臻于一体。想着她,读着她,她不时给我以启蒙,使我延着做好人方向又前进了一步。凡能予人默默想的,全是由于遇上了交上了真朋友。

相知无远近,万里尚为邻。我的知交葛一敏,南朝何逊的两句诗最可表达我对你的心况:

　　春草似青袍,秋月如团扇。
　　三五出重云,当知我忆君。

三言两语说苏艺、说小悦

　　官苏艺、付小悦同为我的朋友,说他俩必得一块儿说,因为他俩同在一个单位——《光明日报》报社。

　　我与苏艺联系久,按推算过了"三秩"了吧? 可彼此见上面,未超过十年。

　　电话里他声音太熟:低沉,沉稳,语速缓,音色中就透着厚道。按说,他与章德宁都是我的老友,但明确他二人的同学关系,是在最近。

　　我与报刊编辑有交集,全因为稿子,我在《光明日报》发表的第一篇作品,就是见"东风"副刊责编署名,冲他去的,不料竟用上了。后来,我们也就是稿件来往。

　　我们越来越熟了,我打电话也不再拘谨,虽然"官先生"叫着,语意也含玩笑成分,苏艺在另端呵呵乐。

　　应该说,大报编辑就是有大报编辑的手眼,得他点化,我受益匪浅。比如写农村事物,我常犯想到哪儿写到哪儿的毛病,苏艺规劝最好成系列,才容易产生效应。我按他说的做了,果然反响不错。再如文章标题,我总想"转一转",显点儿学问,苏艺说不好,题目应该通俗,我又照他说的办了。

　　那年,他编发我一组《庄户人家》后,希望同年再上一版新稿。但由于我的兴奋点转移至草木,再加上写妯娌不如写哥们儿放心大胆,有难度,遂把此篇搁置。他表示理解,鼓励我按自己的意志办。一篇篇草木文章"忒儿""忒儿"飞出,完成后给他看,他夸奖我方针正确。

　　我还发现一点，在我对某些选题兴趣高昂的时候，他不阻拦我的兴致，而一旦把稿子交给了他，他就会提出缺陷所在。这情形一如陈毅与老和尚下棋留下的趣话：陈毅棋术本来不及老和尚，出征前他却胜了几局，回来后再与老和尚交手，纹枰上竟一败涂地。他不解而问缘由，老和尚蔼然答：将军领兵必以鼓气，豪情万丈方可一摧敌垒，故而不能在出征前挫了将军锐气。陈毅信然。

　　我在电话中有一个重要收获，是他辅导我在文场的定位。现实中称谓的"大家"满天飞，我不以为然，遂以"一个有文化的农民"对立，且沾沾自喜。我说给了苏艺，苏艺呵呵乐，说这也不能保底吧，还是叫"手艺人"比较适宜。他的智慧合成，让我太高兴了，真是我的知己。

　　我与苏艺还是见到了。我眼前的苏艺，真不像一般的大编辑啊，穿戴普通，相貌普通，如果识别不出他文气内敛，俨然像一个老农，而且是常背着筐子走在田间的老农！他的憨厚状我全见到了，面容的憨，言语的憨，像谁呢？我端详了端详，像极了我那个在青岛落户的大哥！从身材高度到言谈举止，都像！

　　后来苏艺退休，小悦当令，我与小悦又建立了联系。只可惜苏艺在报社那么多年，我没去那里一次，轮到小悦，我才得见报社地点气象峥嵘。

　　起端我们也是通过打电话联系，只不过电话不及跟苏艺频繁。我发现一个情况，每次通电话，她都像刚爬上楼梯，气喘吁吁，可语流量不错位，语速快疾，有蹦着跑的感觉。换雅一点儿的比喻，像清清小溪撞石头上起了水花儿。好久，我才把她语式状态谜团解开：工作紧迫，担负责任。她不同于章德宁，我若在工作时间给章德宁打电话，她会直言：现在正忙，快说！给老熟人不讲面子。而小悦年轻，急于三言两语说清事项，又不肯采用德宁的方式，怕我接受不了。

慢慢地,我觉得小悦特别善解人意,我要说的内容有时候委婉,但她能很准确地明白我的诉求,真是一聪明女子! 当然了,她的语音比苏艺好听多啦。

我与小悦见过多回,每回她都热诚、喜兴。

我观小悦外貌,眉宇清秀,仪态端庄,既显着大气,又暗含调皮,看起来青春没走远的样子。人的心地纯不纯看眼神,她的眼神无一点儿杂痕,这在当今世相中太少了。看她容颜,看她身材,我觉得她太像内心快活、外表伶俐的一头小鹿,挺有意思,任何欺瞒都对不住她。

官苏艺和付小悦都是让人由内心承认并从内心感到踏实的"好人"。我的说法很通俗,没想着去怎么"拔高",但我以为,当今之世落一个"好人"之名,比什么都难。即便是真的好人,在崇尚自我的年代,"躺着中枪"的也比比皆是。由此,我就很有悲观厌世情绪。时代变了,素心人守着初心,真难。就他们个人,我以为他们只得到了凭劳所得的一份工资,其他闹哄哄的一份没有得到,好像他们也不在意。

《诗经》云:言念君子,温其如玉。他二人以此自度,以此度人。

苏艺彻底闲下来了,日日以读书为乐,适度出行,去趟美国、俄罗斯什么的,目标追踪一"生活家"。

小悦却家里家外不得闲,又诞下了第二个宝宝,但我想新的小宝宝出世,又会给她加倍的快活。我祝愿小宝宝安好。

干的虽都是编辑工作,但对于我的指导,官苏艺和付小悦却有不同。苏艺是提出问题的大框儿,把我轰上山不管了,由我自己找食儿啃;而小悦则比他细腻,虽然一难二难地难我,却也帮助想办法,一步步向终点目标迈进,非支使我自己开了"天目"不可。有一回因为制题,她提出细则,致使"五一"的七天假我的脑子都在不停地转悠。最后交作业,她比较满意。

　　近期的一件事,小悦忒让我感动。我的一本集子要出版,出版社设计了三种封面让我挑选,我都喜欢,但拿不定主意,就统统发给了她,让她帮我定夺。不承想,小悦把这份外事当了真,不但邀集本部门的"智库"商讨,下班回家还动用家庭力量,让夫君也加入到为我参谋的大本营。

文坛赤子说红孩

在考虑如何把储藏的喜爱变个样儿,掏给"红司令"时,就觉得红孩在旁,一双柔和的大眼睛盯着案头,看我怎样突突下笔。

说真话,叫他"红司令",是我个人行为,与他人无关,原因是他是中国散文学会高端人物,我是普通一兵——六千兵丁中的一个,实际上有别。久了,熟络了以后,我对他的本事和性情有了深度了解,敬重感油然而生——敬重,不以年龄划限,尽管他小了我十几岁,我还是以为他当得起"敬重"。尤其佩服他的写作,当今散文界能一手抄起几把家伙的少见,而他的散文、小说、诗歌、话剧、评论均有建树,且根底不浅。有时我就想,这样一位实力派作家,声名和实绩并不相称,文学光芒被其出色的行业组织能力和领导能力所掩;社会聚焦多半在由他操盘且公投看好的《中国文化报》副刊、《散文家》杂志以及散文学会的勤务上,职业文化活动家一项似乎成了他的正牌儿。他既无意宣扬自己的产品,又不想利用优势进行热炒,使他的文学声望有些亏损,让我觉得这怪对不住他的。

我的感慨并非意气独翔,近日读了他著作若干篇什以后,思想更加明确,他的修炼水平让我骇然一惊!以其工作烦冗程度来看,怎得静下心完成这么多文章?而且篇篇有看点,篇篇叫人觉得眉清目亮,边读边沉浸在他部署的心地温良和情绪释放上。会心处多多。看了想看,撂下不久又心痒,兀自先"焖得儿蜜"了一番。观赏过散文和时评两者笔法,两个意象闪现出来——泉水河和火焰。泉水河照射了他的散文,火焰追随了他的理论篇章。把两个意象采集到了,我以为就摁准了他的元阳之穴。

　　散文书，我着重读了两种，即《东渡东渡》和《运河的桨声》。题材相当广泛，写师友，写童年，写邻里，写屐痕，写红色故事里的情义，写革命后代而今拥有的新地新天……篇幅固然是多，但我还是瞧出了"奥秘"：逸品几乎全与人物嫁接有关，叙述都落实在了人物上。

　　红孩确实是善于写人物的高手。在他笔下，我们看到了缤纷人物，与文坛沾边儿的老老少少、男男女女不用说了，染上人间烟火的就有小名叫"荷"的女孩，百花山游历再度联想的周雪艳，溪水边童心难猜的吴晓雅，曾经给过自己恩义、偏又寻访不到的女知青黄秋菊，躲在青年舞会门柱后面的雪梅，性格直爽、从延安故土来到西安开辟荞麦园的荞荞，天山风雪遏不住英姿、那一天抹了红指甲的戍边"女大校"，以及阳澄湖船头上的渔娘、潘家园旧货市场守摊儿的藏民老阿妈，等等，皆见于纸上。怕色彩涂抹得不匀，其间红孩常常"自黑"，把自己、把家世也抻了进去。正可谓"西皮流水枕上过，老街旧坊觅知音。"（"西皮流水""老街旧坊"是其散文作品的两个系列）乡愁啊，锐感啊，全一一浇注在了人生际遇中的活体。

　　红孩的老家是北京东部郊区的于家围，那地儿是农场，有汩汩流泉，清清河水，这股甘泉流成的河滋养了他少年时期，及至成年他东奔西走，那条河的清丽仍出现在他的幻梦里。走到哪儿，那条河跟到哪儿，继而写得带有水音儿的文章。我惊异的一点是，红孩善于写女性，尤其是青春少女。他写的女孩，清纯可爱，真实可信，乡土味浓郁，就连文章题目都让你感受到亲切：《女人的荷》《叫一声花椒大哥梨花小妹》《唤声姐姐叫萧红》《到荞麦园去焖得儿蜜》《烟头烫手不一定疼》《我不知道那个女孩是否姓陈》……只说上面的这几篇你说到不别致？他对女孩的描写既从容又隐藏机趣，这让我想起孙犁先生的《山地回忆》篇章中记叙在阜平山里的河边刷牙，被女孩嗔怪"脏了河水"，一样的娇嗔可爱。他中了孙犁的

"魔",又在朱自清门墙下自主发芽,于是他的文章就不依仗虚张声势,就站立着"荷花淀"和"荷塘月色"的清芬和肝胆。

我不能说他的散文就压倒一切,但至少给人感觉读着"过瘾",直让我这个半生视文字纯净成癖的从业人员在阅读过程中,心追手摹不已。为何有这滋味?从文中寻到两条注解:

"只要有了心灵的歌唱,连路边的小草都会和我们共鸣的。"(《女人的荷》)

"人没了亲人固然伤感,但如果连故土也没了,那就更伤感了。"(《东渡东渡》)

从语言特征和智性把握看得出来,红孩是文体意识占据头脑的散文家。说他"文体崇拜"也未尝不可。观其广谱制作,文体之彩与初心并行不悖,意境幽深,清涟独设,一渠荇水荷风。何以韵致如一?

赖于他有充足而贯通正气的理论维系——一部《理想的云朵有多高》。文艺时评,映衬了其人所成。

其实,对这本时评集,我也是当散文来读的。见之用情真切,诙谐幽默,言之有物,言之有理,逻辑思辨不艮不涩。他见多识广,全用上了。读着读着,有时就笑出眼泪,有时竟莫名其妙地想哼两句乡间妇人传诵的歌谣:爱哭的孩子要睡觉,庄稼再多也多不过草……

从理论层面,我不能解析红孩学养的汪洋磅礴——绠短汲深,我得藏拙。我所能道的,为切身感想。

以公益眼光守望文坛,尽心维护文学事业的纯度。诸如《对当代文坛的忍与不忍》《鲁迅没有得过"鲁迅奖"》《评奖是评委的标准,不一定是艺术的标准》《散文何时设单篇奖》《奖作家不如奖作家笔下的人物》《文学啥时成了圈里人的文学》《给大师们留点脸面》等篇章皆如是。有些语句振聋发聩,例如"一个不能正视批评的民族,是没有希望的民族。一个不能正视批评的文坛,一定是虚假的圣坛。"(《鲁迅没有得过"鲁迅奖"》)"我们过去一直把文学看作是人民文学,现在的情形是——人民是人民,文学是文学,不是人民不要文学,而是文学冷淡了人民。"(《奖作家不如奖作家笔下的人物》)"我们的文坛有时就是个屠宰场,机械化程度虽然很高,但所生产的东西并不是我们心中的艺术品……换句话,坚守有时比创新更重要。"(《朱自清先生教我写散文》)对于文坛的时代病,红孩是真下功夫进行了研究,动了脑子。此中红孩既像一个八方征逐、又厚道又急公好义的游侠,剑锋直指精神高地的陷落;又像一胸挂红肚兜、脚踩风火轮,舞动金刚圈的哪吒三太子,按住了云头,照天下违逆现象,"欻"甩出了金刚圈。我对红孩时评产生"火焰"认识,即来源于此。红孩是一个风容至上的理想主义者。

将村言俚语捡至案头,用最通俗的语言阐明事理,是时评集子另一特色。比如他讲时下文艺作品评奖活动中只有专家没有读者,是"文坛的自助餐",形容一些文学作品圈子里的热闹读者并不领情,是"被窝里出汗——自己热",直让人忍俊不禁,惟妙惟肖。他的时评我只要看过几篇,即使不署名,或把名字捂着盖着,也能读出"红孩"。

他是天然嗑文学这棵树的"虫儿"。理论汇集,不是从书本上来的,也不是从别人身上学的,凭的是多年创作实践,不时感悟。他所说的"小说是我说的世界,散文和诗歌是说我的世界","散文创作的过程,实质就是从我到我们的过程","散文是结尾的艺术……"得广泛认可,几成红氏定律。能把专门性的东西,用感性、人性化表述,谓予真佛只说家常话,真一点儿不谬。而今某些理论家,也不能说没本事,他们的大本事是把简单说成复杂,把人人能懂的意图完全概念化,概念连篇,他们的宏文大论能从红线的笔意中吸收一二否？有的人有一肚子理论却从来不用通俗的话说出来，唯恐别人不认其为"理论家"。

红孩的时评，短小明快，饱含温度，形成自己风格。归其原因在敢于担当，开宗明义时候多，不绕圈子，有话直说。这一点，我有一句家乡谚语堪可比拟：兔儿丝缠豆子——不绕蒿子。或讥或讽，一吐为快。鲁迅作杂文，意识明确，他的理论是把人说疼比无关痛痒重要。恰恰红孩也有刚毅之风，他的意气激烈，是丈夫见客、大步生风那种，天性使然。反观当今，一些人的理论文字，从形概上颇似粉面小生，所言所禀温温暾暾、哼哼唧唧，或类于去了雄势，肾上腺素不再分泌。另外，红孩所有的时评，极少引文。他读书量并非不大，但他绝不用这个"夫"那个"基"充值。现在这种文字已酿成巨灾，其灾害的深刻性，即如当代有些群众不用"然后"这个口头禅就说不出下句话一样。倘若把洋人的话剪了去，这类文字即文不像文，论不像论。我就看不到他们用老祖宗的《文心雕龙》《诗品》和《人间词话》说事。这像鲁迅讥讽过林语堂的那样，说洋话用以唬人吧。

统而观之，不管时评还是散文，红孩的文字篇幅短小，规格多在两千字上下。一概使用性情语言。小文章里写出了大精神，"质而实绮，癯而实腴"，我不能不明确我的观点。给我最大的感受，我也不能不提，那就是他的全部文字充满了善心善念，每一篇书写都触摸着善良，而这一种善良不是经过整容虚拟出来的，恰恰是其心灵信奉。

能做到这一点，只有一条解释："心正则笔正""思无邪"。即便是有些言论尖刻一点儿，但终归是爱深责切，构不成对谁谁攻击。倘有人也感到戗了肺，就念其"童言无忌"吧。而今这个社会，忽略了善文化，谈论这个文化、那个文化者多，可见谁一往情深、喋喋不休地谈论"善文化"？人活百年，树活千岁，赢得于人的还是善好。一切艺术，都是"认人又认心"的艺术,文学也不能例外。读别人文章就是读自己。你倘是不忠不信、以利益切割人际关系之徒,纵是文章再好,你也读不出好文章里的善笔。我的理论知识浅薄,写到此处,必须让贾平凹同志站出来替我说话。他说,有些人"只看到他的风格,看不到他的风格是他生命的外化;只看到他的语言,看不到他的语言有他情操的内涵,便把清误认为了浅,把简误认为了少"。用心思摸一下,世相是否如此呢?

我与"红司令",是有渊源的,大约三十年前就见过面了,在一次全国性征文中同时登上领奖台。只不过那时他青春年少,还未使用"红孩"笔名,使我很长时间和他真名对不上号。多少年过去了,神态保留的,依然还是那个外相善良,眼神闪着问贤的好奇心,脚穿布鞋,肩挎绣有"为人民服务"红字黄挎包东奔西走,而兴致勃勃的诚恳人儿。

红孩接地气,老少称贤。"红司令"今日还是"红孩"。

赶饭口

把赶饭口当成乐事,恐怕只有我这么想象。所谓赶饭口,就是在吃饭时刻冒突到别人家,所去之处并无邀客准备,而于其舍共啖一餐。

诸多人生快活,此为一种。

祖上没在京城留下余荫,我这乡下人前往北京,多借友人处寻找补偿。

细想想,我已记不清在多少朋友家吃过饭,落过脚。凡落脚地儿,我都接受了亲情的甜蜜。

我去往多的有三家:傅家、张家和赵家。因为我自愧寒素,不敢仰托高门,这三处人家儿的名讳,不道为好。

傅家,我们相识时,他家的生活处于贫困线以下。

那时,他一个人工资养活四口人,还要加上两边父母。我喜欢投奔他,是因他穷得开心极易接近。

他原本鬓须就重,因生活拖累愈显清癯的脸上,始终漾着一种超脱,仿佛参禅悟道有气功保养。他家饭菜简单,却显示旗人家风格。一碟葱丝,一碗炸酱,看上去十分干净清爽。他有饮酒嗜好,即便在家庭困难时期,午间也要喝上两杯二锅头。我的到来,更助了他饶情,插上一个座儿,我们就对饮起来,常喝得面热耳红。饭桌上,我十分欣赏他嚼着菜缨,腮大肌一动一动的表情。罕其惬意十足,猜度他神奇的超脱由来。他的夫人老马常常插话,泄他的老底,有一回她说老傅:"才出了一部长篇,稿费就预支喝酒了,说一天喝一瓶啤酒保养身体。"我听了,差一点儿喷饭。

　　记得清有两次,一次我给他带来二三斤小杂鱼,一指来长,是我从拒马河带来的。他十分高兴,亲自下厨房。打一碗稀面,调上两个鸡蛋,下锅烹炸。这种做法比我砂锅闷小鱼高明。一盘喷香炸小鱼端上来,我为他的食道称奇,更为此酒馔高兴。一瓶二锅头我俩用茶杯均分了。还有一次,我给他带来两只甲鱼,也是拒马河特产。酒桌上,这两只甲鱼成为共有话题。后来我听说,他把一只甲鱼交给朋友料理,说他不识吃法。其实我很明白,是他不愿独食,想与朋友分享才是真的。

　　我与老傅之间这种赶饭口的交往形式,完全在无欲无求、极坦然状态下进行的。老傅是个文人,但在城市属贫民阶层,与我这"贫下中农",完全是一种对等的规格。换一句沾文字边的话说,我们这是"莼鲈之谊"。吃过饭,他上他的班,我赶我的路,留下来的是一长串"莼鲈相思"。

　　再说张家。张老是我敬仰的一位诗人,我不敢妄称朋友,因为他是我的长辈。去往多的时候,是他住东四六条一个大杂院里。我把那儿当成我北京的家。在张老面前,我的知识如同蒙童,亲熟间我把他们当成父母相敬。我常在这里赶饭,也常在这里住宿。打去一个电话,这儿就把晚饭准备好了。在这里,我熟悉了张老案头工作,也体会了我所敬重的人品。张老没一点儿大诗人架子,晚间和我叙家常,谈写作,文艺圈事绝少提及。我很感动于他的笑,虽是沧桑老人,和晚辈在一起,他的笑容映现一颗童心。老人家的后院,有一小块空地,插一畦豆角架。夏天的时候,豆角花繁盛,待我从豆角架旁小书屋醒来,老人已在地桌沏好了茶,等候着我。冬天我在小书屋投宿,张老和傅妈妈(我称傅老师,一位资深编辑)为我烧火、添柴、生煤炉,嘱我盖严被子,嘱我小心煤气。而一旦知我早行,傅老师就早早起床熬了豆粥。这里一切,常常令我感动不已。

　　时间长了,我和张老邻居相熟了。一位老大娘和我谈论,她很自然地称道张老是一个好人。她家房门跑风,不隔寒,是张老给她房门下抹了一溜儿水泥。老人的家里锤子、锯子都有,只要自己能为的,不麻烦别人。说起院内的厕所,说只要张家值班,老两口打扫得最干净。

在张老家,我有了醒悟:为什么他的诗写了那么多人物?为什么他的诗作寄予人间那么多同情?为什么创作生命持久?这大杂院居民,给了我最深刻的启示。

我百去不厌赶饭的赵家,现已搬进了作家公寓。我们是一同卷"大丰收"烟丝结下的友谊。那时他也住在与张老相隔不远的一个大杂院。那大院原是旧王府格局,只可惜他住一间门房,清苦了十几年。我在这里感受最深的,是知识分子之间融洽的氛围、谈笑的机智。老赵家院里有一架葡萄,夏秋之际荫庇了小院。我就亲历这样的场面,下班进家,老赵穿个短裤坐葡萄架下择豆角儿,一旁邻居王教授淘米,笑谈就从此时发生。浓发半白,旅游学院王教授一边冲洗着米,一边进行语言攻击,说某某地方送给老赵的苹果吃不完,晒苹果干儿晒了一麻袋,老赵笑着回敬,说"现在旅游热门,教旅游的发大财了,人送的对虾一米多长"。说笑着,就把我也卷了进去。这个大院的住户不是编辑,就是教授,都是高知识层人,"往来皆鸿儒,唯吾是白丁"。见的人多,在这里我还认识了狂草大师谢德萍。我新奇的,这些儒者竟也有乡俗俚趣的凡情。他们之间相处极为融洽。后院金家核桃摘了,必送给前院;前院赵家葡萄熟了,也必每家都分上一串。

因为我和老赵是朋友,我也"不把自己当外人",这些教授家我一一去得。浙江老者金教授,虽是讲授外国古典戏剧的,但对中国古代文学也精通。我们聊左思,聊陶渊明,聊各自身世,津津有味。我那未上学的男孩就在旁听着。送出门,金教授拍拍我肩膀,喜滋滋指向我的孩子:"孺子可教。"我不解,听金教授"用典":当年他和某大作家聊至深夜,其幼女毫无倦容,长大成了器。听老先生此说,我当然大喜过望,带孩子回程,信心倍增。赶饭口我赶出来一个心满意足的期待。

赶饭口,其称不雅,我把它当成一件乐事,这是从我的角度衡量的。求师学艺、养习修为,演化于无形,这是我最直接的感受。其实赶饭口的快乐,并非人人可得,全凭明性相知的一份缘。至于"从不把自己当外人"的我,虚让客遇上"热粘皮",是否在别处也给人带来快乐呢?我不敢说。

感念"泥土巢"

延庆县老作家孟广臣,月前来一封信,说浩然得脑血管病情况:能独自走路,只是走不利落;写字还不行,能拉竖道,不能拐弯。评论是"主要是累的。又要给别人看稿,又要写东西,两个刊物的送审稿,还要过目。本来血压就高,又不注意休息,结果就病成这样。"

老孟是一位厚道人,想我在郊区,所以来信通报这一信息。他与浩然为同一代,信中语气不无忧伤。

我触摸这封来信,想起今年七月参加《北京文学》笔会之后,随区内一位领导去通县看望浩然时,停留在病床前的感受,一幕幕和浩然交往的情景在眼前闪现。

那时,我和浩然认识已经二十年了,我曾在北京市委《苍生》作品讨论会上发言,我说"我是读《艳阳天》长大的一代"。就北京作家群而言,浩然和张志民是我最敬仰的两位长辈。不单艺术成就,主要是您们做人的品格,与人民休戚相关的情怀。

一九八六年夏季,我和浩然一起生活了四十天。那是他为《苍生》定稿,并为长影厂赶制电影剧本而来房山十渡文化站的。他到山区,说来也行,说躲也可以,所以就"甘于寂寞"。每天早晨四点他写稿,待我起床,已见他圪蹴在台阶,冲一杯奶粉在喝。我眼前的大作家,就这样简单。在那段时间,浩然结识了很多十渡人,机关干部、街坊四邻,为旅游者拉马赶车的,都成了他无话不谈的朋友。我曾为我在文化站工作受冷落感到委屈,可是浩然在那院里,吟起了"读书乐,乐陶然,绿到窗前草不除"。无形中,浩然坚定了我的意志。

浩然临别十渡,我陪着去商店,他一下买了四双山鞋。看他买轮胎底山鞋时的那份喜悦,好似得了心爱之物。提包里放着手稿和四双山鞋,他登上了告别十渡的火车。

转过年一月初,我筹办山区三个乡的文学社团"绿谷文苑",浩然又风尘仆仆来到十渡。天寒地冻时节,浩然接受了小小文学社"顾问"的聘任。

听说浩然去了三河,在那儿定居,我已离开山地。两三年间隔,一个惊人消息在京郊大地传播:浩然在三河成立了县文联!成立大会那一天,冀东小县盛况空前,不但有河北省诸多县市领导干部,北京市各区县主管文化宣传的领导也到会祝贺。在京著名文艺家乔羽、赵丽蓉等纷纷在那里亮相。使人啧啧惊奇的是,一位山东青年作者,骑自行车赶来。在那个大会上,浩然宣布了他的博大心愿:"宁肯少出几本书,也要搞好文艺绿化。"对这"绿化工程"使命,浩然一改谦逊性情,振振有声地说:"不再担任名誉,要当实实在在的主席!"当日,我见到了他主编的《苍生》文学杂志。

从此,他担起了《苍生》与《北京文学》两副重担。

一个作家,受人民尊敬,不在于自我表白,而在于实际行动,浩然就是以实际行动证明他是与人民感情亲近的作家。不管社会风云如何变幻,"写农民,为农民写"是他的一贯主张。在文艺队伍中,他是一面旗帜,在农民心目中,他是他们的良心;对待农民和土地,他永远怀着赤子一样的深情。把居处命名"泥土巢",书而信之,敬而律之,是他老而弥坚志愿的象征。

我不敢说,浩然作品一定能进入诺贝尔文学奖系列,但是我要说,他的作品是我们民族化的、大众化的，根在中国。他的作品留下了当代中国农村社会变迁的最完整印辙。

日前，我与当年浩然在房山下放劳动，结识浩然的两位领导，又专程去三河看望浩然，发现"泥土巢"外菜田，畦土锄得暄松，白菜侍理得干净。浩然身体已基本康复了。我愿借这篇短文，告慰许许多多关心浩然的读者。这次见面浩然送我们每人一本新作《活泉》，他自传体长篇小说第二部。这本书得到后，我便看了，书中洋溢的青春气息不减当年的《艳阳天》。热爱文学的青年，愿从生活中汲取"活泉"的青年，不妨一读。

还是让苍生说话

浩然的《苍生》是以农村改革为背景,反映二十世纪八十年代农民生活的皇皇画卷。

对于农村这场伟大变革,体察越切近,越容易和这部长篇小说产生共鸣。我生活在农村,亲身经历一个地区变革过程。确实,这场变革不仅给农民带来物质利益,过上比较富裕的生活,而且拓宽了农民眼界,使他们封闭的精神世界大大开明。可是,农村改革发展又极不平衡,不要说中国农村幅员辽阔,使亿万农民摆脱贫困不易,即使那些历史资源和环境资源较好的地方,靠劳动致富的"万元户",也不像伏雨后的蘑菇,一夜间白花花拱破地皮。

田家庄所反映出来政治生活的盘根错节,和经济生活的纷繁与畸异,也是现实。作品展现的人物画廊,为我们提供了清醒认识。田保根和陈耀华在选择生活道路上存在差别,但他们那种与传统观念叛逆的闪光却是斐然在目。尤其田保根,他不仅使我们看到知识层农民把握自己命运的咄咄气势,而且也估量到农村一种新的生产力的形成。相关人物,田成业、田大妈以及田留根、杜淑媛,则表明普通农民因袭的负担沉重,邱志国给我们带来农村改革复杂性的考量……

古人谓为文之道:才、胆、识、力。浩然不是写聪明文章的作家,他的这部《苍生》,触及农村改革出现的问题,这是作家正视生活,不趋时、不虚美的可贵艺术品格。作品反映出问题,并不使人感到颓唐,反而对农村产生极大希望,就在于作品体现了作家的生活信念。

人民创造了历史,历史终归由人民判定。我们的时代总是要前进的。

为了让生活更美好,作家应该有清醒的忧患意识。这部长篇丰富的文学价值,姑且不谈,而它对生活的认识价值,是会引起普遍关注的。

一个作家不能只凭他发表什么宣言,轻易相信,而应以他的足迹说话。他的尊严,在于给人民提供了多少有益的精神产品,提供了多少思想……

浩然的《艳阳天》,曾经影响了一代农村读者,我至今还感奋于他那作品中流淌的青春意象。这部思想凝重的《苍生》,也定然会带给经过风雨磨砺、具有独立思维意识的又一代农村青年沉沉思索。

十年心曲不寻常。浩然走着一条严格而又艰难的现实主义道路。

这条道路,作家是执着的。去年七月,浩然为最后修订这部长篇小说,来到房山十渡,住了四十天,离别时从山村小店买了四双轮胎底山鞋……他准备走远远的路;他的生活理想在于人民之中。

注:此文为一九八七年六月九日浩然长篇小说《苍生》研讨会的发言,出席的领导和评论家有:吴象、宋汎、田耕、曹世钦、刘绍棠、孙自凯、何镇邦、曾镇南、康式昭、谢永旺、顾骧、刘锡庆、蔡葵、方顺景。

老傅家的猫

我和老傅是朋友。可有一件事,就是养猫这件事,使我觉得对不起这位朋友。

老傅一家人,至今还不清楚他家白猫是被我断送了"青春"。

三十多年前,我在山区工作,有事情到北京,中午"蹭饭"地点多在老傅家。那地方极方便,不等电报大楼报时钟音消失,我即能从前院编辑部,踏进后院他家四楼门口儿。并非到别处吃不上饭,主要是老傅一家待人亲热,对我这在眼底下看着由农村挣扎走进编辑部的小兄弟,格外真诚,使我觉得少吃他家一顿饭就少他一份情。珍惜相聚机会,也常因他们耳音准确的感动:每一次敲门,从没见他们使用房门上的"猫眼"功能扫描我皱皱巴巴的形骸。去得带劲儿极了。

挨着饭桌坐下,我不止一次琢磨老傅。就那么一个瘦人,一个让你感觉硌腰的瘦人,青灰色方脸怎么总再现着七世禅宗一样的超脱呢? 运气好时这样,运气不好时,也这样。这精气神是从哪儿来的呢? 他是一个满族人,奇异身子肯定安装着"那五"原版的细胞核。

二十世纪七十年代初我们就相识了,那时提倡工农兵占领上层建筑舞台,我有幸进入编辑部,老傅在一家大工厂搞业余创作。他的作品数量、功力和影响,在当时与天津蒋子龙齐名。一个写化工,一个写机电。那会儿的生活境况,看老编辑周雁如(一个我永远敬重、永远难忘的职业编辑。可惜她已故去了)送给他粮票,我就清楚了。可他就那样也喝酒,也没见他有多少愁容。二十世纪八十年代开始,写东西比他少的人,当上了专业作家,而他还当一名编辑。曾听他妻子老马抱怨:"才出个长篇,稿费就被预支喝酒了,还要每天喝一瓶啤酒加强营养呢。"我哧哧一乐。后来,他任刊物副主编,也曾借酒吐真情规劝过我"别玩票儿",意思是说我不专心创作。我在心里反驳:个人有个人活法,你咋知道农民兄弟是怎么挺过来的呀!

我们两个缔结出的友情,选择我来断送他家猫的青春就比较顺理成章了。

那真是一只好白猫。忘记从什么时候开始,他家增添了这个被尊宠的生命。酒间叙话,老马谈猫最多,老傅赞赏之态可掬。妇唱夫随得很。

虽然我也心爱小生灵,但不像他们那样投入,四十几岁的人,谈起猫来跟真的似的,不逊于他的三个女儿。

那一天赶饭去,两人把我放在元首位置,像政治局开会那样郑重,商讨猫的议题,归根结底,这只猫要我带走。老马的理由是:孩子功课紧,女儿放学不写作业,全抢猫玩儿耽误学习。老傅说:慈悲为怀,这一只"男"猫,到婚配时候了,给它一个发展天性空间,愿上房上房,愿上树上树,让它自由恋爱去吧。之后,反复论证交给我养猫的有利条件:家在农村,又在十渡工作;拒马河有水,有水就有鱼;放在家里有人管,随外能寻着野食儿。那意思如同猫在他家受煎熬,鼓励青春期的猫到农村大有作为似的。我虽醉意蒙眬,却还清楚,按时下养猫伙食标准,我怎能做得到?在十渡我吃遍了拒马河畔大小打鱼人,岂忍心再添一张猫口夺人饮食呢?何况我比猫还馋,吃鱼从来不吐刺儿,不弃头尾。想归想,我还是应承了。

乘6路公共汽车,返回莲花池长途站途中,我就知犯了一个大错误。这只猫一路不安生,几次撞开罩着花头巾的篮子上的绳索,我手忙脚乱,生怕蹿出哪一只利爪抓破有缘女性的玉臂。我脑子乱哄哄,方才老傅妻子的喋喋不休,这猫爱吃什么鱼啦,几天洗一次澡啦,猫亲近他们进门先闻他们的脚啦,还有暑假带女儿来看猫,等等,全往心里挤,弄得我心烦意乱。

下车时,初春的风很大,把装猫小筐篮的花头巾吹得鼓起来,我的手揽着筐儿,就像迷失的狼外婆一样倒霉。

这次猫的转移,比当一天装卸工还累。

猫进了我家,仿照傅家,我组织家庭会议,一致接受新成员。可是奇怪的事情跟着发生了:这只猫到我家,非常安静,安静得不吃我家一口东西。买鱼吧? 买。买猪肾吧? 买。我眼馋的东西,它竟不动。

它叫也不叫,就趴在衣柜顶上装电视机的空纸箱里。好容易接它下来,它"噌"地又上去了。猫的眼神,闪着一分一分的困惑。

一连三天,它绝食了。

我是真正的害怕了! 如果说先前我心里对它有亵渎不恭的话,可随后改正了呀。唯天可表,我一路风尘容易吗? 于是,我产生了神灵震慑的惊恐,发根一乍一乍。以前只闻听耕牛救主,马忠羊孝犬义,哪听说过猫的忠信? 由此及彼,想来狐死守丘、越鸟巢南枝一类生物专情,不是文人虚拟。

我害怕的结果,是把这只高智商的猫转送给我的邻居——一个善良厚道有口碑的人家。妻探访回来高兴说,猫在这家吃东西了。我暗暗放心。再不久,邻居登门相告:猫丢了,一时没看严。给忠厚邻人答复,我许以深深的遗憾。

大概又过两三个月,在一次吃饭时,妻子语声幽幽地说:"看见那只猫了,白缎似闪亮的毛没有了,毛色杂黑,瘦,耳根还有一处伤。"我摆摆手,不让她说了。一顿饭就此结束。

　　以后,妻再没提看见猫,我的心反而比被她提起还难受。一只好猫,一只有情义的猫哇,它在老傅家青春蓬勃,享受其类无比的宠爱,它给老傅一家人,尤其小女儿多多,带来多少腾欢逐乐的甜蜜啊! 老傅一家以朋友相托,恂恂重义,我却辜负了信任。出于自责,我郁郁不快。我能想象出,失去主人的猫,要经受的恫吓和饥饿、雨淋和寒冷。从天堂坠落孤地,即便它躲过了恶人棍棒,它躲得过既药杀老鼠也药死猫的晦局吗? 这大概就是它的命吧!

　　读者诸君,我没因猫流失的偶然事件而中止奔往老傅家的行踪。起初,老傅家两位决策人还过问猫的最新情况,他们总在自己预想中这猫生活很好的自信里高兴。我端起酒杯和他们一起祝福。后来,他们不问了,老马的话就少了。我们在无有猫的话题中饮酒,依然其乐融融。

　　或许老傅忘记了吧。

梦回故园秋

姚其彪，1940年生于四川省泸州市，1963年毕业于四川美术学院，曾任良乡文化馆馆长、房山文化馆副馆长。长期从事中国画研究、创作以及书画普及辅导工作，副研究馆员职称。从1980年起，多次参加北京市和全国重大美展，在专业期刊和多家报纸副刊发表作品，曾获得多次重大奖项。他的作品与艺术传略收入中国画研究院《中国艺术家系统数据库》。

——作者题注

屋前一条深沟，屋后一座少鹤山。沱江和长江在这里拥抱以后，穿越峡谷，流向远方。

阳光灿烂的早晨，几声鸡啼，姚家老屋走出一大一小两个人来。做木匠的父亲前面走，脸孔让阳光照射得通红，十岁男孩儿跟在后边，小小一个蜡染布包贴在胸口。好高兴啊，边城才解放，姚家就送后生上学堂了。

男孩儿一边走，一边低头踢路上石子。父亲的嘱咐，全没在意……

老屋远了，男孩儿回头张望，心还扣在山地：春天来了，蜂群似的伙伴钻进竹坳。酒乡亦是竹乡，毛竹、西风竹、斑竹、鸡爪竹……数也数不清。竹鞭钻出，柔韧得像孩子一样顽皮，拽出当马鞭玩儿。当时尚无螃蟹，可是"臭大姐"特别多，这里叫它"五香虫"。捉住它用开水浇，油炸，香过美国大杏仁。夏天涨水了，淹了龙眼树，泅进水域，双腿骑在树枝上，尽情吃饱肚皮。带劲儿的是溅一路水花去捉蟹，长江边的孩子是捉蟹好手，提着笆篓、木桶,到江边翻石头,石头底下常有四五只螃蟹,用带来的水盆煮了吃,特别开心!秋后十一月,坡上橘园的橘子成熟了,头天不知晓,夜里一刮风,第二天开后门,熟透的橘子落在门窗下,特别有意思……

山城泸州,酒城泸州,千年浇灌的酒文化,未曾哺育出大文人;彼一方钟灵毓秀,却流淌进了边地生民的血脉。

十岁的姚家儿郎,连跨两个年级,赶上了同龄学子。上课专心听讲,放学后爬山挖猪菜,江边捡木柴,兼得老师和家长欢心。

升入高中,父亲渐渐犹豫了。家境贫穷,父亲需要高高大大儿子的体力。"还是学木匠吧。"父亲和儿子商量。"嗯——行。"儿子不忍父亲每日加班,供给学费。人大了,不要累赘家庭。

未料想,变化的世界没有接受父亲木匠传家的希望。儿子高中毕业之前,他的初中美术老师曾一鲁,已预先把他昔日的课堂作业寄给了四川美术学院,答复竟允许他参加考试……

于是,少年姚其彪上路了,告别童年赤脚踢踏的山地。从此,做木匠的父亲丢失了一个凄凉梦想,木匠的儿子扇起理想的翅膀飞翔……

进北京生活了二十年以后,巴人其彪仍对其人生际遇感喟不已。几回梦里回故园,巴山蜀水惹人醉。他认定,人生真正能留在记忆,进而激发创造的,不是索取得来的生活优越,而是童年的清纯和忧伤。

他画竹,脑海里显出故乡青竹小桥。画江帆,耳边似听到声声川江号子。画枇杷、芭蕉,眼前闪现那蕉叶的坚硬,回味枇杷入口的清香……

画之道,骏马秋风塞北,杏花春雨江南。姚画师将南国采撷的秀丽植入北方的浑厚土壤,在中国传统画意境上创新。自属"家在长江畔""蜀郡江阳人"的游子,作成大气风骨:粗犷而不失灵秀,邈远而真气蕴藏,既看见岭南派的"甜",又沾润北方派的"苦"。

如果——用作假设的词语,多说几遍,都不可估量他的潜能。

尽管几年前,当代诗坛圣手张志民先生出访欧洲,把他的画作礼品,引来通晓中国翰墨的外国友人赞赏;方今香港画商传书,以经济眼意在港台、东南亚地区拓展他的作品影响;人值盛年,正处在创作辉煌时期……只是因了工作,因了结庐在人境,须尝试世上喧哗,不能走进清静无极。

引发他停止"如果"后边的聚成,时间是1982年调任良乡文化馆以后,有感于文化庄园的焦渴,决意以自身做一引路人,带领寻觅天路的攀缘者,于榛莽之间望见晴朗天空。有几个情景忘不了——他接了一张请束,去指导一个乡文化站的画展。画幅中,一张虎画止住闲逸目光。虽然着色和用纸不对,但整体造型很好。问主办方,说小作者九岁,是姐姐陪着来的。他上下打量童子,一双晶亮眼睛递给他感应:"孺子可教。"这一个记住了。

再到发现小胡泊,是在画室。从名字,可觉出父母艺术用心。孩子的父母是工人,分别在木器厂和服装厂上班。据说,为培养胡泊,父母每星期轮流领他到北京学画,一年了,一个人的工资搭进去了。儿子上课,父母站大门外,遇天气不好,只有躲房檐。辗转闻悉姚先生,方知舍近求远。"跑不起,还想让孩子提高一步。"提两瓶酒进门的父亲很恳切地说。

七岁的小家伙当场表演画技,一只鸭涂得还挺带味儿。"又是一个",巴陵人心里一动。

他与被传达室拦住的刘立新相认,是在一个雨天中午。听声音"要见姚先生",他挑开竹帘。"你要学画?"问去迟疑。未叫北京语调同化的川音与山地腔作一席交谈。青年来自山乡霞云岭,初中毕业未考上学,从报上得知良乡成立书画研究会,径来投师。雨中,自行车骑行一百里山路,居山乡怀远志……"姚门扑雨",默念热中肠,舜尧发寒门,斯时芳草斋主,伸出手带去滚烫……

"芳草斋",取自古义。画斋与七步香草发生联系,茸茸秀景碧连天,即由一桩桩感受确定下来。于是,良乡文化馆如同磁场,出现青春部落。来自街道、农村、机关、厂矿、军营的年轻人,每星期三、星期日上课。山不在高,有仙则名,姚馆长有教无类。

于是,姚馆长热情外移,于几家大厂设立了美术班。自行车吱吱声响,协和着爱的逍遥。

于是,秀木成栋,巴陵子心血结成果实:一百六十多名学画人,先期六人考入美术院校。三名中学生,摘取了北京市书画赛奖牌。军营来者,七人转业后被地方录用为美工。三位高足苏联春、詹德祥、刘立新,一堂领受"中国东方文化研究会、国际中国画展暨大赛组委会"颁奖。当年姐姐领来学画的苏联春,十九岁成名,作品经常在京参展,几家画店标定他的虎画润格两千元以上。小胡泊呢,画鸭画鹊画梅花,获奖证书签着"胡泊先生"……

弟子登堂入室,老姚心平如水。他有两点论:第一,留下好作品;第二,培养一批人。党把边城穷孩子培养成了大学生、艺术家,他要更多地报答社会。近年,良乡文化馆连续两次被评为"北京市先进文化集体",国家文化部授予"全国先进单位"荣誉称号。

近年国内出版的《当代书画篆刻家词典·二卷》,内中开列良乡客籍者条目;《二十世纪·中华画苑掇英》大画册,旨在收藏百余名家精品和国际大赛获奖之作的巨厦轩堂,亦含姚画师墨痕。

…………

生是巴蜀人,长为异乡客。多少梦里情怀,化作砚池一泓清水。

四川人少见的高大身躯,由他承担乡恋的寂寥和人子尽孝未了的哀伤。那一天吃晚饭啜下一杯酒,还想干点儿什么,荧屏传来乐曲声,像寻巢的鸟儿找到目标一样,扑入他心际山谷,一行流动的字体,牵动怀中的千山万水——"天府明珠——泸州纪行"。跟随乐声,只见荧屏中有一老者,把盏壶浆,揎袖悬毫,银发绰然,俨俨仙人形态。"呵,曾先生——曾一鲁先生!"姚画师一声惊喜站立起来。瞬间,他的眼睛蒙上了家乡山地那绫绡一般的水汽。先生啊先生,您可知江阳儿思念家乡的苦情吗?落寞伤情事,悠远故园心。先生,天行健,人安否?是夜,月景明亮,他心里涌起一种说不出的悲凉,说不出的酸涩。已然倦卧醒来的老伴儿,见着一双大睁的眼睛。

　　嗟夫,人间多少蹉跎事,梦回巴山有一人!

忽闻噩音泪滂沱

——怀念诗人赵日升

　　二〇〇四年七月十二日,是个星期一,我乘公交车赶早去良乡,半路寻呼机响了,打开一看,是区文联赵思敬发来的信息:"赵日升老师昨日去世。"入眼那会儿,我还有些迷沌,转而就心情沉重起来。跟随噩音,心被泪水淹没了。

　　这怎么可能呢? 今年五月的时候,区文联召集《神龙福地佛子庄》出版研讨会,我还见到了他。老友见面,心肠火热,会场外聊了好长一会儿。散会后,我还送他上车。怎么将将两个月,他就离开他所眷恋的故土,离开景仰他的房山一群朋友呢?

　　人世无常,人世无常……

　　算起来,我认识赵日升老师超过三十年了。二十世纪七十年代初,我二十岁出头,他三十五六岁。文化馆改名"毛泽东思想宣传站",赵老师是宣传站的创作组成员,负责编一本《房山文艺》。但是我并不知道,立在眼前的这位就是小学课本里写《拒马河,靠山坡》那篇课文的人。我最初练笔的一首诗《拉练队伍进咱村》和几首新民歌,是经过赵老师编用的。那时我的作品署名还连着"坨里村社员"身份。此后,我在赵老师心目中有了印象,县里举办培训活动,都会通知我。记得有一次办创作班(现在叫"笔会"),赵老师请来了《北京文艺》(《北京文学》前称)的周雁如、戴其锷两位编辑,两位老师叫我们每人写一篇小说。结果,二十几人中有三篇被看中:一篇是赵老师的《火红的朝阳》,一篇是许谋清的《钟声震荡》,一篇是我的《花香菜鲜》。我们三个人的第一次小说创作,除了在《北京文艺》

发表,还一同编入以陈建功作品定名、北京出版社的集子,人民美术出版社为这三篇作品单出版了一本连环画。这是赵日升老师带领房山创作队伍的一次成功亮相。

我是在《北京文艺》学习历练两年多以后进的房山文化馆。时间是一九七八年五月。大概是赵老师认为我还可以写下去,大力向文化馆几位领导推荐,把我调去文化馆,安排在了他身边。《房山文艺》由刊物改版为报纸第一期开始,我参与了编辑工作。也就是从那一时起,我更加清晰体察到了赵日升老师渗于房山这块文学田亩躬耕勤苦,以及巨流中护舰领航的长远目光。

恳恳款款以心血浇灌这张四开小报,他除了认真修改业余作者稿件,很多编务工作也亲自承担。数字数、画版式、跑印刷厂,细碎小事占用了他许多宝贵的才华。早晨上班,我经常见到他因为熬夜乌青的眼圈。

赵日升老师终生以编辑为业,从房山起步,无论在《诗刊》,还是中国青年出版社,他选择了培养人才、文艺绿化的职业道路。在房山,以文才氤氲房山;在北京,以贤能惠及全国。问一问二十年前房山弄笔儿郎,有谁没受过他的教泽,摇首闭口者稀稀。"玄都观内花千树,尽是刘郎去后栽。"房山文坛盛景,有着赵老师太多植功种德的痕迹。

赵老师一心使地方作者长见识,知道什么是高山,什么是大川,他噙智研心。他主政《房山文艺》时期,约请名家跨入专栏,大诗人邵燕祥的《桂林三题》,《十月》杂志社张守仁的《小路啊,我对你如此深情的思念》,刘章的书信等等,皆在文艺苗圃出现,让房山作者看个明白。这也是二十年以后,我翻检《房山文艺》旧报,才明晰赵老师为房山作者成长的良苦用心。

赵老师是一个家乡感很强的人。房山的山山水水哺育了这位诗人,诗人也眷恋这一片土地。每每邀请他亲临家乡文化建设方面的讨论会，他必欣然答应，语声里流露出"青春作伴好还乡"的适意。我在十渡文化站工作的第三年，一九八七年一月，组织了一个连接三乡的"绿谷文苑"。正式成立那天，赵老师穿着一件风衣来了，一同来的重要人物，还有张志民、浩然、赵金九几位老师。看得出来，赵老师那天特别高兴，这是在他写出成名作之地拒马河浸润乡情啊。会上会下，业余作者提问，客人谈趣最多的，是赵老师的那首《拒马河，靠山坡》。

赵老师接连作答，开心的笑容映在他脸上。那一天，因为来者众，陪恩师益友我一共饮了十八杯酒。傍晚，赵老师一行才离去。后两次，我是为《房山报》效力，请赵老师动手动口，为《房山报》写点什么，说点什么。很快，赵老师的一篇精美散文《发现》，烘托了报纸试刊；在报社对外宣布成立的会上，他又发表了精辟见解，关切家乡之情，溢于言表。此后，区文联成立，赵老师受邀献智出力，来往的次数更多了。

风是故乡暖，月是故乡明，赵老师的思乡情结契合了中华民族源远流长的文化印迹。

我之所以怀念赵老师，还因为他是一个笃于友情的人。他结交的朋友，无论是同道，还是普通乡人，都能做到与人十几年、几十年友情不渝。即便是去了北京，地位变了，名望高了，也没忘记老家情缘。"贵易友，富易妻"，永远同他不是一道题。我还记得他在调离房山之前，托他买一些"文革"后再版书籍，因为钱数有限，该买什么就委托他了。书买好后，没让我去取，而是骑着自行车，载着两捆书，亲自送我家来了。往返六十里路程，包含多么深厚友情啊。还有一次是他住圆恩寺一号院时候，我去看他，他执意留我住下。当时居处窄仄，把孙老师挤进小屋，让我与他睡一张床，和我说了半宿的话。第二天早晨，孙老师见我俩扔了一地痰纸和烟头儿。赵老师在职时候，《青年文学》发过我几篇散文，第一篇是《赶春》，以后陆续《童心一种》《老傅家的猫》等篇什。我发现，邮寄来的刊物，总夹带着同期作品清样，那心意是让我多留一二份资料。赵老师亲手剪裁，这其中又熨帖着怎样的深情啊！我给赵老师寄稿，并非"每发必中"，《梦的片段》第一稿就被打退。随后不久，赵老师专致一函，信文里小心解释过以后，他诘问自己："是不是严酷一些了呢？"他反而不安了。今天我重新捧读这件书信，肚肠真是千回百转……房山的朋友今时怀念他，为他哭泣，赵老师笃于友情，为原因之一吧。

赵日升老师是中华人民共和国成立以后，在真正意义上，文学追求取得成功的房山第一人。他少有诗名，在校读书期间即有"小田间"之称。青年时，他的诗清新、质朴、甜美，朗朗上口，热情洋溢，壮年之后融入了雄峻、沉郁的哲思。但无论前者还是后者，他的诗都保持传统与现代结合，民族化的、个性鲜明的风格。在北京同一代诗人中，他取得的成就是很高的。这也是苍天有情，不绝房山文脉，贾岛故里又降生一代诗才。正因为赵老师代表房山，走出房山，卓然而成大家，所以他更希望房山的后来者能够出现大才。所以大希望之下，对房山后学持有严格态度。他先后主持中青社两个刊物，说过："不能靠关系，我家乡的人就要比别人写得好，光达到发表线还不行。"让有志于攀登文学高峰的房山文学青年，苦其心志，经受磨砺，赵老师这样的话难道不深藏大爱吗？

赵老师一生正直、善良、性情温和。他对老父亲，极尽孝道，对一双男孩，"松"和"毅"的名字盼其传续家风。也听他与人开玩笑，但谑而不虐。

从人叫我小董，转而叫老董，到现在年轻人喊董老，觉得时间飞快，仿佛一觉醒来，就到了令人心酸的年纪。赵老师于我有知遇之恩，是他把我从白薯锅拽了出来，走上写字耍手艺道路。前两年我在《虹云上的歌唱》

那首长诗附记里说道："想起张志民老师、赵日升老师对我的恩义，我就想哭……"而今知我爱我的两位贤者已双双离去，我只有以泪洗面，万语千言说不出来……因为出身寒微，形成固有的自卑意识，我只以心交给我敬的人，默默地敬重。虽然写了一点儿文字，但我坦然地自称"是一个有文化的农民"。请文联同志代我向赵日升老师敬献的花圈，我叮嘱落款为"乡村挚友"……

一语千泪，我把自拟的一副挽联泣别恩师：

七步香草濡知己，

一把清泪送故人。

锦书难托清音旧
——哀友三章

活着就要做一面诚实的"镜子"——怀念邢一中

"到年底,看谁蒸的窝头个儿大、眼儿小,谁就是好样儿的！"

这如农村生产队队长出口的土话,却是文化单位领导者讲的。讲这句话的人,就是新任馆长邢一中。因为讲法特别,我记了几十年。

由他这任开始,对创作员不看日日满勤,只要求创作量,摒除了上班一律"画钩"的制衡。这一点最受我欢迎。众所周知,我在文化馆是散漫惯了的一个。除了隔三岔五、月底领工资露回面,其余时间我很少上班。老先生王凤梧曾形容我冬天的办公室:炉膛里能养耗子。邢一中的开明,更加使我放纵无恐。我的特殊待遇在馆里,真是"前无古人,后无来者"呀。

我对他的当政十分感激。

我被他所管,而他在文化馆的资历没我深。二十世纪七十年代末期,为了联系作者,我骑自行车专访邢一中。他那时在石楼公社当办公室主任。早知道他写的诗上了《北京文艺》,可见面印象,不管说话还是穿戴,他都像一个纯朴的农民。我们慢慢有了文学交往。

老邢的诗追随民歌风。他爱谈论的诗人是贺敬之、郭小川、张志民、李瑛。谈论作家,他常提柳青、路遥。以信天游形式写诗歌,他参悟了几十年。他太痴迷于诗歌了。有知情者说写满诗稿的笔记本码书桌高高一摞,论重量有一百多斤。为什么如此痴迷？我想除了个人爱好，其中一项受前贤鼓励。他真的是与贾岛同为一乡人，贾岛的生地就在石楼乡。

为伊消得人憔悴。三十年前他闹病，吓唬过我们一回。前几年，他终因写诗伤了身。他的愿望太高，心结太重，发愿超过陆游的产量。一天一首，一天几首，以诗的形式写日记，他太累了。

他在云居寺当领导期间，阅读和写作加倍。他既写诗歌，又开掘文物研究，有专门著作，史书也没少读。

在我印象中，当年他家生活比较贫困。我没见他穿过新衣服和皮鞋。冬天他脚下是一双民工爱穿的老套的黑布靴。同为农民出身，我很心疼。那年得知他家的大白菜卖不出去，我帮他张罗，也就帮了一回。

写这篇文章开始的立意，拟题为"韧的坚守和善的回声"，我想这与他吻合。他写诗的韧性，充分证明了这一点。至于"善的回声"，莫过于追思会上大家的表情。追思者个个是话句哽咽，语语清泪。对他做人的敬佩，发自心胸。

那次会，我也参加了。想想逝者，看看来者，我不免心生凄凉，遂发"一番相见一番老，能得几时为弟兄"的感慨。

"像牛一样劳动，像土地一样奉献"的老邢，做人做得太好了！

我不评价他的诗歌有多棒，我只对他的人品挑起大拇指！古代男儿三立志，把"德"放在前面，功业和立言较为轻。

按农村话儿，他不是只会沾别人光、别的责任不负、单单"扈油儿的"，不是"见十个人说八样话的"，不是"踩别人肩膀往上爬的"，更不是"偷了人家猪，还往人门上抹屎的"……

梁晓声在谈论小说创作原则时，强调过一句话："作为文学家，第一品质是一定要善良。善良包含了对同胞命运的关注和同情，还包含看社会看时代的理性。"按这句话理解,老邢无愧于心地做到了。

人活着死了都是一面镜子。镜像里可能是人,可能是鬼,也可能是猪。照见的可能是人的诚实、善良,也可能是鬼的奸诈,抑或白鼻梁、"二丑"。你信服谁,就向谁那一边努力。

经师易找,人师难求。我愿学邢一中这面镜子,不宠不惊过一生——邢大哥,你是我的榜样!

山荆花情,山荆花命——把话掏给苏宝敦

宝敦在世,有两样儿比宋公家骧风光。一则,区文联主席凸凹三年前为他撰写了《京郊文学报春鸟》专题文章,名家手笔,劳《北京日报》登了整版。另则,房山区文联旗下的《燕都》杂志在 2015 年第 4 期"区县名家巡礼",隆重推介宝敦,大幅照片、精当介绍,并登载他的代表作,重刊刘绍棠昔日宝墨对其褒奖。对于一生迷恋写作的人,这礼遇比什么都重。最可慰藉的是,宝敦自己看到了,他恬而归向道山,心怀不空!

未曾让宝敦见识的大美文字,乃友人、本土文史专家杨亦武撰写的《苏公墓碑记》。其文光昌流丽,古味盎然,致使恭诵者产生此持笔人"今人耶？古人耶？"的猜想。跌足鼓盆而歌,传统风流钟爱这一气场。

哀荣活人见,情分地土生……

算起,与老苏相识差不多四十年了。他"出道"早,我尊"老兄",他回敬"老弟"。我早年在文化馆期间,发现创作组资料柜存一部长篇小说手稿,以岗上村老劳模吴春山为原型,由他和赵日升、马连山、曹岫森四人共同创作,记得书名有"山荆花"仨字。他那时的身份还是农民,奉召参加

了"三结合"。书没出版,但与文艺分子摸爬滚打经年,练习了手艺,这也是他以后大显身手,在全市郊区首先推出长篇小说《柳溪轶事》的"密钥"。

再以后,他文章没少写,仕途也越走越顺畅。当了"官儿"的宝敦,没有"穿新鞋、高抬脚",盈盈公府步架势,哪时见哪时随和。体会他为官一生,总显着"一脚门里、一脚门外"。真正用心还是文学。浮现我脑海里的,净是他如孩童一般喜眉笑眼探讨文学的情景。

鉴于他向往文学的努力,二十世纪九十年代之初,我以一名北京作协老会员的资格,介绍他加入了北京作协。

"庾信文章老更成。"到了晚年,他的作品越来越好。生活根底扎实,生活气息充足,穿插着灵秀机心,是其显著特征,并讲究了炼词炼句。《燕都》刊载,原发表于《北京文学》1993 年第 9 期的代表作《野蜂蜜》,最见这一特点。

《野蜂蜜》的生活味儿浓得化不开了。我仅举开头的一段,让大家看看老苏的功力。开头写:"这儿是阳坡脸儿,对面是阴坡沟。阳坡脸儿上一块平面稍倾光滑洁净的大青石上,孤零零摆着四群加继箱的蜜蜂巢箱,小楼房似的点缀在山野之中。巢箱一侧是茅屋,两小间,是山里人用从山上割下的黄米草盖的顶。盘旋着茅屋的是倭瓜秧,小磨盘似碧绿大叶子,喇叭口儿似橙黄倭瓜花,长虫头似的尖尖须须在慢悠悠向前爬。基部坐住的坠根瓜,圆咕噜噜明摆着,一个一个黄了皮儿。"

诸君你看呀,这里边有多少环境知识、生态知识、养蜂知识!有层次,有比喻,有动感,有色彩,尤其"加继箱""坠根瓜"二词,不懂养蜂业和农业根本道不出来。这是真功实能啊!现今哪些作者还青睐、掌握农田知识?这值得我们深思。

现在的文章写法让人憋气！本无生活体验，便胡扯八卦，写不出人们喜爱的生活，就写阿猫阿狗穿越和臊裤裆充数。

当今的编辑大人也离谱，你真心写生活，写得朴实、不油腔滑调，他说你写得老实、手法过时，如同当今把老实、诚恳人品说成"傻"一样。喝牛奶、吃汉堡长大的自是与吃棒糁粥的一辈味觉不同。非逼得人不说人话了，这才算好吗？世风日下，于文学亦可见一斑。幸有黄永玉与咱们保持一致："艺术上没有新旧，只有好坏。"这话给咱们提气！再过十年、二十年，你看那新潮分子还会剩下几人？老实人不吃亏，时间是最好的验证。

"花香蜂采蜜，辛苦为谁忙？"写作者答：为苍生。赵树理为苍生，孙犁为苍生，刘绍棠为苍生，浩然为苍生……临老苏，为的也是苍生！

看君已是无家客，犹是逢人说故乡。走出了大山几十年的老苏，赤子之心不改，以大篇小篇文章描写生他养他的土地，告慰父老乡亲。他写昔日拒马河有情，写今朝农村变迁的美好生活有情，他的深挚情感渗透进了三百万字作品中！

尤其难得，作为一名作家的老苏，他不满足于格物致知，眼光宏大，具有文化自觉意识。"筚路蓝缕，以启山林"，做了许多文化开发工作。云居寺的《宝藏》杂志，由他主创；周口店猿人馆的《北京人》杂志，由他挑梁；他还承接了房山游子联谊会书刊的编辑事务；他还为多名退休领导干部编写"自传"。多年噙智研心，耗去了他大量精力。

老苏的可爱，不唯性情温和，不唯痴迷文学，还有交友信，他不是"口惠而实不至"那类人。他表里如一。凭我对他的了解，他虽然性情和善，却并非"和事佬"，在文艺观上，在对受屈辱同志上，他"铰理儿"，主持正义，他可不是无原则的人啊！

老友相交一场，本该说些"高大上"话，可我不会。想老苏，我若说那类型话,他泉下也未必爱听。因为同有受苦经历,同是从白薯锅里爬出的人,又同爱着家乡山荆花,所以"半世功名一鸡肋,平生道路九羊肠"的我,有根襻说他"山荆花情,山荆花命"。山荆作为原生态物种,有了天,有了地,就有了它。虽然在秀木面前显得卑微,但它不看人眼色,活得带劲儿,多么贫瘠的地儿,都能够生存。荆花蜜更是好东西,汪曾祺说:"所有蜜品中,数荆花蜜营养最棒!"这些,都是我看人看事的佐证。另外,赵树理夫子自道的一句话"我是农民中的圣人,知识分子中的傻瓜",我冒领了,于苏君受用,于我也受用。

一片冰心在玉壶——感怀宋家骧

够"士"这一层级,近人、今人知有张伯驹、齐如山、张中行、王世襄、汪曾祺等诸公。尊范云水风襟,于昔日享誉京城。话归当下,在我家乡房山,也有如上志趣人物,因限于一隅,年龄与上述贤良又逊一等,故名声不甚显扬。此公周口店辛庄人氏,名谓宋家骧,的的确确执"士"之异秉。

既为士,必集高洁,嗜诗酒,坦荡而不羁。

家骧老人,乃具此风仪。外观其表,神色冲和,一部美髯、一款吊带裤、一条手杖,踏宽松透气宋公屐。这份古今气度合在一起,想说他不真切、不神气,都不可能。

常暗笑他过颈胡须长得好,黑中挂白梢儿的一抹胡须,构成了他诗酒风流的标配。古体诗人蓄须,更显出竹间老人似那分可爱。

爱看他与诗友雅聚,煮酒为诗、煮诗为酒时的形态。一俟数杯烈酒入怀,黑红脸膛即酡色倾面,和颜含笑,气度阔朗,端方中见慈蔼;放胸臆,吐心曲，言毕朗然而笑，俊爽豪宕之气可以大观。或有雅谑脱口，然无一句孟浪之语。

美髯缘知性光粲，海饮纵诗情飞扬。我在心底"坏坏地"为他勾抹图像。

最难忘：踏春步秋，小桥边、柿子树下，吾二人听流莺百啭，观白云浮闲；最难忘：借宿山民老屋，通宵达旦，一灯相对坐谈玄。

教我识草木，教我克心魔，灵智在林泉授受，思之如含甘饴。

本期长相守，却谁知亲炙不再，悲怆，眼迷离。

在劫不算数，在数最难逃。预言咋这么残酷，欺凌人所心爱的宋公！

先生遗著，知有《江夏随笔》《不足斋韵句》《大房山樵歌》《撷瓣集》《碎陶集》《人间草木词》数种。《人间草木词》为其绝笔。均得见赠。通读后，深觉"惟大英雄能本色，是真名士自风流"之美。"樵歌"吟颂房山旅游名胜，钩古沥今，熔俚俗、特产于一炉；"撷瓣"拾取神话传说、历史人物、国粹艺术、古典名篇等漫漶；"碎陶"则咏九州、录民俗，唱时代勇者、真实生活。蔚为大观，难以用瑰丽、精美囊括。大开大阖的浪漫手法，非广博知识不能；非深厚学养不能；非大仁大智不能；非向世悲悯不能！笑蜀中窃璧之徒，获鲁奖的某公，简直不可与之同日而语。

宋公诗书，我最推崇若丰子恺《护生画集》一般的《人间草木词》。最见智者仁心。百余种草木，经妙手描绘，活生生映现。

联想很容易产生。方今之世，人们热衷急功近利的"眼球经济"，谁还把小花小草放在心里？而宋公，却是在古稀之年醉心于此啊！草木知我心，草木为我师，以善为念者心地明确。草木早于人类，长于人类，没了人类，没不了草木。宋诗人以大器局写小草木，贯通浓重家国情怀。现代人，心太浮了，忽略了敬畏草木品质。失去记忆的种群，注定了地球早晚出事。

尤其是《人间草木词》的"跋"，让我心生敬畏。宋老从"用一百个词牌,写一百种植物"初心谈起,简笔讲述人生经历,从中读出司马迁《报任安书》况味:"我从后期学历,到参加工作,直至今天退休,年逾古稀,一直与'林'没有分开。'林'是一个巨大的生态系统,是维系地球生态平衡的骨干。我饱受它的恩惠,干它的活儿,吃它的饭,却只有十分有限的回报。为此我惭愧,我歉疚,我反复谴责自己。植物是林的基本元素,我决定从写它开始。只是我太愚钝,太笨拙,只是完成了预定数量(其中有农作物),自己的崇敬、景仰、珍惜、感叹却远远不够。但能尽一份心意,足可慰藉我那不安的心了。"

家骥老人工作一生,不求财,不贪财,不媚权贵,不阿势力。对文场人,悉存敬意;谈诗论道,直言不讳。活得性情,活得清白。按条件早能为伴侣转为城镇户口,而他不愿向实权者乞怜。至其死,老妻仍为农妇之身。一壶酒,一勺羹,一筐诗稿,得大自在。想来林斤澜写给"文友、吃友和酒友"汪曾祺的对联:"我行我素小葱拌豆腐;若即若离下笔如有神。"宋老行迹与之同出一辙。人生大幕将落,宋老书写的"跋"不见己悲,显示了人生通透。有限的篇幅,只在于表达为公的大爱,也不忘友人,而家事一字未提!

"草木词"无奈成了"广陵散"。我除了伤感优秀词人减员,我更伤感人的嵚崎磊落品种的绝灭!"爱与希望,要比恨与愤怒强大得多。"宋老秉习的精神提供了对于社会真谛的认识。

春枝花满,天心月圆,宋公奔赴往生去了,给世人留下无尽思念。

"生如夏花之灿烂,死如秋叶之静美。"愿泰戈尔在天堂,安抚宋公的这颗心吧!

笃情重义喜林公

我不识格律,但愿往懂诗词的人群里糇。此癖好,不图在文化圈混一脸儿熟,而只为个人继续学习。经常听课,还与林宗源等先生,房山云水诗社的"五皓",结下了深厚友谊。

几位师友,不单诗词作得好,人品也极方正,在我心目中很占地位。盟主绍邦,精研此道最久,诗风朴质、洗练,浸在诗篇的"包浆",衬着其人心地善良和处世谨慎。家骧先生,美髯缘知性光粲,海饮纵诗情飞扬,其笔下诗味与酒味一样浓。谭泽先生,口语入诗,显示了内心聪慧和艺术取向。金生兄台,信而好古,常以"典"酿造华章,他学识之丰赡,让人不由得发出"书库"之想……

我对塔园居士林宗源先生的品位,另有看重。敬慕之处,且道两点:

一、诗有捷才。林先生作诗,全出自性灵,很是顺畅。历次南国北疆之行,一路上诗稿都会不断增加他行箧的重量。

他写诗数量大,质量却有保证,一首首光昌流利,为识者赞赏。那一年,庆贺我孙儿"满月",他即席吟诵一首七律,以古今人们的美好愿望熔于一炉,将我孙儿单名的"为",歌咏得令人舒畅,并把我夫妻二人名字也巧妙地纳入诗行,引得满堂喝彩!

当然,林公灵敏的诗才,是以深厚学养为根基的。他的一部《蒲松龄传》,洞开当代研究蒲氏新篇章,确立了他在高等学府的学术地位。

二、即是林先生厚德包容和笃情重义。我侍弄文字半生,自己感觉无啥乐趣,处处吃力;往往为了一个动词的使用,大伤脑筋。倘若竟日无果,第一意识就是向"五皓"中人求助,林公也总会于较短时间回馈他的智慧。似这般心地纯净,以己之能增益他人之状,在学风、世风日益浮薄的今世,重放了先贤"临事肯替别人想,是第一等学问"的精神光芒。

本人羞赧之处,也应于众坦白:自身平素虽不与酒亲近,但与知己相聚,酒虫儿就躁动身体,几杯"青州从事"下肚,极易出现"返祖现象",不管席上坐着"大师",还是显亲贵戚,不分老嫩,一通抨击。醉眼半移,却见林公无一丝挂碍,面容温和,若慈面佛。事后,我也曾用电话试探,他那里一串呵呵笑声。

做人做到这个样子,他鼓舞我求同。

二十多年前,我就发明一句格言,被人认同:"人无贵贱,得缘者相敬。"从与林公交集上,这一心得更得到确证。

同是学界中人,我还有一点愚见乞禀林公:房山是诞生贾岛的地方,贾岛对创作的严苛,为后世树立了千年榜样。现今,学风浮躁、喧嚣,跟地球上的重度污染一样,我们以个体之功治理不了,但对于个人情致,我们应该有自己的主张。

素心养志。既自认为是读书种子,就不要为蜗角虚名所累,不要成帮结伙弄学问。闲云野鹤、孤家寡人,有何不好?个人要耐得住寂寞。钱锺书说过一句话:"大抵学问是荒江野老屋中二三素心人商量培养之事情。"谓与不信?

不给社会添乱,不给子孙留骂名;惧而思奋,愧而思奋,这是我与林公、"五皓",结成同心的义气所在。

想　大　连

　　在北京地区生活久了,去外地,总喜欢与自己生活的地方进行比较。多年前那次去大连,就给我留下美丽的印迹。

　　当时想,大连的城市美,首先表现在它城市设计规划得好。城市建筑物风格多样,欧亚风情式、中国田园式等等,在人的视觉里,城市天空萦纡着轻灵。尤其记忆深刻的,是大连广播电视局大楼,这座二十多层的高层建筑,设计上达到了传统与现代的完美结合,像一首有抒情意味的诗,成了一道风景,在旅游者心目中也成为坐标,辨识容身所在。我们早晚去市区游玩,返回就以广电局大楼方位找寻住宿地。这样的一座建筑,造价是昂贵的,但比起我们北京城市和郊区一些投入巨资建造,既无特点又无长久观赏性的钢筋混凝土"空匣儿",觉得人家的钱花得不冤。大连没有什么出奇的文物古迹,但感觉它的现代文化气象十分夺人。

　　也是当时凝想,大连的美,还美在它的绿地面积很大。殊为不同,这里不是以奇花异卉、树木成林为重,而是广植草被,草坪面积既大且整齐。市政府广场、解放广场、星海公园、电视塔下山麓和通向海滨的沿途,乃至旅顺口,全见绿茸茸草坪覆盖,城市为此显得鲜润柔和,具有海洋一样辽远的色调。北戴河、南戴河,景区和大海是割裂的,而这里融为了一体。在现代化都市建设中,肯如此大幅度地营造绿地,无疑表达了大连市政府和人民的审美见识。据说当时在我们北京西单劝业场那块地方,原是留作绿地的,但在黄金有价地无价的京城,规划保留的绿地终又变成了水泥建筑。随着所见,便是城市的拥挤。

　　在大连的几天,我们还比较关注大连的社会文化。大连人的文化意识亦与我们迥然有异。譬如说广场晚会,大连人夏日的晚上多在广场举办露天歌舞,任何人都可以一展歌喉或舒展舞姿。这种公益活动,每每有企业加盟。而我们在这一季节的大众风景,那会儿则或是马路遛弯儿,或是坐在家门口儿摇着蒲扇神侃。还譬如说社会用字,大连市区随便走到哪儿,店铺商家应用的字都非常规范,多是书报正体字。稍留意,你还会发现,高楼巨厦极少见到名人题字,或政府首脑歪歪扭扭的墨迹。大连人的求实,比我们这里连卖豆腐脑儿的都要找名人题款,真是千差万别。最能说明大连人文化品位的,就是他们的足球意识了。在我们住所老干部局招待所旁边不远,即是大连万达足球俱乐部的训练和比赛场地,那里有一个巨大的足球造型标志,到夜间,这球体通亮,熠熠发光,甚远距离都可看到,为一重要的街市景观。由此看来,这座中等城市的甲 A 队蜚声国内,是与这里的理念、风尚分不开的。文化传播潜移默化,它非常重要。

　　还令我们啧啧称奇的是,竟然在大连没发现私人张贴的小广告,尤其是看着恶心的"几世名医"罗列专治性病项目的那种招贴,无论在市区,还是在隐蔽处,都无发现。这无疑是一个奇迹。被斥为"城市牛皮癣"的小广告,在我之一隅已到不可招架的地步,从城市向郊区向偏远乡村蔓延。不知大连施政者采用什么招数,把"牛皮癣"顽症治理好了。看来不是外病外治,而是外病内医,强根固体。我们听说大连市政府在社会综合治理上有很大投入,其中一项投入就是市区街市门脸整齐划一,一律采用铝合金,所需费用,市、区政府和店家各分担三分之一,保证了街市严整和大商业气派。类似于此,政府为民办的实事还有许多。市民触及到了政府予以的公共利益,爱护大连、维护大连的公众意识便得以兴盛。市区街道书写的"大连是我家,人人爱护她",公园里草坪插入的警示牌"绿色的生命,何忍踏入",便觉得有一种挚爱的温馨。高山流水日日聆音,自然产生感召效应:城市肌肤洁净,社区秩序井然,出租车计价低廉,等等。礼义廉耻,国之四维,开垦风化,委实不可低估。

美丽的海滨山城,它的山路多,交通发达,我们都领略了。我至今难忘大连,原因在大连购物也留下怀念。销售旅游纪念品的姑娘,面容干净,她们目光流露着商海里大不同的善良和诚实。我们原已习熟的集市购物方略:在杀价一半基础上,再杀价三分之一的战术,竟无用武之地。真诚与真诚对视,心与心相接。

大连真好! 多年前就信服的大连,如有机会,我真想再去一次。

远　山

远山，不远，从心理上……

乘坐去往远山的列车，穿越一个个隧洞和一道道桥梁，光线出现哪怕瞬间，我也总把头扭向车窗，目光投向两侧山岩。六年时光，去过多少次那片山地，总这般心热，这般寄情。

魂系边远的山地，是我工作过的十渡。

一种机遇，使我认识了浑悍的魅力，洁爽的拂荡。离开十渡以后，我为未曾及早悟出山的禀性和曾与之的怠慢，感到愧悔。

那需要你用心血、用纯实品质和节操，偎依的山地哟。

我投入这方山地，有涸辙之鲋归入汪洋的灵捷快意；有悠悠我心，任无牵挂的清远……

我竟想不到，天偏地远的十渡，山地与我两看不厌。我看山，初春的山，植入了山乡少女的匀称身材，蓬勃着青春温香的气息。夏日临接，山与河岸杨柳亲昵，就擎足了农村少妇的风韵绰然。秋天走远了，秋天的山，视野里得见寒苦慵劳的老奶奶，眯一双眼睛慈祥地观注着你，头上缩着一朵白云。冬天万山俱寂，你将承接向你而来的，是祖父那般相视无言的威峻和苍睿。

隐于山形的山魂山魄，这是与你做人根本不可剥离的本原。

我爱十渡山，爱花椒树被一夜春雨浇湿，铁干凝绿，山民表现出来的喜悦。我爱十渡山，爱柿子成熟季节，万山红遍，映现山乡的林果丰硕。我爱着鸟鸣啁啾的山冈上，手握一把野花，再去摘一颗亮紫色桑葚含进口；

缓步儿走进街中地毯厂,听机杼声声⋯⋯

露珠凝重的八月,花椒嘟噜儿诱惑了山川。清晨,山村被一声声门轴,被呼姑喊嫂的欢乐声音惊醒。背篓的,提篮的,尖尖的脚儿,生风的步子,都去上山了。也不用多久,红扑扑的椒粒儿,挤瘦了马路,压低了房檐,满街满巷飘散花椒独有的清香,麻唧酥痒你热爱山村的神经。倘若凉夜不眠,你还会听到隔墙那边大娘预备榨椒籽油,和女儿说话的喳喳语声⋯⋯

十月,怕是让汽车给装运走了。东三省、天津卫、北京城来的大汽车,脚跟脚奔了十渡。身在山谷间,他们以出类拔萃的智商,依次与同伴、与十月展开了争夺,电子计算器配合油腔滑调,向拙算老农用尽心机——不待言,哪为弱者。一袋袋薄皮儿核桃,一包包优质花椒,一筐筐黄澄澄的柿子,一捆捆檀木荆条⋯⋯运走,运出了十渡。年年如此,年年赚收十渡的十月。

清澈见底的拒马河,是太行山的女儿,一道秀水,绵延了山谷的阳刚与妩媚。这自然风光,自然对新型旅游者产生吸引力,皮尔·卡丹的应用者们来此翩翩起舞,比基尼与三角裤恰到好处地供人浮想沙滩。且欲"阳"者,专以河产甲鱼为美食,"洋"且亦"阳",丰腴了欢娱者的春魂。其得心之乐哉,亦在乐道山区落后——放眼四处青山,我只一个"浅薄"道不出口⋯⋯

山有乡情,水亦有相知。在十渡,我曾亲眼看到平西抗日纪念碑揭幕时的感人情景。萧克将军题写的"在平西抗日战争中牺牲的烈士永垂不朽"大字碑文,当拉开红幔,那么多老将军肃穆而立,空谷松涛和流水清音弹拨着天籁下的神圣。我看见老迈苍苍的将军们,踩着匍冬小麦,还处处小心;端起一碗倭瓜米饭,也须眉展动,老眼生光⋯⋯云程戈马已往,开创了人民江山的功臣,他们眼中所见,果真是倭瓜米饭、静默的土地吗？

　　…………

　　在一身轻舒的日子里，我真的为我的山区生活感到快乐了！我曾经想过，古代忠良遁迹山林，忍饥度寒，尚且胸襟开阔，锐意滔滔，列于斯土的今人，自当在这里克服浮躁，纠正褊狭，囤积摘取星月的腕力。只要肯和山地接近，无论张开雨伞走进了春雨，还是在冬雪皑皑的谷地踩出一行足迹，只要心宇还属于你，你的情致就得到了净化，天地中就有一种感觉陪伴，由燎热的心口涌向脑际，使你品味吸收智慧的幸福，使你自己羡慕自己。无论三春两秋，无论一年半载，倘你有过山地生活的经历，就要珍惜这一份记忆。

　　二十世纪八十年代有一首歌，歌名为《长大》，歌词中写道："当我知道什么是童年，我已长大；当我知道什么是故乡，人已在天涯；当我知道什么是黄昏，夕阳已西下……"我曾反复吟咏，并抄录了贴在我书桌前壁上。我就噙着幽幽苦涩和缕缕怅惘，探听山地消息，神仰远山，心逐山地……

冷冷拒马河

大凡去过十渡的人,都有一个口福:吃拒马河小鱼儿。

沿张坊镇一渡往里,四十里地界,不管高档酒楼宾馆,还是荒桥野渡的乡村酒家,席间都会见到香喷喷的炸拒马河小鱼儿。炸好的小鱼儿手指长短、粗细,味道极鲜,只要爱吃,保你百食而不厌。此为拒马河畔一道名吃。如果你没吃上,不能说你去了十渡。

我在十渡工作期间,旅游开发不似今天这般火爆,造名景观这样多,一切都很原始、古朴。因为工作轻闲,我常于清晨日夕徜徉拒马河边,观日出日落,看撒网捕鱼。

那时拒马河里鱼真多,至今我叫上名儿的有麦穗儿、白条儿、豆角儿、红翅、崖石胎儿、蝎么虎……

眼眨眨间,见那穿着裤衩、跨在水中央的渔民,几网下去,就打捞半渔篓。网撒出去像圆盆,捞上来就像缀了银片,那小鱼儿便在渔民的手指间跳动。鱼也真有大的,有一种叫作"崇鱼",可长到十几斤,头小、鳞细、肉质嫩,通身一根主刺,味道极鲜美,现在似乎见不到了。当地老乡讲,过去还有大的,为庆祝人民公社化,当年曾用毛驴驮一条鱼送进县城。

在十渡的时候,甲鱼也多得是。暑伏天中午,河滩上,露出水面的河石上,趴着许多晒盖子的甲鱼。甲鱼虽然视力不好,但听力极佳,不容人走进,它吧嗒吧嗒跳进河了。卖得特便宜,一只斤把重的甲鱼,当时出价仅五元,城里人还讨价还价。说起大甲鱼,当地人说,有像笸箩那般大的,人踩在它背上,能拉走很远;钻进河沙,能把水面搅起大大的旋涡。麟凤龟龙,谓之"四灵",当地人很少侵犯它,足见民风古朴。只是这河中之物,给白洋淀上来的打鱼人带来商机,他们专捕甲鱼。夏秋之际,他们拿着渔叉来了,常把带来的几条麻袋装得很满。曾向他们讨教捕获甲鱼的"诀窍",他们传授:冬扎坑,夏扎滩儿,不凉不热扎两边儿……

如今甲鱼进补尽人皆知,尤其野生甲鱼,营养价值极高,可惜拒马河已失去这宗宝物了。

我们现在常吃到的拒马河小鱼儿,多是麦穗儿和白条儿。这两种鱼长不大,繁殖力却极强,两三个月即长为成鱼,开始繁育下一代。它们对人间的恩爱,不致拒马河边打鱼人放弃渔械。

因为天性、经历,我爱吃小鱼儿,和许多打鱼人交上朋友。我请他们饮酒,请他们到文化站看书,闲敲棋子落灯花,乐趣无限。他们也时常把卖剩下的鱼留下,送给我,分文不取。不是我夸口,凡十渡地面以捕鱼为业的打鱼人,没有不认识我的。我生活在淳朴的乡情乡谊里,感到非常幸福,非常自在。我陆续写了一些感受山村的散文:《雨境》《春之谛》《月儿上篱墙》《去看崖花》……其中有的篇章还获得报刊大奖。"呀,文化站那儿看着像看门的人,还会写文章!"背后听了他们的夸奖,我比从中国作协党组书记马烽手里接过获奖证书还高兴。

现在,拒马河一线百里山川,旅游业日渐发达,旅游设施应有尽有。自从电视台播报北京空气指数以来,城里人害怕了,他们再也不敢认为高楼大厦、宝马香车好了,纷纷往山沟里跑。他们觉得,十渡的天空,十渡的山水,其实比他们生活的空间要好。我也认为,现代文明只能增加现代生活的乏累,而退化缺失人类赖以生存的生命原始的抗体。红尘滚滚,人情漠漠,歌台舞榭上先生小姐叫得亲,有几个心从口出,全凭金钱做主,哪有一点儿自然人属性? 更何况,贵易友,富易妻,古人的话岂可白说……

烹野鱼,煮水草,爱戴贫寒之友,古人把这叫"莼鲈之谊"。这种友情珍贵,是人生活中摆脱物惑的意志力。我十分感谢十渡人提早给予我免疫,我像不忘漂母的一饭之恩一样怀念山里乡亲。我离开十渡以后,那里来的一位朋友要我为一个饭店起名,我心里一热,未假思索,题名儿:莼鲈香!

赶 春

在城里待久了,别的甭说,连春光都瞧不上头一眼。

我早早离开县城,自公路下了土道以后这样想。斜阳融融,春风拂面,听着自行车碾轧泥土"沙沙沙"的声音,我的心就像一只归返天地间鸟儿般畅快。

北京冒了杨叶儿,像一窝待哺雏燕,齐刷刷张开乳黄色嘴巴,偎着风儿闹。柳丝透着娇,流着秀,从长长睫毛缝里偷看看杨树,撩一把柔发遮起了面颊。春是最先和农民碰面的。田地里干活的人有的翻畦,有的栽秧,他们都不显疲累,而是遍显喜悦。地头支着崭新的摩托车,车把上缠绕着红纱巾,火苗似的照眼。

天气这样好,眼前一切都呈着明亮和活跃气象。

"唧儿唧儿唧儿——"这个流动着乡情和活力的声音,是最容易渗透进泥土之情不泯的人的心中的。

不知什么时候,一个卖鸡雏的小伙子傍在我的身边。他的自行车后搭着一摞雪白的苇篓,随着车子颠闪,苇篓颤颤,鸡雏叫唤也时高时低。春天里行路是不应寂寞的,他给我增添了亲近的情致。

"赶着春来卖小鸡儿,真好。"

"你也这样想?"他眼睛一亮,转过身看我,青春的笑纹轻悄悄地挂在嘴边。

"跑这么远只为卖小鸡儿,可不如'皮包经理'来钱快呀!"骑了一段路,搭话多了,我越发喜欢上了这个带着孩子气的青年,便故意拦住了他的兴头儿。

小伙子愣了一下,舔了舔风干的嘴唇,眉头微蹙,扭过去脖颈:"别瞧那些东跑西颠的眼儿热,他们只赚抹了油嘴儿,'五行缺土'还能挣下家当? 靠勤劳致富心里安稳……"他洪亮着声儿说着,把我甩在了身后,不由我不加快速度往前赶……

他俯着身,一步一步更有劲地往前蹬,那苇茇巍巍颤颤,就像一朵白云追着他,悠悠然然……

"哎,你看,那像什么——"

小伙子一声惊喜地叫喊,把我从遐想中唤醒。顺着他的目光去看,湿漉漉的堰上,青青无忌的草芽之间,闪出来讶然可喜的碎花儿,花色浅浅,微带一点儿黄;它们挤碰着,纯稚、清朗,还有一点儿怯怯……

"这花像……"我想找个合适的词儿来形容。

他却不假思索地抢在前头:"像小鸡眼。"

好个绝妙比喻! 我的心"轰"地一下豁然大开。这个比喻是绝妙的好。若不是把春融进自己心胸的人,是不可能对春物这般灵犀相通啊!

我兴奋! 兴奋得思绪翻飞! 就连一队小学生迎面走过来,我也全不注意了。

"您停一下好吗?"

"哦,说我?"我刚一愣神,却见站在路边的一位女教师向我的同伴走来。

"您要买鸡?"小伙子下了车,用惊奇的目光打量。

"哦,哦。"女教师连连点头。

"教师——买小鸡儿?"真有趣。

小伙子慢慢解着绳扣儿,女教师在一边立着。风吹起了女教师的头发,我看见她鬓丝中微微白发。是"不惑"?是"知天命"?猜不准。

解开络着笼口的网绳,掀开苇芡,里面是一芡松花黄色、毛茸茸、挨挨挤挤"啾啾"乱叫的小鸡儿。绒球儿般的鸡雏,那个欢实劲儿,就像跳在人的心上。女教师眼睛闪着光彩,把手探进苇芡,一只只小鸡儿跳在她的臂上,幼小活跃的生命简直让女教师不知如何是好了。

"还是让我给您拿几只吧!"小伙子笑一笑,伸手抓出四只小鸡举在女教师胸前。

"哦,哦",女教师诺诺点头,把小鸡儿揾在怀里。她稳定了情绪,慢慢地巡视了一遍她的学生,随着她沉稳的语声,四个小学生欢呼着向她跑来。

"您买小鸡儿自己养吗?"小伙子系着绳扣儿,看着女教师递过来两元钱,不经意地问。

"哪里呀,当老师哪儿能养鸡呢?"女教师抬手迟缓地抿了下发鬓,"我们这儿是'原子城',孩子们自小住楼房,生长天地窄,带着出来是为了让他们感受生活,感受春天;买几只小鸡儿,是为了培养孩子写作文观察能力……"话轻轻的。这时,小伙子系绳的手停下了,注视起女教师。他的眼神从女教师的恬静面孔、头上微许白发、眼角安详的鱼尾纹,转到了微风里挺立的一行小小队列。这时候,我看到队列中的双双小眼睛和小鸡儿的眼睛都是亮格晶晶……

小伙子推开了女教师递钱的手,转过脸,召唤那几个捧小鸡儿的孩子,把那几只小鸡儿轻轻放回了苇芡,又掏出另外四只:一只油黄,一只乌黑,一只玉白,一只浅灰。当他把最后一只小鸡儿交给一个小男孩儿时,抬手摸了他的头,接着,看了一眼女教师和孩子们,便十分敏捷地拴上绳儿——眨眼间,轻巧地跃上车,骑走了!

我呆了⋯⋯

我渐渐清晰。

一时间,我觉得天地是那么辽阔,辽阔得荡人胸怀。骑车的小伙子在天地之间,天,更见其润朗;地,更显其无垠。他还是那么用力地蹬着车,就像被一阵素洁的云簇拥着,鸡雏儿唧唧,苇芄颤颤,向着前方,向着无尽的天地⋯⋯

我毫不犹豫地向他赶去⋯⋯

千里走沂蒙

十二月,进入大雪节,还有几个极似十月小阳春的好天气。我与召唤者奔赴了山东。

夏季时,沂蒙革命老区临沂市和我的家乡房山结成友好区县,那里的沈泉庄和我们韩村河也结为友好村,受到党中央领导的夸奖。沈泉庄党支部书记王廷江抛开自己一人之富,换来全村共同富裕的事迹在京郊引起很大反响。深入贯彻十四届六中全会精神之际,金鸡台村党员干部去沈泉庄参观学习。

地图上标明,房山在首都西南边域,临沂市在山东东南边缘,与江苏省相望。一路之上,看不够繁华的城市,素丽的村庄,中途两次停歇,晨起日落更多地浏览了齐鲁风景,心中飞翔着想象。

沈泉庄拉直人的目光,是在十四日上午。车才驶入罗庄区,我们就觉出这里经济建设不同寻常。穿过一座跨街牌楼,路两旁有规模的商店厂家入目而来,构成了气势。真正落足沈泉庄,惊喜和惊奇就都在大家心里涌动了。两天来的猜想在这里寻求验证,眼见比猜想更饱满,更得心愿。把沈泉庄和城市地区比较,应该说,城市那些环境设施这里全备了。就因为大家是脚连地气的人,感受格外仔细,与城市人观景不一样:从一座座别墅式住宅楼、宽广顺直花草依随的水泥路和挺拔兀立的烟囱上,体会到了智慧创造、汗水和泥土芬芳。再往细处想,水泥浇筑的城市,就仿佛人到中年固定了身段,而这里却如同在春天田野奔跑的少年,一切都有希望,一切都在生长着。

有花园式田庄映衬,村办公楼显得朴素。于此知道,一个当年靠拉排子车贩运陶瓷的人改变了他自己和沈泉庄的命运。他把自己辛苦挣来的价值四百万元的工厂和两百万元流动资金全交给了集体。他就是备受广大农村传扬、"一个支书一杆旗"的王廷江。山东人习惯把崇敬的人物称好汉,这沂蒙好汉就是王廷江。仅仅几年,沈泉庄由全镇 38 个村中的倒数第一,发展至拥有二十多家企业、跨国跨地区经营、产业集团化的经济增长示范村,成为全国农村的亮点。1995 年,全村实现产值 4.9 亿,利税4700 万元,人均收入 6000 元。到二十世纪末,全村将达到产值 15 亿元,利税 1.5 亿元,村民达到中等发达国家的生活水平……

好一个王廷江,好一个沈泉庄! 讲解员语音平缓,听的人尽以屏气凝神。

我们和徐州来的参观者做伴,迤逦参观了沈泉庄华唯建筑陶瓷有限公司、猪场、幼儿园和农民家庭,更真切认识了什么是现代农村,什么是现代化生产。就说那华唯企业,是引进意大利最先进设备,专门生产墙地釉面砖,将近两百米长生产线,仅见十几个操作工人。播撒釉彩的塑管像浇洒乳浆一样,一个巡回,一块块色彩光洁的釉面砖就包装入箱了。没有噪音,室内清爽,场地纤尘无染。虽有参观者到来,但工人表情平静,只专注手上操作。在瞭望台观望猪场,是由于卫生规定。从看台上向前望,又一种图景撩动心旌:一排排坚固的红砖猪舍分为几列,伸向远处,尽远处似无了间隔。临风伫立高台,其感既如"沙场秋点兵"的旷达,又像今人发现秦始皇兵马俑战阵,瞬见岁月湮隔的神奇……

讲解员在幼儿园和小学校楼群旁讲述,王廷江小时候家庭贫困,仅上过一年学,由此知道文化知识宝贵和受穷的根本。这里被树为省级的示范幼儿园,采取全托制,村民和外地职工子女在此入托。两处教育设施投资超过一千万元,以后还准备建中学和大学。清秀明丽的幼儿园围着花栏杆,镶嵌马赛克的垛壁组合了各种小动物图案,展览窗绽放艺术花蕾——可爱的儿童画。园门上方悬起四个大字:爱满天下。

由沈泉庄传出的一副春联,和农民谈话进行了印证,深为王廷江心血付出得到回报感到欣慰。那春联写"补贴万元盖楼房,多亏书记王廷江",横披是"共产党好"。据说,编写这副春联的老汉连年贴这一春联,词句不改。世道人心,这副联语的内涵,十分厚重。看得明白,就看明白了中国农村改革历程,五千年沧桑之下的农民身影,进而洞明世代忠良缘何称"苍天在上"。于我们国政,王廷江尽职仅于微末,但人民通过他,把更多热爱献给我们党。这即是土地滋养的生动和纯良。

参观行走,金鸡台村一名老干部扽了扽刘增会的衣襟,凑在年轻党支部书记跟前说:"着急了吧? 知道怎么样挣钱,怎么样花钱了吧? "

他一说,我的心"咯噔"一下,刘增会的眼睛也闪着急迫的光。

金鸡台,在京郊属于最富裕的山村之一,依托煤炭资源,闯出致富路,精神文明建设在山区也比较突出。这村的刘增会,干个体时就善待乡亲,帮助村里人解决实际困难,有"找大队不如找小会"的名声。他当了干部后,放弃了自己经营的煤矿,放弃了累计六七百万元的收入。这一点,他和王廷江行为相似。七步之内,必有香草,这也是我虔信之处。

我们怀着深层敬意来到沈泉庄。从历史角度看,山东是人所钦仰的地方,不但开启东方文化一个源头,诞生古代圣贤,而且家喻户晓的英雄豪杰也竞生于斯。但是,翰史篇篇,都比不上深刻改革的今天及驾驭时代趋奔的人们可钦可赞。王廷江和他的沈泉庄,把造访者带入新的感情世界。他们以自己鲜明的生活姿态,对改革的跨越和宽广的前景给予了解答:"不图今日明拍手,但求明天暗点头。"这总领了沈泉庄人的奋进意识,同行者们在心里掂量。

走上这高高的四马台

　　青山作堤岸，白云似可拿，百多里盘山公路万绿裹挟，我乘坐的白色面包车，如一艘游艇，轻柔地抵近山巅。

　　此行终点是房山西北部山区百花山腹地海拔千米处。好久未进山了，山间的清幽莽沃带给人一阵阵快意。这是盛夏大暑节气的第二天，连日降雨刚过，车轮碾着漫上路面的泉水，水花溅溅。路基两侧，山荆花密，倭瓜花黄。

　　我见到大山倍感亲切，是从这两年中央对农业格外重视，北京市政府制订了"四四工程"开始的。这项计划最简单的解释是，四年内，北京市边远山区四十万人口脱贫。房山区委和区政府对贯彻实施工程纲领极为迫切，年初迭迭出台了"龙腾计划""虎跃工程"。京郊"经济百强"按十类标准划分，每类型评选十名，房山占据六强。其中深山区霞云岭乡四马台村，是"边远山区经济十强"之一。

　　山区里飞出了金翅鸟，对全区经济全局是很大振奋。山里山外与时代紧紧衔接。

　　我对家乡山区经济起飞出现的变化有禁不住的喜悦。当车子左盘右转，看见四马台村人家，看见街中商业文化中心大楼时，我一下子热了心肠。这就是山沟沟里的建设吗？青山绿水间，一座装饰气派、规模可观的楼房院落兀然呈现。若不是青山环绕，山水奔流，任谁也不会以为山乡有如此美好家园。

　　实际上，这个山村经济起步刚四年。知情透底还是老乡亲，村干部外出检查路段险情还未回来,趁下午天儿还早,就拐出了楼房院。

我远远地看见东山梁有一个背篓的人在刨着什么。进山就心奇,我提着鞋,蹚过冰凉的溪水,手脚并用向那山梁攀去。

刨药材的老人,人精瘦,但看上去体质挺好。我把几支烟敬给他,就在坐不稳的坡面上谈起来。老人叫李万满,六十三岁了,三个儿子在煤矿上班,儿媳妇在农场劳动。他说来刨药材不是家里缺钱,是有这嗜好,既活动了筋骨,又给小孙子捡个零花儿。提到村里人生活,老人一脸笑容,说自从"小书记"上任,村里年年好,分米分面分过冬菜,按人头分,米面各一百斤,菜两百斤。"面是去面粉厂订的精粉,大米不怕钱多,就要那好的!"老人的语气,像村里的当家人。

"小书记不入个人腰包,干事有勇气,乡亲拥护。"他手指着坡梁下边的庄稼地,有把握地说,"河北沟以里,一溜十八台,就数这儿生长好。"说村里号召栽种杏树,家家上山。那杏仁出口,一个就是一元钱呢。"人家说得明白。"老人这样说,其实印证他的观点:煤早晚有一日采光,后代人有好日子过,就得植树。我们倾心漫谈,看得出采药材的老人对村里情况挺了解,听他叙过往言新变,句句中听。只听了"那杏仁出口,一个就是一元钱呢"时,我笑了。那不当真的笑也是甜蜜的——毕竟商品生产意识在山区最具保守意味的人群灵醒了。"乃不知有汉,无论魏晋",几千年封闭经济,经不住物换星移的穿透力。

我对这村有了大致了解,再听支部书记张进来和村民主任王玉芬介绍,轮廓就清晰多了。

1989年以前,生产队解体,一千人口的小山村,还可用数字说话的,是25万元贷款,人均250元贷款。耐不住贫穷,有二十余户迁移他乡。

1990年5月,四马台村新党支部成立,乡党委任命张进来担任支部书记兼经联社社长。乡党委的眼力,终于把一个改写四马台历史、有事业心的人物推上舞台。四年时间,还是那座煤矿,创收入上千万元,纯利将近六百万元。为让人们得到实惠,凝聚集体意识,党支部大力改善村民福利,在村政建设、改善办学、文化生活,以及其他长久措施方面也多投入。引水下山,铺设自来水管道8000米,解决了人担驴驮的吃水难问题。安装了三处电视卫星接收天线,修建了一座加油站。在煤矿工作收入高,每个家庭都有安置。

正是煤矿基础产业稳固,集体实力增强,党支部一班人萌生了"以黑养绿"的新思路。他们收回了土地,划分农场,发展"两高一优"农业。按规划,到1997年,人均经济林4.5亩,杏树200棵。张进来算了这样一笔账:杏树三五年挂果,每棵树就算打5斤杏仁,1斤杏仁卖10元,就是50元,200棵就是1万元。不算别种果木、养殖业收入,煤矿即使不产煤,每人都有万元收入,基本上家家进入小康了。党支部带领大家奔富裕,亿元村目标很快就能实现。

这就是一个小山村今天变化的事实和为明天描绘的图画。随着经济水平提高,这幅图画会不断增加新内容。村民看到了希望,群众又该怎样为新的生活奋斗呢?

张进来、王玉芬和五农场书记、场长陪我去看五农场开荒作业。不知不觉,我们登上半山梁,驻足观望,一面面坡好植被,一面面坡好梯田,山地的建造,令我惊讶。

五农场三个作业组在半山腰上开荒,呈一个水平线,向上推进。劳动的人果然大部分是妇女,只见一两个老汉。山上虽然清爽,但正值酷暑,她们每个人都流着大汗。短背心贴着脊背,脸和腿溅上的泥土被汗水打湿。一个砍山的妇女,手上还扎着纱布。在她们头前斜坡放着装水的塑料桶和大雪碧瓶,身后是新开垦出来的梯田。

五农场书记李万丰老汉说,因为有定额挣钱,开一亩荒210元,妇女们谁也不偷奸耍滑,干得挺欢。注重质量,在开垦梯田时拉一道铁丝垒直地堰。撂锄没几天,农场靠这些妇女已开荒十几亩了。

在二农场,劳动景象和五农场一样,所不同的是,在花红柳绿的垦荒者中,冒出几个身强力壮的男青年。"兄妹开荒"一般动人。

这齐心协力的劳动场面,在我看来是久违了,它引起我对当年"学大寨"场面的回忆,可又不尽相同。这里没出现红旗飘舞人造的声势,有的就是真抓实干!从山外走上来的人,至少有两点启发:一是党支部的召唤力,竟然把各种松散下来的心收拢,使他们心甘情愿地为创造家园奋斗;二是老区人民吃苦耐劳重视基本生存条件的精神。

他们是在石头缝里、灌木丛里,抠出一分一厘的山田。而在平原上,为了"钱",为了成沓纸币,缘木求鱼的盲目性,造成许多良田荒弃。哪个更智慧?哪个更切合底蕴?我们在感受这里回肠荡气的同时,有一丝沉重压上了心。

二农场书记耿长林说,党支部定下规划以后,全村热情很高,大家理解一家一户富不是根本,集体富裕了才牢靠。这个1938年就解放了的山地,群众的思想觉悟高、对党的信念始终没变。那些为边区子弟兵抬过担架、缝过布鞋、跑过交通的老党员老干部,自己上不去山了,就帮助支部做工作,鼓舞奔往山上的人为子孙造福。其实,我对耿长林也有了解,他是村干部中最年轻的一个,原在家开黑白铁门市,几年里挣下十几万元,因为农场需要,听从了安排,把家里的门店关了,个人一年损失两万元。

在四马台这两日,我走访了住户,去过了山林,看了煤矿、农场,还用农民家太阳能热水器洗了个痛快。告别山村前夜,我仍有很多兴致,和张进来坐在楼下台阶上畅谈。张进来谈了将来要进行粮食和果品深加工，开办煤炭储运。接着，我便被他讲述这里飞来白天鹅的事件吸引，又听他由此引发开发旅游的设想：在哪儿建栈道吊桥，哪儿建长亭，哪儿建水上游乐场、农家院度假村……听他言语描绘，我的心也跟着悬浮，像这山地星空似的高远起来。望着身边的张进来，望着沉静的山脉，耳边哗哗的流水声在心中喧腾，我觉得身边这农家子，就是一个纤夫，拖曳着山村航船，在搏击风浪……

辑二

连根树

早晨，枝头有鸡叫；

夏夜，有萤火虫飞。

燕子飞去飞回了，

年复一年。

农宅插曲儿

祖父母在世，举家为九口人。

岁月不居，年华如流。于今，余等四同胞兄弟亦自立门户，各自繁育，愈显人丁之盛。以预留发展空间而不计，现今这一大家庭，就有二十口之众。

祖上有德。哥儿弟兄分爨经年，老弟兄仍保持着一团和睦。

兄友弟恭，妻贤子孝；老母亲高寿，已临九秩，仍身体康泰，目下享受着美满人生、四世同堂的融融暖意。

农宅里，这一为人间增辉景象，竟熏染其他物种，坚持饲养的几种小动物，也颇得明德人家挚爱。养了两只小狗，一只是黄色，另一只也是黄色。只不过入家门，分为了先后。第一只小狗，为东北房客老两口儿留下的念物。他们搬离时，小狗刚出生，于是，就领走了大狗，留下了幼崽，便在这农家院一天天长大。莫小看了这只短脖儿短腿小柴狗。尽管它长大了，在体形上因追随其母，身高最多尺余，然而，它很有灵性。

哥儿弟兄不长居老家，常住者，为安徽人小张及其家眷。小张为村里运输户开汽车，其妻小孟在本村个体饭店做冷盘儿厨师。有小孟在饭店工作，小狗便能够得饱食。中午和晚上回家，小孟总会拎回一塑料袋剩骨头或剩荤菜。因此，小狗跟他俩最好。

这小张的妻子后晌儿下班晚，常于晚间九点以后。只要她还没回，小狗不是在门道儿等候，就是去离幼儿园不远的垃圾场旁边远迎。

这时，恰得小孟归，它于时间上揣算得非常准。

我家里的人，包括我那早已经出嫁、时常不回的妹妹在内，只要让它见过一次,就记住了是我家人,再来,它不咬。

不知它对于人间的亲情关系,怎琢磨得这么准。

小张一家长期镇守老宅。张护卫总会提供新情况,使我对"大黄"刮目相待。

他说,家里养了大鹅之后,到了产卵期,院处不见鹅蛋。几经观察,发现是被大黄"得"了去。

那大鹅伸长脖子涨红了脸,要下蛋了,这小狗就在一旁等待。鹅蛋刚落地儿,小狗就将鹅赶走;它像站立行走的企鹅那样儿,用两只前爪捧起了鹅蛋,摇摇摆摆,而又急速地撤离至房沟,到能隐身地儿。如果一时不吃,它就刨个坑儿,将鹅蛋掩埋进土里。它神不知、鬼不觉地屡屡得逞,误使家里人以为养了一只不会生蛋的鹅!

小张说,这只小狗忒有灵性,加以训练,天分得到发挥,会强过马戏团里的玲珑犬十倍!

我闻之,一乐。

"二黄"出现,始于我家重修老宅之际。

余临近花甲,众弟兄决心光复故地。最后雇用的工匠为河北省徐水县一拨儿人。其中,有个当小工的"小徐",三十几岁了,还未成婚。出于怜悯,家里老少很关心他。他生病了,自己舍不得花钱去医院,俺家就买回药剂,帮助他在家里"打点滴"。他在俺家干活儿很快活,搬砖运灰十分卖力,腰里别着一个手机,终日播放流行歌曲。

虽然"包活儿"约定,甲方一切从简,然俺家在协议之外保证烟茶供应,每天中午还招待匠人一顿酒食。一段时间以后,这小徐原本青灰脸色,开始面放光辉。

即将入冻了,工匠要撤离。就在某一天,小徐将一只铁路边捡到的狗崽,抱进了我家。

看样儿,这狗崽尚未断奶。它长相奇丑,恁般大东西,嘴巴上竟先有了数根黑胡须!一来怕冬天养不活,二来嫌它丑,众人意见,欲将它拒之门外。而我认识不同:既然来我家,说明有缘分,它再不像样子,也是条生命。我便力主留下了。待我仔细观看了这只狗崽儿,也禁不住像大家一样嘻嘻乐:小狗头形,夳蓬起来的胡须,怎么和小徐差不离儿呀!

物随人相,追谁像谁。大伙儿都这么说。

我叮嘱小张和小孟:将这一个"弃婴",好生管理。

隔年,"二黄"也长成了。它与"大黄"同为雌性,相互却不排斥,形影相随。

这俩生灵厮混在一起,也生趣味。表面上看,二者关系很好,一块儿逗,一块儿耍,可到了家人吃饭,料定有封赏时候,大黄不让二黄进屋。那一种"先入为主"的优越感,让人又是气,又是乐!

在享食上不讲友爱,而对敌上却保持着合力。这两只狗儿,身材都小,靠单打独斗,谁都不能保证胜利。然而它俩不管哪个在外遇上敌手,绝不恋战,而是先跑回家,将另一个唤出,一起去退敌。竟不解它们使用了什么信息,能将求援之意表述清楚。它们不计前嫌而同仇敌忾的精神,让做人者都心生敬意。

就是由于"二黄"不如"大黄"长得水灵,有灵气,这二黄便在众人眼中和其同类中受"夹板儿气"。我每每看着不公。有时回老家,带了食品,我会先将一块食物抛掷远处,诱使大黄离远;然后转过身,就近给二黄喂食。这大黄聪明归聪明,但它首尾难顾,必须让它接受"在物质利益面前,还有更重要的考量",人类良知教育。

二黄外貌虽比不得"徐公"之好,其实也有出息。大黄千般好,但惧怕放鞭炮,值春节期间,鞭炮声连绵,它就宁肯饿着,也不敢出窝儿。而二黄呢,此时就像一位荷戟将军,于大宅院里不时地巡逻,关注来往者情况,维护平安秩序。

由二黄,我心生感动:今年春节,回到老家,为重温儿时旧梦,我与老母亲一炕共眠。二黄不明详情,以为炕上躺了生客,仰首向炕角儿吼吠。我抬起头,让它看清楚了,它才不叫了。对于它的警惕,我十分欣慰。

最心畅的,是我回老家,离家门还很远,这俩小东西,听见了我的语声,或者见到身影,便齐刷刷地来迎接。它俩摇着小尾巴,头前带路。

狗不嫌家贫,古今皆以"义"冠之,真是这个样子。

乡间有老理儿,是什么人家养什么物,什么人得什么趣儿。我就觉得这两只小柴狗配柴门草舍,很相宜。高档人家可以养"松狮",养"藏獒",养"腊肠",养"京巴",养"沙皮",那是有闲和有钱阶层,咱家不敢与之攀比。在饥里寒里生,在泥里土里长,两只小犬这般地仁义,直让农宅游子热在心里。

咱家的猫,也非高贵血统,与庄户人家档次也搭配。

这只自寻来家的猫,多得小张呵护。它的本事,迥于同类。

小张嗜酒。每次在家饮酒,都将猫儿揽在怀里。开始,他是用筷子头儿蘸酒逗猫,慢慢地,猫适应了辣性,产生了酒瘾。若满足它,一次能饮下少半杯。如果小张一时忽略了它的存在,它就抬起前爪,去抓小张衣服,或者直接去抓酒杯。

这只猫,练出了酒量。在其猫界,无与之相匹。

然而,它也有"喝大了"的时候。其醉态,与人类无殊异,也是精神亢奋。院里有一棵柿子树,它"喵""喵"地叫着狂欢,爬上爬下起舞,两双利爪,挠下了不少干树皮。

有一回,在醉意中,它攀上了瓜架,踞于角瓜上进行"军演",结果使得头戴金盔的"角瓜武士"摔破了身体。

猫醉酒,并非轻易发生。常态下,是猫狗同欢。常常地,小猫趴卧北房台阶晒太阳,睡着了。这时,大黄或二黄,就故意不让其休息,或抬爪勾勾它的毛,或用嘴叼叼它的尾,将它弄醒。在它俩的刺激下,小猫逐渐恢复了逗耍情绪,便一同在院子里你折我滚、追逐嬉戏。

猫狗之间亲和,给寻常宅院提供了和睦相处的范例。"牛马比君子,畜牲也是人。"皆为胎生,这话不由你不信。

除此,俺宅门里还养鸡,还养鹅呢。家人将之安置在了院墙角落,予其定居。为了迎接它们入驻,俺家在新房竣工之后,给它们操持了"安居工程",专门制作了宽敞的两层竹木结构笼舍,也算鸡与鹅的"别墅"吧。鸡能跳能飞,养在了上边;鹅唯其体大肚子蠢,即给它在下一层安居。

原以为羽毛类结伴而居会相安无事,没想到,长大了之后,这两只鹅太厉害。小孟刚将饭店带回的"折箩"倒进食盆,俩鹅就像老天桥"贯跤"的把式"保三儿",一拧一拧身子,夯着翅膀,不容鸡们临近。它俩连脖颈儿都甩上了油脂,而众鸡还在饿着肚皮。鸡们于不碍身之处,眨巴着渴望的眼睛,等候鹅姐有回心转意的机会。

当然,鸡也有骄傲的时候。它能获得自由,飞出栅栏,可以向鹅炫耀飞腾实力。

栅栏之外,是几畦瓜菜,也有豆角秧爬上了界墙。鸡们可高兴了,能跨步在菜畦啄虫,能跳在竹篱笆上晒太阳,想干啥就干啥。它们所策演的自由度,与画地为牢的鹅,形成了鲜明对比。

也原以为人工饲养的鸡,每天有定时定量供应,不会糟践菜地,没想到鸡将它们的视野,变成了它们的领地。畦里几棵茄子,被它们叨光了叶儿,留待秋后的苤蓝,一时成了光秃秃的绿疙瘩。几种绿叶蔬菜,全变得"苗条",光照洒满菜地。

这鸡们也摸准了主人家好性情,不撵它们不走,撤离了菜畦,一会儿,它们又会探头探脑地重返竹篱。最惹人"生气"的,是不顾忌主人脸面,大摊大摊鸡屎,不管任何地儿都撒。你去追打,它们或者跳上石头圆桌,或者飞上枣树,不思己过,还冲着你"喔喔"地啼。就像人对它们的责罚,反而使它们更觉得风光一样。

农宅就是农宅呀!宅门里有植物动物的气息,那才算得上圆满农宅。过去,农家院儿白天跑黄鼠狼,有蛇、刺猬、蛤蟆、蚯蚓等很多乡土元素。早晨,枝头上有鷩鸡儿叫;夏夜,有萤火虫儿绕院飞。燕子飞去飞回了,树木和菜畦,年复一年,一茬茬绿,那是多好的"天人合一"的乡间景象啊!一日三次缭绕房顶的炊烟,一天三遍大人呼喊孩子回家吃饭的声音,这都是让人想想即心热的农家韵味。倘再得见小儿郎挎书包由农家门进进出出,就愈显人境有散不完的生机。

而今,农村城市化成了大趋势。新款农宅,居住设施被彻底现代化了。干净了,也舒适了,然原生态种类,好像除了蚂蚁以外,其他活物都已绝迹。有由政府部门命名、供城里人享受的"农家乐",吃喝起卧与城市无异,就仿佛城市环境进行了空间大挪移。若无心欢的人陪伴,实在是了无生趣。

感谢自己家还留这一块儿乐土,没能让城市化"拔了根",使我还能看到生活里的原生态,还能睡在与老母亲撒娇的大土炕上,感受农宅"古典式"欢乐,真是一件幸事!

大侄媳妇

她姓张,嫁翟家,住对门。我们两家相好几辈儿了。

这个侄媳妇啊,是按乡亲辈叫的,在全村我家的辈分中等,她家最低。她年岁比我大多啦!听说,我小的时候,吃过她的奶水。

在他们本家一族,她家的辈儿也最低。翟姓人是大户,在辈分上她家垫底,管那穿屁股帘儿的小孩,也有叫"叔叔""爷爷"的。轮到她的后代,辈分实在没法论了,就有人嬉闹:"活坟头子吧。"受者也应。

她的家庭成员,故去的人,我还有印象:爷爷公,身量儿高,留一把山羊胡,晚年患"帕金森",嘬烟袋锅点火柴,手抖得厉害。奶奶婆,个儿矮,嘴瘪,一头白发,银丝闪亮儿。公公比较倔,爱讲直理,街面歪毛淘气儿不敢惹。婆婆为二婚上门,出自大户人家,识字,但不懂庄稼院儿,一次逮鸡,她问"绑前腿还是绑后腿"。丈夫有一身好力气,先在农田干活,后在供销社副食品加工厂当技师,整天做糕点、酱油醋,身上常带回一股油脂味儿、醋味儿。她入门时,小叔子、小姑子尚幼,既要给几个老人端汤奉盏,耐心服侍,还要看护好小叔子和小姑子。

一门良善,全村无一人持有非议。

她的娘家村儿,因了存着唐代诗人贾岛的衣冠冢,使不少人知道了"二站"。

那个地区,是房山的"粮仓",一片大平原,盛产小麦和稻米。

能长水稻的地儿,我们坨里村羡慕。地块大,地头长,农田活儿比我们这儿有气势。她来坨里,一双大脚板抡大锄,运锄出色,我们这里强壮的男劳力也很难比。

　　她一副善相福相啊,鼻翼右侧一颗俊痣,鼻梁高挺,面色红,口形好看,牙齿白而齐。女人中的高个儿,胖瘦适中,到老没走形。

　　她日常助人的事例太多了,由人张口,她无不应许。生产队时期特别困难,有的老婆又不会算计过日子,往往于中午起火做饭时,找上门,借米借盐,她每回都让来者满意。

　　她好开玩笑。我都生儿育女了,当着挺多人,她还学舌我奶奶单给我起的昵名。大侄媳、小叔公,我没有办法,只得羞脸听。人家跟她开玩笑,她亦不恼,嬉笑随人。

　　她家是小会场,男男女女、老老少少,愿往那儿奔。我爹最爱在她家串门,待起来没够。夏天的晚晌,几乎天天去,坐大椿树下聊天儿,常误了晚饭时辰。娘喊了,他装听不见,还聊,就该她说话了:"别大沉屁股啦,'做饭儿的'喊您呢!"一催再催,我爹才撂下她家大蒲扇,乐悠悠而归。

　　自然,她与女人聊机会最多。有婆婆说儿媳不好的,有儿媳诉婆婆不疼人的,皆一肚子委屈。站谁一边,怎么劝说?她讲公理,该谁的不是就谁的不是。当面尽管有人不乐意,未偏向着自己,但末后一琢磨,还是她的理儿对。有那听了劝,家庭和睦了的,进门就报喜。她喜眉笑眼,一脸光辉。

　　她是那一门大家族"志"字辈顶大的嫂子。她真心疼爱每一个弟弟妹妹。该成家了,几次三番托人介绍对象;该盖房了,将盖房会遇到的事项想在了前头。老嫂比母,弟弟们结婚,全靠她张罗,安床铺被,一五等项,想得周细。轮到弟弟们的儿子结婚、聘闺女,怎么接亲、送亲,去哪些合适的人,各种礼数一嘱再嘱。弟弟妹妹们信服她的经验,每临去老亲戚家出份子,大队人马公推她为"领队"。有她在,就不胆怯。那一程烘云托月呀,最显她勃勃风采。

乡亲们事儿,最要紧的,无外乎红白喜事。她显示了指挥和调度能力。事项最烦琐的,是"白事",怎么给老人穿装裹衣,怎么入殓,区别远近亲疏和长幼,女人的孝箍怎么戴,箍子上边各缀什么样式、什么颜色记号,男人的孝裰搏留多长,大小人儿鞔孝鞋,缝在鞋后跟处的白布留多大空当儿,等等,"五服"内都有讲究。哪先哪后,各料理什么,一样样仪注,她都叮嘱事主仔细。有的程式,她还亲手操持。

老乡们期望她去帮忙,原因有两点:一是她懂礼数,热心肠;二来她是"全和人"——夫妻俱在,有儿有女。尤其操办"红事",这一点最重要了,若人口不全,风俗上张罗人不得傍边。

眼见乡村几十年光景中,抑恶就是扬善没人讲了,世上人情几番颠倒,造成的后果,是大凡见了邪恶分子都装没看见一样。她却从来没有改变过自己的处世原则。

我们街有一个因家穷而变态的小子,把满天下看成敌人,装疯卖癫,时不时站门口骂人,骂得"牙碜",女人不敢旁听。来卖香油的,他打了油不给钱,还张口就骂,抄石头要砸,吓得小贩谁也不敢在他家门口吆喝。日子一长,人们都视其为"公害",可就是没一人当面质询和阻拦。那一回他又骂大街,我大侄媳妇挺身去了,发问:"谁又惹着您啦?"他拧拧脖儿,火气挺冲:"没你的事儿!""没我的事儿也要问。您这么骂,忒伤人!"她一点儿不胆怵,接着讲,"也不想想,您也有儿有女了,该给儿女留点儿德气。把老亲旧邻都得罪苦了,您往后真打算家里死、炕头埋?"语声里逐渐有了刚性。他翻了翻白眼,没做争执,我大侄媳妇继而又温和地说:"穷不扎根,富不长苗儿,谁也不能老受穷。您往后正经过日子,老乡亲帮一把,不信您的日子过不上来。"她在情在理数落半天,浑人也听懂了规劝,他没言声。

事后,把她的二闺女吓了一跳,急急追问:"就不怕他疯劲儿上来,踹你几脚?"

"我不怕! 我这是为他好。"她一副坦然样子。

"积善人家,必有余庆;积不善人家,必有余殃",轮得着说这句话了。

福报于她:大儿子、大儿媳,俱为高校教员;二儿子为"好汉不挣有数钱"的自由职业者,虽无公职,但是又有楼房又有车,小日子相当不错;大女儿曾任乡干部;二女儿在婆家村当会计;孙儿辈,长孙女出国留学了,次子的两个女儿亦为高等学历。家事顺遂,人口平安。

她自己的待遇,尤为村中老年人羡慕。她住不惯楼房,回老家了,儿子将房屋整饬一新,不但安装了坐便器、淋浴,添置了电采暖和摇动椅,还请了一位专业保姆,那是每月五千多元的费用呀。"全是修来的福",无人不赞,无人不传扬。

人终归受生命规律制约的。生老病死,谁也躲不过。从去年起,儿女们几度将她从生死线上夺回来。她的心脏安了起搏器。人憔悴了,头发稀了,腰弯了。我见了几面,每次都暗含眼泪。多好的人哪,从当初年纪轻轻、梳着双辫儿进入坨里,街里街坊喊"志忠家的",到有头生闺女以后,"招儿妈"叫到如今。老的这么喊,少的也这么叫,她答应声干脆。大名"张桂英",只于选民榜上隔几年才显露一回。"最是人间留不住,朱颜辞镜花辞树",把大铁勺磨成了月牙儿,把门槛踩成了月牙儿,把大梢门的门轴碾细了的人,从容地蹚着村子岁月,青丝变为稀稀白发,难道就要走完人生的全程了吗? 对她,我是心存崇敬的,虽仅为一名村妇,但在这一地,她起的模范作用太重要了! 现今的世态,我很痛苦,肯于将个人对道德的朴素见解、将善良人品抵押给岁月,从而使社会做稍许改良的人,太少了。

道德伦理全面滑坡。闭着眼想一想，全因个人利益相互坑害。由之，我想到了"负氧离子"一词，这新时代推崇的空气指标，完全适用于表达人品。人世良性的把握不是气体，但比空气重要，它起到的作用是避免人的种群和人性的退化。负氧离子可以吸了进，呼了出，而好的人性于天地间只可当宝贝收存，而且须臾不可离。

想起来也是一乐子，我和她二儿子交情好，此一伙伴，聪明、大心量，教会我下象棋，虽年岁隔了很多，但我乐意称他"师父"。见此状，她笑言："拜干哥们儿吧！"我笑而未应。为啥？论乡亲辈她儿子称我"二爷爷"可以割舍，但将叫惯的"招儿妈"改称了"干娘"，我拉不下脸皮。但在我心里，她已然是我做人效习的长辈。她百年后的一天，我定然下跪（我已经跪过她夫君志忠了）。

转绿回黄又一年，担心着，担心着，这一日还是来了。听她女儿讲，这天一起身，她告说"上痰了"，凭自身经验，她知道不好，儿女们赶忙送她去医院。晚间，弥留之际，儿女的一句"回家了"，使她又睁开了眼。是什么气脉儿还能使她苏醒了呢？应该有很多很多的根源吧：对亲人、对乡亲、对家园、对故地……很多念想儿际会其中。

"求人测算了，'吃上饺子'（指过春节），还能熬一年。"她没满足儿女期盼，冥神把她的生命截止在了"小雪"节气的前三天。

"人吃黄土一辈子，黄土吃人只一口儿。"我的嘉邻、大侄媳妇就此终止了气息。

从没见这多伤心人呀，宽大院场儿挨挨挤挤，俱是泪眼婆娑的人。几个中年妇女一边噙泪叨念，一边为逝者的供桌铺上白布，安放烛台祭品，完全像逝者生前专注那样仔细。她曾安置了那么多老人，现在轮别人安置她了。几位拄棍儿的老汉、老年妇女，是不顾家人劝阻执意来的。灵堂前的纸灰太厚了,烧纸仍不断加续。"大了(音 liǎo)"饱览世事,什么家境没去过?什么场景没见过?他呢,上七十岁的人了,一边挨个儿呼喊祭奠者名字,一边抹泪。男人的哭一般是不出声音的,群人中不闻哭声的恸哭,最见恸心。一个家族弟弟,已见了白胡楂儿,刚喊了一声"嫂子",便仰巴脚儿倒地……送别仪式体面而情义融融。

原来,贞德共识,种善是可以传染的啊!那一刻,我体会到了善力的炽热。

初冬时节,当风而无风,天气和善地干净。抬眼望空,云翳间,粉红日头时而闪映。

一副挽联,凝结了我的心语:

情堪火热,众道世间负氧离子悦目;

心比秋凉,我悲淑界贤德之人离尘。

彩云儿

彩云儿住北坡,和我家同一条街,同一生产队。

阳坡顶,房前有两户,房后无一家。站立在我家院,望她家,须高仰着颏儿。

那坡冈处很荒凉,连草都不多。房后有一坡,比她家地势还高,当年修过炮楼,挖过壕沟。炮楼基座露着,壕沟还很深。那沟也叫"死孩子沟",有夭婴儿,会扔在沟里。大人常吓唬,小孩儿不敢单独去那儿玩。

后坡有几条地,由于土薄,年年只种一季谷子、绿豆。撒高粱,听凭雨水儿。

她家的屋里屋外太空旷了。三间"四不露"老土坯房,屋内唯一大的摆件为两截儿仓柜,再就是里外屋土炕、几块炉坑板儿。院子无墙,荆条圪针插一圈儿,没闩门。早年,坡上有狼,为吓住狼,老屋前墙后墙的青灰色墙面涂了白灰圈儿。

坡下街里住户都点上电灯了,她那儿由于住户稀,没给接线。

"四不露"本来就缺窗户,白天都暗,至晚间更像黑洞,脚底下潮湿。孩子们印象里,她婆婆有眼疾,平日流脓嗒水儿,脚大、脸长,旧式着装,爱讲骇人的神鬼故事。讲了,孩儿们就乖,不在她家淘气,给她搬柴点烟,供她使唤。

彩云儿结婚时,我年岁还小,估计也没去凑热闹。我见着时,是听了筲梁响,她往坡上挑水。她的双辫儿甩嗒甩嗒,抬脚轻快,一袭素衣,背影儿很美。

再往后,我学着干活儿了,一个生产队的,全看得见。那时,我觉得她特别能干,割麦子、招玉米是个好手,镰刀和短镐就像打了油,农人谓之"妙兴",帅得很。

我留下一个记忆,有关农田风情:耪地"歇盼儿",大家靠拢地头,歇一歇气儿。五六月干旱,天儿热,土烫,全打赤脚。老者们抽烟,或擦锄,青年就想法子打发精气神儿。玩什么呢?玩伸脚趾头的游戏,看谁能将二脚趾压在了大脚趾上。这个游戏,只有彩云儿和另一名男社员做得来。众人见状快活,她浅浅地乐。我听说,"二脚趾长,妨爹娘",当时也不辨真假。

往后,我就注意她了。彩云儿的身材好,穿衣服秀气,脸庞圆,面色红,两颊有雀斑,但不重,越发显得人儿俏丽。

男人为一门儿独子,原先在大台煤矿,抢大锤,打铆钉。后来,工人下放了,归生产队。我至今也定不准,彩云儿是看上了他当工人在先呢,还是男人又当农民以后订的婚事。反正哥们儿少,在农村是嫁女寻夫的有利条件。

这家追溯起来,我与他们是四辈以上的表亲。我喊彩云儿男人"表叔",喊彩云儿"表婶儿"。

听说,我表叔初回队上,很有优越感,爱穿四个兜的制服,别一杆钢笔,说话咬字眼儿。他吸烟,却不带整盒的,只在离家门时叼一支下坡,摇儿摇儿地入街心。

按说他体质不错,可干庄稼活儿挺"臭"。锄地,一行人数他坠后;招玉米,浑头巴脑的"黑疸"粉儿和黄土泥儿。常是彩云儿提镰驾锄接应,他才可于收工时到达地头。

巧妙活茬儿他做不来,适合他的工种是给牲口棚沤垫脚,铡玉米秸,或给牲口铡谷草。这活茬儿长期轮他。懂技术的知道秸秆铡多长,人家坐着往刀口续料，他则一仰身一趔腰地摁铡刀。他还放不下工人习气，又是风帽，又是围裙套袖绑裤腿儿扣鞋罩儿，捂个严实。"咔咔咔"铡刀响，"哗哗哗"碎秸流，完全机械性劳作，他的肉机械很到位。

他常受挤对，说话没人正耳听，虽然用工人阶级的正义感讲道理，但是旁人也起哄。对他，常有人捉弄，欺负其尊严。有的恶作剧，被他老娘知道了，拉着他上街论理。道理正确，可说着说着，老娘就把儿子乳名"秃噜"出来了。挺大的汉子，还当众叫他乳名，靠老人掩护，使得孩儿们也瞧不起了。

人善有人欺，马善有人骑。任何时代任何地儿都有"见了尿人拢不住火，见着棒人火上不来"的人。对此辈，我向来厌弃。不管何情由致他受窘，我规规矩矩称"表叔"不变，他也愿意找我父亲串门儿。

他之所以这般"窝囊"，有多种原因。一是他早初跻身工矿，受正面教育多，养成了习惯，到农村没有"转轴儿"，怎么认识怎么说，惹人不待见。二是他由寡母拉扯长大，自幼胆小怕事，别说偷东西，就连骂人都不会。最要紧的，恐怕还是农村传统的歧视——结婚多年无后。这一点，在往日农村非常重要。

一个连自身尊严都保不住的男人，更休提捍卫自己的妻子啦。彩云儿长得好，又小了男人十来岁，大好年华，就有一类人惦记。那些人行径很恶毒，当着彩云儿的面贬低她男人。男人嗫嚅半天道不出整语，彩云儿很害臊。

彩云儿在我心里，是很美的一张画儿。对于她，家境使之太伤心。男人无能，婆婆"老派儿"，不明新社会事理，够委屈的了。渐渐地，彩云儿不爱笑了，无论见了谁都把头一低。

彩云儿这场婚姻持续了十年吧？什么时候改的嫁，由谁给引走的，我不清楚。只记得很长时间没再发现这个往坡上挑水的人儿。

后来知道了,她又嫁回了娘家村。

前些年,有一次我在旁,仍有人当面嘲戏我表叔,说彩云儿去人家生了仨胖小子,一副幸灾乐祸的模样儿。我观察表叔,他表情上不痛苦,无言语吸着烟。

我现在可为"表叔""表婶"庆幸了。为啥?表叔先是被落实了政策,拿到了退休费和养老金,后来入了镇里的养老院,整日衣帽整齐,制服上衣仍别着钢笔,看其状态,晚景很舒心。"表婶"那个村庄,划归了良乡新城,她该早已转了户,成了城市居民,享受着医保,孙儿辈绕膝,住上新楼房了。

离开了伤心地,彩云儿的选择是对的。

老娘婆儿

中国北方把为产妇接生的女人,叫"老娘婆儿"。

人类几千年是怎么演进的?人口生产。如何成就了人口生产?老娘婆儿。

不能说它是一门职业,它只是民间自愿自许,不贪图回报的一类人。一个大点儿的村庄,总会有一两个老娘婆儿。

过去的老娘婆儿,以寡妇居多。家里孩子长大,没小的牵挂了,就不知从什么事由上起当了接生婆。

这类人,一般都干净利索,手疾眼快,遇事沉稳,对全村每一育龄妇女的情况都比较了解。在她心中,早已将怀孕妇女列入了"网格"。

说起来也辛苦。产妇是不分季节、不分时辰生孩子的,有人来叫门,立马就得去。无论刮风下雨,飘雪花儿,还是半夜三更,抓起产包儿"噔噔噔"就得跟去。遇上了河沟发大水,就由人背着,冲过河去。

产包儿简单,顶重要的器械就一把家用剪刀,白布裹严。

进入产妇家,先看屋内所做的准备,再观察产妇形态,经手触摸,能分辨是顺产还是难产。她的出现,像一盏灯,照亮产妇的家庭。守在产妇身边,专事伺候的个个妯娌有了主心骨。若事儿急,即刻吩咐烧一锅开水、备整沓儿草纸。劈柴烧灶,拿盆递碗儿,一切听凭指挥。家人对老娘婆儿是十足信任的,倘若气喘吁吁,使尽了办法,母婴仍不得保全,家人也无丝毫埋怨。

生孩子是一道鬼门关,或许就因了大出血,或难产,产妇丧失性命。

乡间谣谚所谓"张大嫂、李大嫂,去东坡摘豆角,肚儿疼往家跑,到家生个大胖小儿",纯是快乐谑笑。

在乡俗上,女人生孩子时,男人是不能在旁的。他被赶到门外,于窗根儿底下抽闷烟,急迫之心是希望早些听到婴儿的哭声,听到哭,方觉心安。如果啼哭声音洪亮,他猜是"小子",若细声细气,猜是"丫头"。待听了屋内人证实,并报"母子平安"时,他高兴得好像飞到了九霄云外。

不分冬夏,住户家若挂上了门帘儿,挂了红色或蓝色布条,那就说家有新生儿了。挂红布条的,告诉你说生的男;挂蓝布条的,告诉你说生的女。挂了布条,示以外人不得擅入"月子房"。

早年农村卫生条件有限,因了不洁,因了着凉,婴儿容易患病。对不明原因造成的病,民间称"四六风",即产下四天、六天染的急症。婴儿夭折了,旧席片一卷,筐头一背,扔到村庄偏僻的"死孩子沟",埋都不埋。

老娘婆儿素有德行,那一份仁义感天动地。有往常惹气的人家,到了她出场的时候,该怎么尽心还怎么尽心,从不念旧怨,邻里为重,怀着仁慈。产妇家对老娘婆儿辛苦报答,无非于当天给煮一碗挂面,卧一个鸡子,淋几滴香油。这还算家境好的。若家境不好,只有喝一碗加了红糖的小米粥。小孩"落草儿"满三天,俗规要请老娘婆儿给洗身,名之"洗三"。再至十二天、满月,亦必请老娘婆儿,让她看看孩子是否"扎实",同时请吃饭,不给钱。几顿饭食既是酬劳,又是情义。于后者,双方看得重。

我村是一个大村,从我记事起,就知道了姓宋的这个老娘婆儿。她住的房子是"土改"后分到的胜利果实,三十岁上下守寡。她身材瘦高,一双脚是缠过足又放开的"解放脚",大脚片,好干净,束纂儿,头发黑亮,梳理得光滑。夏天上衣爱穿偏襟月白色褂子,下边青裤,扎腿带儿。说话快,腿脚利落。唯一嗜好是吸烟,进入家门,烟笸箩的旱烟也揞(音 ǎn),递的烟卷也抽。

她是我们村的功臣,六十岁上下的,多半是她接的生。

她的另一个事迹,也为乡亲传颂:热心肠,好张罗。邻里间若听闻老人去世,她不请自到,教给年轻媳妇捻多少个数的灯花(逝者寿龄不同,即数量有别,寿数再加二,表示加了天地),怎么行祭拜礼仪,将经验如数传授。

她有功劳,大家敬她,个人也时有自持。没事儿时,她喜欢坐在住户门口石台上,与村人聊天。赶在中午晚上遇见收工回来的男男女女,筐里装着瓜菜,人家送,她拿,不送也要拿,就那么象征性的一点儿,刚够她一次吃完。有的青年不给面子,她张口就来:"小子! 你爹都是我给接的生,吃你一条黄瓜还犯局气?"噎得那青年面红耳赤。

瞧得出来,她晚年比较寂寞了,成天成天于大街上闲坐,衣服干干净净,带着熨烫的褶,靠墙根晒太阳,观望来来往往的人。很长时间以来,人们不请她接生了,孕产妇去了医院。家庭条件好的,还奔了大医院。为了下一代,花几千或上万都不吝惜。

她的眼神不像先前那么晶亮了,面容落着疲惫。她被儿女送进了养老院,村里聊天儿也很少提她了。

她九十五岁而终。送到火化厂,工人师傅听说她是老资格接生员,在世做了不少好事,非常敬重,便将价值几千元的祭品,车啦马啦轿子啦,不收费,一股脑儿地奉献给她。

瘢

经师易找，人师难求，我庆幸交了谭泽这样的朋友。

我们都曾是乡村子弟，但他运气好，"文化大革命"前上了大学，而我只获得了初中学历。他原本学理科，于县城中学教数学多年，当了多年校长，退了休迷上古体诗词和篆刻。我们终归同道，关系亲密。一日，他见我走火入魔，续写《村女乡风》之题，扬起笑脸道："老弟，写一写寡妇吧！数她们命运最苦啦。"

我一听，来了精神，和他一同聊开了乡村记忆里的另类妇女。

我摘选了几例，恭谨为文。

王　氏

王氏十六岁嫁给丈夫，是为了"冲喜"，成婚较早。丈夫因为肺痨，于次年殁了。她没有子嗣。王氏精明能干，里里外外一把手，公婆十分欢喜。经历了暂短的痛楚，她认了命，精心伺候公婆，做饭、缝衣，打理家务，把庄户日子过得井然有序，得族人夸奖。生产队时期，虽说度日艰难，但她勤恳，白天下地，晚上揽些缝纫活，挣点零用钱，生活倒也过得去。她当过妇女队长，带头耕耩锄刨，样样农活拿得起来。对爱嚼舌头、爱计较的女社员，她直言快语，不留"疖子"。那种社员虽然不快，但也无言以对，心里边认可，认为她心眼儿不坏，对其一致敬佩。此妇劳苦一生，寡居六十余载,未沾闲话。官称"大寡妇",按家族表她在族内一辈人中排行为大,真实情况更在于肯定她的人格:行事大方、仗义执言、顶门立户,于人们心目中有大男子气度。

谭按:艰辛守业型。明知前途忧虑无穷,仍然倾心治家,可叹可敬!此类型者不在少数。

靳　氏

靳氏嫁夫于王家。她四十岁时,丈夫患大肚子病,亡故,留下三女,分别为七岁、五岁、三岁。靳氏乃旧式缠足之妇,身单体弱,夫亡有如天塌,叫天不应,叫地不灵,脱不开的饥贫使她度日如年。面对三个幼小的女儿,她只得以命挣扎,白天下田劳动,晚间缝衣、洗涮,做出第二天的一锅窝头、饼子干粮,不误出工。留在家的三个女孩,也是以大领小,衣衫、鞋子破旧不堪,个个面黄肌瘦。一家人没经济来源,连买盐打醋的钱都没有,活一天指望乡亲旧邻接济一天。她生病,能吃上口的只是一碗白水汤面,躺在炕上硬扛。生活的压力压得她愁眉不展、苦不堪言。见不到丝毫光亮和前程的她,内心挣扎了数月,终在一日下决心,含泪望着睡觉的孩子,服卤水身亡,年仅四十三岁。其后,生产队养活了她的三个孩子。

董按:生儿养女,本为艰难负担,况乎孀妇?吾地《四马台村志》中收入了一支民间小曲,曲词完整讲述了农家生存状态,历数了子女由小到大的养育过程。前边小段,逐月讲农妇孕期痛苦反应,中间部分陈述育儿辛苦:"生下儿,娘心喜,难关已过,受尽了,人世苦,再度熬煎。坐月子,得饮食,不能不咽,脏屎尿,沾身下,能忍擦干。缺了奶,煮把米,昼夜几遍,三九夜,煮米喂,怎说不寒? 出天花,闹瘟疹,双亲意乱,恨不得,替我儿,渡过此关。为父的,请医生,腿脚跑软。老娘亲,神灵前,祷告苍天。好东西,到嘴边,儿不下咽,无奈何,口对口,吐与儿餐。左边尿,右边睡,胳膊当枕。两边尿,不得睡,儿放胸前。每日里,为儿忙,心甘情愿。儿啼哭,娘心急,何曾安眠? 屎一把,尿一把,娘心不厌。三九天,洗尿布,怎道不寒? 一生子,两岁时,娘常怀抱,只累得,两膀酸,从无怨言。三生子,四岁时,学说学走,走一步,叫声娘,娘心喜欢。五生子,六岁时,刚会玩跑,怕火嘘,怕饭烫,又怕水淹。到七岁,送学堂,把书来念,怕我儿,不聪明,又怕师严。怕同学,到一块,欺负于俺。怕我儿,不用功,惹事生嫌……"辛苦道尽,然比起贫困寡妇养儿育女的愁云笼罩,那过日子虽穷却完整的家庭仍感一缕阳光。

陈　氏

二十岁嫁夫,生育一子,两年后丈夫被乱军抓了壮丁,音信皆无。陈氏身材一等,天资聪俊,在乡下人中也算见过小世面,梳妆打扮得体,虽接触农活,一如盛夏玉米的风韵不变。见她,村里就有起贼心的男子搭讪,她或不理睬,或戏耍一番,嬉笑走开,自得一乐。她的生活靠一城里人供养,外通者时来时往,街上人三三两两指点,当作街头新闻传来传去。在后期情形变了,谈论她的意味里竟存着几分羡慕。她不为传言所动,把儿子拉扯大了,改嫁到城里,照顾后老伴儿生活。

谭复按:此妇之举,可谓思想开放者先驱。

李 氏

李氏怎么说呢? 恐怕说不准。三十岁上盖房,一根房梁掉下来,砸死了她男人。她生了一子,起名"石头",想象着家门儿以后结实,可是她很懦弱。她相貌平平,却也招光棍汉及怀异想的男人惦记。家中无男人,有些力气活、地里活,显得力不从心。这类男人便找机会献殷勤,搬石头啦、推煤、起猪圈啦等等的,去给帮忙。来者忙了半天,留下喝茶、吃顿饭,在情理之中。久而久之,李氏的提防懈怠下来,男人便步步为营,终于有一天一个有妇之夫在她家过夜。这男子之妻性情刁蛮,以往管束男人笔管条直,使男子多年不得自在,如今有了奔头,就把家里威慑甩在了一边。蛛丝马迹被其妇发现,那日丈夫夜不归宿,她哪里容得? 一早正值出工之时,她看准时机,立李氏门前破口大骂。骂语真是抑扬顿挫,有哭有叫,引来众多社员围观,看热闹。大家以前听过一些风言风语,又是家务事,不好出来劝解,此妇之"河东狮"更吼出了精神。自家男人从后院溜走,旁人告知,悍妇方愤愤而归。以后,人们便称这个男人为"兔子",称李氏为"窝边青草"了。

董复按:男人可恶,殃及池鱼! 世间另有一类帅男,快活过了,爱"显摆",真不晓得声张者是何心理……

在我记忆中,寡妇在世上,那是被同情的。有一门为两代寡妇,寡婆母在世,挨肩孩子小,过日子实在是累,睡梦里都想给老小肚子填点顶用东西,就假借打猪草,薅队里几把粮食。窗台上常晾弄回家的豆粒和谷穗。生产队社员发觉了,不去告发,咂咂嘴走开。另一"狼虎"型寡妇,燥辣,百不吝,偷庄稼不怕抓,逮住了遂解裤带,往下褪裤子。未加防备的这一招,吓得看青的男人魂飞魄散,撒腿就跑,其放纵大胆还赢得了喝彩!

　　糠天糠地多少年,绝大多数寡妇安分守己。怀揣各自不同伤残的心,卑微地活,却要努力活出人的样子,把丈夫的骨血养大了顶门户是意志里最坚硬的部分。平素因生存所迫出一点儿格,容易得到乡民谅解。保守的沉默于她们,是家贫可以欺,而人格不可辱;一平凡之躯,有着超越常人的刚烈!一旦受了污辱,投河跳井者有之,服毒上吊者有之,渗透着气节。厚道男人但凡与之过往,慎之又慎,"寡妇门前是非多",列入诫语。痛斥缺德做损者,只用一句"踹寡妇门、挖绝户坟",就骂到了极点。"从一而终守门户",是寡妇受旧传统约束的普遍状态,也是历来受怜悯的原因之一。

　　打听一下长辈人,旧封建礼法对寡妇约束甚大。据说,旧时京西寡妇再婚,要等到守孝期满,守不到三年要守到百日,守不到百日要守到坟上新土晾干,足够六十天。寡妇出嫁,不能坐红色花轿,只许坐蓝色的。结婚那天,男家只在半路迎接;寡妇下轿,要抱一抱树,说法"抱抱树,又到一处"。新家的门口要立起两捆干草,说是"避灾"。

　　卖寡妇与抢寡妇,也为乡村旧习。女人死了丈夫,守孝期满,婆家不想要了,或她也想嫁人,就恳求婆家把自己卖掉。哪个男人看上了,或找媒人去买,或中途去抢,只要那个寡妇入了新家,炮仗一个个放了,就再也不是寡妇了。

　　…………

　　想一想,看一看,男权行主体时,还有一欺负软件,以男人即兴调侃女人为光,将女性纳入了精神游戏。寡妇于世缺人道保护,就有许多与性关联的言语冲着她们来,将其人格随意摆布,大言炎炎,斗智演习,像衣物上的"拉链",她们心上那块"瘢",随时随地被男人拉开。歇后语是戏说寡妇的一个方面,淫秽之音泼向了她们这个群体。那些言论,不敢说单为野语村言,料不定也有文人参与。"荤故事"代代有新篇,俨然民间文学的一个分支,它把属于寡妇的暗痒无限夸张,把男人的想象添加了进去。

人随社会草随风。这三十几年,人的观念发生极大转变,人性的张扬,尤为彻底。崇尚自我,释放代替了克制,轻浮代替了庄严,谈论性变得公开,酒桌没有性的话题,一桌美食似乎缺少了滋味。对于中途丧偶的不幸,人们看得越来越开,落单儿的痛苦很少有人持续下去,当有一个离去不久,另一个则会寻求另一半,且神色坦然地解说理由——"满堂儿女不如半路夫妻"。其中未揭开的思想还在,与其遭遇失偶,苦闷不泄,使得心脏早做"支架",不如尽早丢了伤痛,变换新的血脉。农村感受新观念,也并不比城市差,老头儿丧了,隔不了多久,老婆儿就托人张罗后老伴儿。家庭若出现儿子早亡,做婆婆的不但不阻拦儿媳另托终身,还对儿媳迈出下一步加以鼓励:"你已经对得起他啦,再找一个吧!"十分通情达理。

千年成规,千年积掩,在当今气氛中落败!

日前酝酿此篇新作,归家已晚。这是一个特别的日子:十二月二十四日,人道"平安夜"。我觉得出来人间躁动:广场路边停满了轿车,车内播放的一曲曲娇音撩人;走过洗脚屋、歌厅,吧台上摆一堆包了彩纸的苹果;大街见着的人,有的像情侣,有的不像,但都非常贴近;公交站上枯立的个把男人或女人,神色孤独,迷途羔羊一般目光茫然;确实也见到领着小孩行走的年轻夫妇,光影之下,亲亲爱爱,非常浪漫……霓虹灯彩色缤纷,被高楼切割了的夜空缠绵,人心若波浪扑闪,方方面面,彻里彻外,天上人间,此夜不眠。想起了一则网络"段子",有两句是"没结婚的像结婚的一样同居,结婚的像没结婚的一样分居",更多记不全了,大意是说而今饮食男女,床笫之事已不按一纸证书为限。世道变了,孰是孰非,真不好妄加评断。社会已到了这一程,随它去吧。

杏园里的杏缘

人无贵贱，得缘者相敬。

——题记

我和两位朋友去看望一位老人。

迈过沟坎，坡上就是老人看守的果园。从场边土屋里走出一个壮实青年，边走边笑："我爸他俩进沟摘杏，就等你们来呢。"说着，他看看我，挺认真地说给大家："我爸在家里那么倔，怎么跟您投缘呢？"我听了就笑。

这个老人是去年认识的，杏熟时节我来买杏，谈得很投机。之后，老人知我出门方便，托我从北京捎过茶叶，从十渡带过蜂蜜……

没让老人儿子引路，坡顶泻下来的沃沃绿荫，早牵起众人情致。我们走入果园小道，立觉透心清爽，盘坡下堰近眼瞧，核桃如拳，顶花小柿子亮眼，一簇簇嫩青山楂闪在齐眉……半坡上看，坡地的谷子、花生、高粱、豆子，由于田土锄得松软，看不出旱象。堰根下，水井边歪着一只柳斗，几垄儿大葱，碧碧挺挺……走在果园中，我有一种亲近了老人的感觉，我觉出老人那梳理果园的手，正亲切抚摸着我。

我冲着幽深果园大声呼喊："大爷，我们来啦！"

慢慢地，就见那边杏树枝儿一挑，老人走来了，一手提篮子，一手提一根带布兜的木杆儿，一脸喜色，脚步噔噔地走过来了。我们在草坡上坐下，围在老人身边，心里甘甜。老人吸着纸烟，看我们吃杏，显出一脸快活。他却不多夸杏儿好，说杏儿时语气很轻淡："这是'大八达'早杏，旧历四月十四开始熟。半拉红半拉白的，是'串铃'，四月二十下货，好看，口味也好。"

不谙稼穑的城里朋友，像是发现了新大陆，问："这么多果树，遭了虫害怎么办呢？"

老人吸着烟，慢悠悠说："春天，毛毛虫怕冷，全聚窝里。一棵树一棵树找，遇见，就用石头碾。至今，果园没打过农药，也没见虫害……"

"一个人又养树又种地，怎么顾得过来呢？"朋友流露出疑虑。

老人先"咳"了一声，老人说话有这习惯。

"从承包那年算起，有七年了。先是种自己的几亩地，后来本家侄子跑运输，他的地也让我给种了，现在总共十二亩。种这地，都是用柴草换牲口粪。我每天早上五点准时起，喝足水，就想上地。我不想躺，不歇晌，实在乏了，就在地头抽袋烟。身体有点儿不舒服，就沏碗酽茶白糖水缓缓劲。这么着，遇上好雨水，收三千斤黄豆、三百斤豇豆、两百斤谷、几千斤白薯……别人家有的图挣钱，地撂荒了，果树也刨了卖炭柴，我这儿粮食年年有收成，还养了一坡果木……"老人说得很平静。末了他还来了一句："我就喜欢树！"

"天生木命，贱。"听我们说话的大娘，这时甩了一句。谈起日后果园，老人继而兴奋："我这儿的杏树都上五十年了，但保养好，再挂几十年也行。'秧'了二亩桃苗，打算接'大叶子''谷茬子'，这两样口味特别好。黑枣接柿子，酸枣接大枣，这两年数也数不清。"

看着眉眼舒泰老人，我的心泛热，默默喟叹：劳其形者长年，安其乐者短命。这一对可爱老人，黄昏晚景，还以对土地善良的爱，回报家园。相依共命，栉风沐雨，把奉献当乐趣留给后人，实在可敬可佩！

　　看天色将晚，老人送我们下坡。小场边告别，我忽然想起对老人说："给您照张相吧！"老人也不推辞，答应很爽快："多少年没照过相了呢。"

　　老人定定站好，我静静注视着他：上身月白针织衫，显出嶙峋瘦骨；下身宽裆青裤，甩出一截儿蓝布腰带；打着一双赤脚。背衬绿树高坡，老人此时就像披着金霞，连接天风地气的一棵老杏树，安详、壮硕……

　　附记：老人程姓，名远声。山野村夫，名字却端然不俗。京西坨里古邑上万村人。长其老伴儿一龄，今岁七十有一。

卖腌菜的大爷哪儿去了？

又至冬季，腌菜热卖时节。我又想起了卖腌菜的那个老人。

认识他，缘自居住环境。由县城内主路一侧岔口向里，有我的家，路口即是街头市场。那一天，我仍然下班晚，从来不愿向街市多看的我，竟朝热闹处瞥了一眼，见一束蓝光，奔了它去。吸引我的蓝色光，发自车上一盏自制的电石灯，光焰照亮几个腌菜盆，有腌黄瓜、腌豆角儿、腌雪里蕻、腌辣椒……看颜色和种类，就勾人胃口。

我冬天虽有吃辣物下饭的习惯，但对辣也有节制：朝天椒不敢吃，太辣；适合我口的，是既不太辣，又不应除了盐水一包汤，没辣滋味。许是我的眼神盯着辣椒盆太久了，耳听得"要哪个"？身边站立着的老人拿起了秤杆儿。

他按照我的要求进行挑选。从菜盆找出来一个，即用竹板夹子夹起晃一晃，甩下汤儿，搁小塑料袋里。我观察他细致的动作，也看了一下他的容貌。老人个头儿不高，精瘦，头面保暖同许多外乡人一样，戴一顶灰白色软檐毛线帽，箍着双耳的耳罩兜着下巴颏，面部留出的可视部分不大。因了套袖和围裙，他人虽然土气，却也显得干净利落。

我没有料到，老人为我这一块钱生意，这般耐心，当即产生好感。进了家，餐桌上的腌辣椒摆在我跟前，吃出来的味道令我十分满意。

随之以后，街市里边多了我的身影。而我也别无二地，就奔腌菜摊儿。隔三岔五，我就买一块钱的腌辣椒，改善口味。

老人呢，每次见我，脸上的皱纹都挤出菊花样儿的笑容。我俩也形成了默契,每次他都用心挑选,有时秤秤儿撅起来了,还添两根。而我,也从不下手挑拣,不看秤星。因为我觉得,老人已把他的诚实放入了秤里。

日子久了,我熟悉了他菊花样儿的笑纹,却也隐隐感觉他噙着善意的细眼里,有一丝丝卑怯。

不记得从哪一天,街头那束光焰不见了。开始,我以为老人生病了,不往心里去。可是一连许多天,未见老人踪迹。直至过了冬尾,又过了夏秋……仍不见他的到来。

隔了几年,我就做种种猜测:或因年纪大了,儿女不忍心他在外漂泊? 或因家景好了,不再需要他出老力? 还是身体出现了毛病……

有时我心也不安生。

不管怎样,为他,我还是往好处想。穿过街市时,我总爱在老人站过的地方停留一下,脑海里幻想那蓝精灵一样的电石灯的光亮……

在老人离开的这几年,我也很奇怪我自己,怎么对老人割舍不下呢? 他做生意,我给钱,不欠人情。并且,至今不知他的姓名、年纪、住址……思来想去,我悟到了原因:是老人面容的那一团和善,那如同我家乡亲人的精勤,那仿佛父爱的仁慈,以及自食其力、劳动者的尊严,攫走了我的心! 仁爱和善良,原本不需要语言表达的;观眉目与神情,自可辨知……

卖腌菜的大爷啊,你可知道将步入老龄的我,在思念你吗?

为乡邻翟启父母写碑文

幼之成人,饱蘸双亲心血;建树巍巍,离不得人格培养。儿生所幸,有识节之父母,有优美之家风。履新旧两个时代,二位大人上袭祖谟,下启新河,以和谐注注之功,增家业洋洋之容。一生勤恳,一身清白,一世公正,遵奉之灵明,烙刻儿辈心中。思吾父劝世之忠兮,教儿男忠实于家国,忠信于友朋;睹吾母持常含英兮,召妻女贤顺于族亲,贤德于邻众。一册无字之书,光溢堂室,温暖胸襟。奋读、拓学无止境。父母遽失,儿女伤悲;亲人长眠,音容永恒。留真以延志,仰善以成德,吾家苗裔,薪火相承。啸丘而垂涕矣,表我亲情!

辑三

光阴河

望着远去的车影，
我停留在原地，
垂着手，
滚着泪。

爷爷在天堂上边看着我

诸君：在我欲动笔写我爷爷的时候，先将听来的关于他的两个故事讲给您听。

第一个故事，发生在他投奔门头沟，"背小窑儿"时期。那时，他任一家"锅伙儿"的"领作儿"，手下几十号人。一天，他发现使用的工具——大铁锨，少了几把。大家狐疑之时，我爷爷猜出了是哪个窑口人所为，乘其不备，派人又多拿回了几把。人家丢了东西以后，有所戒备，遂在铁锨膀儿凿了一个眼儿，打了记号。可仍然丢。那边人也猜出是我爷爷这拨人所为，就扛着打架的家伙，气势汹汹地前来问罪。人数虽然不少，我爷爷却安如泰山，冲那边领头的扫了一眼，说："你们瞧瞧我们锨上的记号？"那一伙人低头一看，傻了：爷爷这儿使用的铁锨凿了两个眼儿；一个肩膀头儿一个！那伙儿人虽然不服，也找不出理由，败下阵去。

第二个故事发生在中华人民共和国成立前的老北京。记不准是购置年货，还是找出力的活儿去，爷爷坐上了有轨电车。将下车时，他感觉袄襟儿里动了一下，撩开发现一个口子，知道被偷。此时，正见一个大汉匆忙下车。在他双脚刚踏地之际，我爷爷一个箭步冲了下来，薅住了他后脖颈儿。那人也是舍命不舍财的主儿，一拧身，流星似的跑了，而爷爷当时不松手，剥下了他的"皮"。爷爷丢了一点儿钱，却没有吃大亏，还落下了一件新棉袍儿！

其实，这件事情也很凶险：既不知其人有无凶器，又不知有无同伙，况且在人家"码头"上动武。这样情况，懦弱者单枪匹马绝不敢为。而我爷爷是谁？他有正气、胆量、强壮的身体！谁犯在他手上,只能甘认倒霉！

据本家族一位颇有名望的大叔,近年向我透露:爷爷尚在孩子娃儿时,就被他上一代人看好。他的长辈们私下议论:"不要小看北院儿。北院儿的二小子,将来会有大出息！"

爷爷长相特别英俊,比他一母同胞的哥哥、我的大爷爷,俊气多了。爷爷不胖不瘦,高个儿,高鼻梁,高颧骨,晶亮眉,红面孔,双眼皮大眼睛,尤其一对眸子,出奇瓦亮,闪烁一团英气。他上半身是典型的"夯肩膀,马蜂腰,翻屁股尻儿",身形被认为是最强悍、最帅气的男人。晚年,他夏天戴草帽,冬天扣一个毡帽壳儿,仍未脱当年英飒之气。爷爷留下的唯一照片,我在"良民证"上见过;还没容我很好地收存起来,便在老家盖新房时候被不知深浅的人给弄丢了。我很可惜这一张珍贵照片的遗失。

我自小跟随爷爷、奶奶居住在一块儿。因当时太小,爷爷怎样疼爱于我,已记不清楚,便无从讲起。

现在能引起记忆接触点的,是从我已经产生了"思想"之时。有"思想",是从哪儿开始的呢？思虑来,思虑去,应该从听"说书"算起……

爷爷有个好伙伴,名叫郑芝,同住在东街。他年龄与爷爷相仿,论乡亲辈分,他称呼爷爷为"二爷爷"。这个人虽说也是穷苦出身,但肚子里有"墨底儿",为人又正直,很受爷爷敬戴。冬闲仨月,庄稼人无事,他常于白天夜晚来我家说书。所谓"说书",也就是不离开书本念。一本厚厚的《说唐》说完,接着说《大八义》《小八义》《七侠五义》《三侠剑》《施公案》……他眼睛近视,戴着眼镜,还须坐在二截仓的仓柜上,就着灯光。老书的纸儿很薄,全变黄变脆了,他不时用手蘸着唾沫儿翻书页。遇书上有唱词,他还会捏着嗓音吟哦,拖着长腔儿。爷爷叼着一根烟袋杆儿,吧嗒吧嗒小口儿抽着。在发觉爷爷听得入神时,他也很陶醉。他的脚后跟磕着仓板,鼻子上的眼镜也跟着一颠一颠……

地炉子煤火被奶奶搋得很旺,火炉边蹾着一把大铁壶,壶水烧开"咕嘟咕嘟"地响,冒起热腾腾的水蒸气……我的手支着下巴颏儿,专心听讲。对于书中故事似懂非懂,只是好奇,但我能够听得出来书中人物谁好谁坏:秦琼仁厚,单雄信仗义,蒋平智多,展昭忠勇,"济癫"表面的疯傻藏着智慧、为民除害……小小胸腔跟着书中人物遭遇一绷一鼓:秦琼、单雄信、展昭是好样儿的;罗成父子、白玉堂忘恩负义……

大概是从小学四年级以后,这一类公案书、绿林好汉书,我就能够阅读了。有时上瘾,像《穆桂英大破洪州》《破孟州》这类薄本儿,我能一夜间看完。而这,就具备了爷爷推举我的条件:"郑大哥"说书累了,由我接替念。当然,会遇上很多生字,比如像济公遇歹人诵的那一长串带"口字边"的"唵嘛呢叭咪吽……",就让我伤脑筋。有的字按平时爷爷教诲"字不离母",可以猜测;有的字则找不到根据,就只得连蒙带唬,蹦了过去……

由于有我爷爷开创的友情在,至今,董家与郑家也是通家之好。

也就是在这前后期,我逐渐感觉到了爷爷的神奇和神秘——他怎么样样儿都懂?

说他不认识字吧,他能一板一眼地说出很多古代人物故事。说他不会写毛笔字吧,他能够教你:指要实,掌要虚;笔杆儿要与鼻子尖对齐,手掌心能撂下一颗鸡子儿;字不要重描。我自学武术,将向日葵秆儿当扎枪演练,他告诉我:剑看指,枪看走,并做出来一两个招式……

我自以为有了骄傲的资本,比哥哥强,将学来的俏皮话儿"兔子能驾辕,谁还买辕骡"挤对大哥,爷爷板起脸重重训我:自大加一点儿念"臭",骄兵必败。一句一句直戳我心里。

我在爷爷身边成长,早早学会像他那样勤恳。我先学会了养兔儿、养蚕。从别人家讨来一小片儿蚕子,自己繁育,学大人样儿每天朝上喷温水,催它出生。当细黑线头儿似的小蚕钻出来,赶忙上坡捋桑叶。从中我知道了哪一种桑叶蚕爱吃,什么叫"花桑",什么叫"葚桑"。家里养兔儿,哥哥帮我盖"兔房",我去挖苦苣菜、拔羊叶角、薅喇叭花秧……在觉得比养蚕、养兔更为家庭顶用时,我又学会了放羊。有时我会带点干粮,中午喝几口"翟家沟子"山泉水。三只白山羊被我放养得肥胖,毛色像白绸子一样柔软光亮,拉粪蛋带"黏儿",迈腿蹄夹子"咔咔"响……每日回家,爷爷总爱摸一把羊身,朝我投以慈爱的目光。

我不怕吃苦。"自留地"白薯、倭瓜需要肥大,牲口粪、人粪的肥力最棒!我能背得动篓子和筐了,每日都要去捡粪。家里没有钟表,冬天就以看窗户为准:窗户纸发白,以为天亮。有时看走了眼,将满天月光看成了天亮,起"冒"了五更。追赶干河道上大马车心急,见牲口撅尾巴,就抢着粪勺往上撵;小篓子在背后颠簸着,俩脚后跟的冻伤口子洇血,石头子儿硌得疼,还得跑四五里地……

穷人的孩子早当家,不是空话。我跟爷爷学劳动,学会了怎样磨镰刀、割草;怎么打"草腰儿"、"拧"榆树梢;怎么叠白薯埂,怎么栽薯秧儿;怎么给烟打杈,怎么将烟叶穿绳儿、挂晾;怎么分辨出粮田里谷子和"莠子",怎么干活儿既省力又恰当……

说出来不怕您笑话:我十二岁以前没有穿过裤衩,春夏秋三季不穿袜,穿衣是娘缝的布衣裳,穿鞋是娘手工做的布鞋。鞋底为糊的袼褙儿,细麻线儿纳的。娘纳鞋底儿时,就知男孩儿穿鞋"费",每一回过针线都上唾沫儿抿,锥子引过了针线,麻线绳儿绕手掌用劲勒,其后又用锥子背儿捶。鞋子做得结实,走道"吭吭"响,然而却不如"非农业"同学穿的鞋美,穿着轻便,内心很受伤……

…………

跟爷爷学到了一些农活本事之后,我又觉得他不但自己勤劳,而且善于持家,很有生存智慧……

在生活物资缺乏,有过"七级工、八级工,不如老头儿一沟葱"说法的年代,爷爷将我家老院里的两块空地看成了经济区。前院空地,先绕墙根让它长香椿,中心地儿春种黄瓜茄子,夏栽大白菜,一年里不闲置。顺着老西房后房根,不碍脚的地方,还插了几垄葱。后院空地,则种植经济价值高的作物——烟。他会侍弄,烟苗很壮,秧儿墨绿,高得齐胸,烟叶儿像芭蕉叶一样大,可以打好几茬。家里还养猪、养鸡,冬天发豆芽儿。去生产队山坡地干活儿,他出工早,收工迟,采集黄芩、知母、丹参、柴胡、桔梗、远志、葛根、瓜蒌等各种各样的药草,卖给收购站。

白薯产量高,易管理,耐储存,我家的几分山坡自留地,年年栽白薯。为此,爷爷搭白薯炕,除了自己用,还出售一部分白薯秧儿。

自留地被爷爷整出了花儿,薯垄套种玉米,地边地角存雨水的地方种倭瓜,能使一寸地不闲。北京农民将白薯叫"大挡饿",是农村人口的"保命粮",舍得施肥,又侍弄得勤。到霜降节气刨白薯,倭瓜、玉米已有过好收成,接着,将刨收的白薯运回家。爷爷对储存白薯特别细心,将窖温控制得非常准,薯窖里的白薯,不黑不烂,不生斑。从当年秋季入窖,直吃到来年"五一"……这一点,让其他庄户人家既羡慕,又妒忌。而最实际的,这一份口粮,保住了我们全家九口人在灾荒之年的命!

爷爷与生俱来的聪慧,最典型的事迹是当年与掌权者的斗智。那时期缺煤,各家各户按户口分配。为多分到四百斤或八百斤煤,爷爷将我与我父亲的户口分开,爷爷奶奶我们仨另立了一户。这聪明办法使当权者很恼火,大喇叭里撒气:"某某贫下中农社员,为了多分煤,单开户口钻空子……"他嚷嚷归嚷嚷,我家实实在在多分到了一份煤。

　　家庭里由于有我爷爷掌舵,在穷困时代,我们生活很安稳。虽不敢说没有向生产队借过粮食,但基本可以肯定的是,我家的缺粮不像其他户那样造成恐慌:麦子刚黄梢,不等磨面,即捋麦粒下锅;玉米刚定"珠儿",即陆续煮青玉米……恶性循环,年年借粮。我村第一生产队有个姓王的还当着生产队长,家里孩子多,缺粮严重,妻子饿成了病秧子,孩子们一脑袋黄毛儿。春天他提着口袋到我家,人本来就结巴,求爷爷借粮更显话笨:"啊,啊,借……借你一……一袋白薯干儿,麦收……还你……麦子。"我爷爷一听,显出了不高兴,训他:"你要说借白薯干儿,我借;要说还麦子,你就别提了。"弄他很脸红,千恩万谢背走了一袋白薯干儿(这件事情是我大哥晚年跟我讲的)。

　　和爷爷奶奶在一起生活的日子,爷爷克己,给我留下深刻印象。

　　尽管他费尽了心思侍弄菜园、烟秧儿,发展家庭副业,为家里换来了米,换来了面,换回了钱,但从未将便利用在自己身上。他嗜好吸烟,抽到七十岁,肩膀长期搭着或腰里别着一个带烟荷包的长杆儿烟袋,烟荷包里装的却是揉碎了的"烟耳子"或碾碎了的烟梗渣儿。他喜好喝酒,自己却没买过一块二一瓶的整瓶"二锅头",专喝两三毛钱一斤的劣质薯干酒……一日三餐吃白薯,我都吃出了"苦大仇深",而他吃白薯不但从来不剥皮,连白薯头儿也不舍得扔,就见他喉头滚动了好半天,才艰难地咽下去。到晚年,牙齿不行了,吃干东西就菜,奶奶给他备的是:煮烂了的老咸菜或撒了盐末儿的一碟白面糊……

　　仿佛只隔了一晌儿,我曾给他搓澡搓过的"滑咕噜嘟"的脊背驼了,眼神也有些散了……

　　在我的注视中,我仿佛看到了一种夕阳衔山老马长途的无奈与悲凉。他晚年的行状,我记得三件事。头一件,奶奶先他而去时,他目光呆滞,他做的事情是给奶奶砸"蒙面纸"。我家穷,买不起白布给奶奶遮脸。他将两张高丽纸对齐,放奶奶使用过的槌布石上,用小锤子挨着边沿敲打纸边,将接口砸下一串印儿,使之连接。当时我看在眼里,心里发酸。爷爷性情刚烈,奶奶年轻时,他曾当着我舅爷爷的面儿打过我奶奶,而于此时,他竟如此孱弱。(这一块曾沾过我爷爷奶奶手泽的槌布石,我现今还保存着。)第二件,发生在我奶奶去世后第三年的春天。他可能预感到自己身体不行了,便去看了下我姑姑。一去八里,他还背一个粪筐,预备来回捡粪。回到家,我听他说了一句:"我辞道儿去了……"第三件事,是他在生前,变动了自己的棺材板,当木工挑选材料时,他翻看木堆,稍停了一下,很镇静地对木工说:"这两块家槐木,就留下来给二孙子今后结婚打家具用吧……"

爷爷生前,他得我的孝顺,就记得两回。头回,我将上初三那一年,跟"红卫兵"同学一起去了重庆。那时,我连柚子也不知怎么吃,以为像吃甜瓜一样连皮啃,闹了笑话。我带回了两瓶资川豆瓣酱,到北京火车站,想再给爷爷买点儿水果。买什么呢?买了几斤我之前还没见过的红霄梨。进了家,我把梨递给爷爷,说:"从四川买来的。"爷爷觑眼瞧瞧,笑道:"这不就是咱霞云岭的红霄梨吗?"我被爷爷识破,弄了一个大红脸。二回,是我初中毕了业,随村里人去北京广安门纸厂盖厂房。因为给生产队搞副业,每天有八毛钱提成,回村收麦子时,我给爷爷买回了两瓶真正的"北京二锅头"。

爷爷在世,他所见我的唯一一件"文艺作品",是我在《北京文艺》编辑部(后来的《北京文学》)学习历练时,周雁如、郭德润二位老师帮助修改的一首儿歌体诗歌《欢欢喜喜庆四大》。这首诗不是在正刊,是增刊的加页。同期诗歌作者有陈建功、钢卫东、万里浪等二十多人。我把这一张套红的增刊带回家,爷爷举着,脸上一派"红光"……爷爷可能预知我今后能干啥事了。

…………

爷爷在我心目中,曾产生过很大的谜团,总觉得他十分神秘。他的英风飒气,总萦绕我心。在我读过的中国当代文学作品中,就气质、秉性、胆略、能力而言,我觉得他就是另一个"朱老忠"!我是将他当作了神人,以尊重、敬仰之心来看待的。

一九七七年深秋恢复高考,闻听此讯,我正在远村高山上打草。当时我激动万分!而我个人的情况是:撂下课本已经十年,得讯距高考不足两个月。这一个时间段是多么紧迫!在此后四十多天里,我没脱过衣服,没睡过整宿觉。怕困,我就买五毛钱一斤的粉肠儿就着白开水吃,倚着被褥垛硬扛!临近高考前夜,原不进庙烧香的我,却仰面对着月光跪下,向爷爷在天之灵祷告:求爷爷保佑我考上大学!

我上中学时,"偏科",依少年所愿,就是想当一名"作家"。我认为,能够栽培我的地方,只有北京大学。限报三个志愿,我只填写了两个,第一个填的是北京大学中文系,第二个填的是北京广播学院(现为中国传媒大学)编采系,第三志愿我没填。一个农村小子,迫切要求改变命运,却不懂"迂回",心气儿高,行径是多么的单纯!结局对于我,多么严酷,您可想而知。但我要对您说:我这一个只念过初中二年级的农村小子,在撂下书本十年,并且数学"0"分的情况下,竟以文科知识和《我在这战斗的一年里》尽情发挥的作文,在全国580万人参与、只录取20万"生员"竞考中,初试入了围,参加了体检。尽管最终没被录取,但我的成绩已足使我欣慰;那一年,北京广播学院编采系只招收了6人……

爷爷是在我身边生病、去世的。正当深秋之时,院中杨树、香椿树叶已落尽,满目凄清萧索。那一天,将近清晨,一阵声音惊醒了我,就见同睡在小西屋土炕上的爷爷,身侧有一片儿稀稀的屎汤。他还在抓扯报纸。我立时心慌,报告了父亲,将爷爷抬到父亲的住屋。爷爷得病很突然,以前没有征兆(或是我没发觉)。一个月间他服过几剂汤药,即无呻吟地以七十三岁寿终。临终前,爷爷好像没有和我说过什么;若有所言,我一定会记住的。

祖孙情深,他就这样去了。我哀恸不已。

"要是有钱,上医院,爷爷死不了。"不止一次,当我念叨起爷爷的时候,妻总是哀伤地说上一句。结婚四十年,老妻与我早已心领神会。

她是本村人,爷爷去世第二年过的门,爷爷生前她见过,对爷爷的治家之道很佩服。她的言辞每次都让我默然无语。近期翻拣旧文卷,我翻拣出了几张单据,更加证实妻子所言确切。可能都因为与爷爷有关吧,那几张单据保存至今。一张是电费收据,户头列着爷爷的名字,"收 1975 年电费 15×1、8×1",表示 15 瓦灯泡、8 瓦灯泡各 1 个,缴费金额"玖元柒角贰分"。另外三张,两张为贷款借据,一张为还款收据。第一次贷款日期是 1975 年 10 月 26 日,贷 15 元;第二次贷款日期是 1975 年 10 月 29 日,贷 30 元。所列理由分别为"父病""父病重"。贷款人名下留着父亲的笔迹和章印,紧连的住址一项填写了"坨里二队"。借据背面附着主管财务的大队干部签名批条。细端量,这么一种普通的借贷关系,信息量却很多,除了贷款人、用途、金额、6‰月息、住址、经办人等条目,竟还挂着政治因素,要填写"成分"。幸亏我家庭出身是贫农,若是"地、富、反、坏、右"恐怕连这点儿钱也贷不出来吧。我像过电影似的掠过旧日时光,愿把它当作历史证件再保存下来。

困苦生活过去了,我也有了晚生后辈,时常想念爷爷:多想再孝顺孝顺他呀！给他吃白米饭,给他看电视,给他买好酒……然而,我想做的一切,已不可能用于他了。

…………

爷爷出生于清光绪二十八年(壬寅年),他一生操劳,一生勤俭,一世清白。他虽聪明,却看不到更远目标,只因不从属"君子怀德",而循"小人怀土",使他错误地做出了离开矿山、回家种田的决定。

"土改"分到几亩田,太勾引他的魂儿了,他拉扯父亲离开卖力多年、解放了的门头沟矿山,回乡当了农民。若不然,他和父亲的生活命运不至于这般悲惨……

爷爷去世三十四年之后,父亲去世。今年秋季,父亲去世三周年忌日之期,我家四兄弟给父亲上坟。大家惊奇地发现,当年父亲亲手在爷爷奶奶的坟上植的一棵荆子树,树冠竟十分的洒脱、圆浑。这一种野生灌木,长成如此形态,极为不易,这又引起我对爷爷神秘的联想。

大家围着这一株老荆树,扯去杂草,给树根浇上水……

…………

如爷爷生前所愿,耍笔杆儿这门手艺,我"小车不倒,只管推",至今耍了四十年,也是一番"甘苦寸心知"的历程。就像爷爷不能断定他的未来一样,我也由于误听了爷爷"好汉不挣有数儿钱"这句教导,奔一名作家,而错走了路线。当年和我一样起步的文友,大部分走上了仕途;脑筋聪明的,既不误写作,又不误做官。不似我,手中只有柴火棍一根！就在我发觉叫"老师"不如叫"老板"吃香,即感觉世道已变,以至于今日我这一"穷人中的富人",生活样样艰辛,办个芝麻粒儿大小的事情,也要求人……

我与爷爷息息相通。爷爷将正直、克己、勤俭传授于我,虽时代不同,但做派不差毫分。我仍然一年三季不穿袜子;一双布底鞋,只要不脱帮儿掉底儿,上哪儿我都敢穿它去;儿女吃过的西瓜皮、骨头,我接着茬儿啃;一盆洗脚水舍不得随便倒,留下它来冲厕所;一张纸片儿舍不得扔,一个铅笔头儿舍不得甩;回农村老家,干树枝子也想用途……就因为仍留恋手工制作,我还测算出:一支整铅笔打草稿,能写两万字;一瓶钢笔水,可供八万字誊写……别人一日三餐,已进入了讲究营养阶段,而我还是觉得喝粥最顺气,炸干辣椒泼雪里蕻缨儿比吃鲍鱼还有滋味!因为,这是我的"本命食"。但是,我要说,我活得心安。我的写作有准则:不欺世,不欺心;不让儿女担骂名,不给后世添累赘。一心只作良心文章。即便是劳有所得,将文章换"外快",也是物有所值;更何况还有"白水当酒卖,黄金当铁卖",两种心性之分……

顾随先生那一句垂训"以无生之觉悟为有生之事业,以悲观之心情过乐观之生活",于我很受用。

…………

我今天早早就来到了工作室,赶写这一篇文章。伏案之际,忽觉窗外边有些亮,隔窗一望,哎呀,下雪了。我特别高兴!我喜欢看雪。街道上的行人,互相招呼着,似乎兴致也很高。小朋友们在空场上,仰着小脸儿,手接雪花儿,嘻嘻地玩耍,一副天真纯洁模样儿。他们那披红着绿的冬装,给今日银白的世界,增添了鲜明色彩……

这从天空、天堂上边撒下来的第一场雪,温暖了我的心。

多好的雪呀!我陶醉其中。

大地一片洁白。

奶奶,远去的慈爱

奶奶若活到今日,该是 117 岁了。

在我的记忆中,她是一个聪慧、勤俭、能干、喜好干净的农村老太太。

当年我家九口人,大人们分工,奶奶也是与爷爷、父亲一样,参加生产队里的劳动。

听到生产队召唤人的"钟声"——确切地说,是悬挂在老槐树上的一截儿铁轨被锤子敲打发出的声音,她即弯腰紧一下腿带儿,跟随着爷爷、父亲出家门,去上工了。

一年四季中,若不是因为下雨"歇雨工",或下大雪堵在屋里,平常时节,该拿锄她拿锄,该带锨时她带锨,该背筐、挎篮子时,她就背筐、挎篮子,从未缺过一天工。并且,她干农活儿手脚麻利,尽管是一双缠足小脚儿,五十几岁的人,在青壮年妇女中,没听说她落在谁的后边。

从我记事时起,无论在家或出门在外,她都是干净利落模样儿,"发纂儿"用发网儿束得很紧,一头黑发,梳得好看。

过了多年苦日子,她也爱让屋子里边干净。炉坑,按时清除,二截儿仓柜、椿木炕沿儿、温坛盖儿、地炉子面儿,每天擦抹得锃亮。

在庄户人家顾不得讲美、无心养花的年代,她将本家族侄子、我的一位会糊高粱秆儿顶棚的叔叔找来,帮助她糊顶棚、贴炕围子纸,用一刀半蜡花纸,将一间小小住屋,从上到下,装裱得亮亮堂堂。房前台阶两旁,她每年春天撒"鸡冠花""掐不齐""指甲草"等好多花籽,屋里养一盆万年青。那盆万年青,夏天整株是绿色的;转入秋天,结的果儿变成了一个个皮色滑嫩的红球球儿。不生煤火时,花容招展,生了煤火以后,绿叶、红球儿,就着了一层煤灰。每天早晚她用嘴噙着温坛水,一口口喷,清洗一遍花枝上的灰尘……

临近过春节,她的住屋自己打扫,小房儿不着一丝尘土,自己剪窗花儿,雪白的窗户纸上贴得一片光艳……

我们这一辈,就觉她待我最亲。按弟兄们排行,她从来不叫我乳名,而称"二羔子",以至于我的婶子、大妈也这样沿习。对门街坊爱开玩笑的翟家大媳妇,论辈分该叫我叔叔,我都结婚了,她还将奶奶对我的昵称当面叫我。

奶奶疼爱我,是真心疼。我天生手脚爱出汗,不分什么季节,一双鞋都被汗脚沤得驹臭。鞋子跑坏了,奶奶叫我给她纫好了针线,她戴上瘸腿儿老花镜,给我缝布鞋;鞋帮儿就在她面孔上贴着,用嘴叼过针去……

我和爷爷奶奶一起居住的小西屋,冬天冷。早晨,我不爱起热炕儿,夜间撒尿,也是倒跐着奶奶的小脚鞋,朝尿罐儿快去快回。再睁开眼,见我的小棉袄儿在煤火上的"烘笼子"熥着,奶奶不时将它翻转,连棉袄袖里边都烤热了。"快起吧,二羔子,趁热儿!"奶奶抻着袖子,帮我穿上……

我没有换洗的衣裳,身上爱长虱子。这种小害虫,现在的年轻人是见不到了,即使去"昆虫馆"参观,恐怕也难觅其标本。

每天晚上,我脱光了衣服钻进被窝以后,奶奶就把我衣裤里子翻开,戴上眼镜,就着煤油灯光亮儿,帮我逮。吃饱了肚子的虱子,跑得慢,奶奶就用两个大拇指盖儿合在一起使劲挤,耳听得一个个"叭""叭"破肚儿声音不断响起。奶奶"杀"得起劲时,还愤愤自语:"你喝我孙子血,我挤破你的皮!"就连缀在针线上的一行行虱子们"后代"——虮子,她也不放过,挨着针线,用牙咬,也不管我的胳肢窝、裤裆里有无其他味儿!

其实,危害人的这一种小动物,最怕开水烫了。只要经开水煮,虱子和虮子通通毙命。但可悲的是,家里那时每人只有一身应季衣服,两人合盖一床棉被,"清剿"就不得统一,顾了衣服,顾不上棉被,那上身来的孽侣,便也不会绝迹。即便是我衣服经常蒸煮,但隔不了两天,奶奶还要为我"英勇杀敌"。她两手拇指盖儿总沾着虱子血,留下"剿灭敌军"的斑斓色彩……

…………

奶奶的娘家,距我们村八里远,是向北又折向西的一个中等山村——磁家务。那里,有她的亲兄妹,有她的孙男嫡女。逢年过节,她愿意打扮我,派遣我到那边去。望着我"咕颠儿咕颠儿"的背影,她很高兴,我更心喜如飞。原因在于:舅爷爷、妗奶奶、表叔、表姑们,一个个都喜欢我。我们坨里村,核桃、枣儿少,解不过馋,而在那里,我能吃个够!正月里住他们家,我都躺下了,表叔还搬梯子端簸箕上房,去为我拿冻柿子。跟着表叔,我还去了煤矿礼堂看电影、听戏……其乐悠悠,一住就是七八天。

我从亲戚家尽兴而归,进了屋门,奶奶像迎接得胜还朝的小将军一样,欢欢喜喜,赶紧给我打扫尘土,给我撸裤腿儿……听我说了那边的见闻,她也像亲历了一样高兴,脸上绽放出快乐的菊花……

我还有个有趣的想法:小的时候,特别"盼得病"。这一点,与今天的娃娃大不相同。为什么呢?因为得了病,我就能吃上"好的"了!

摸摸我脑门儿烫,奶奶就从小坐柜犄角扫出一小瓢白面,倒入碗里,和一个比我拳头还小的面团儿,做"片儿汤"。焌了葱花油的小把儿锅在煤火上烧开,她将擀得薄薄的面皮,下刀刺开,一条儿接一条儿地抖起,抻薄,下锅里煮。临出锅,朝锅里撒一撮儿香菜,浇一点儿醋,淋几滴香油……还没容吃上口,就闻香气四溢。奶奶连汤带水地给我盛上来时,我忙接碗,一阵"呼噜呼噜"声音在小屋里响起。直吃得我脑门冒热汗,小把儿锅见了底。吃过"片儿汤"以后,顶多隔一夜,我身上的"病"就没了。很奇怪:"片儿汤",怎么能治我的病呢?

奶奶看我吃得高兴,吃得狼吞虎咽,啥话不说,就是一个——乐!

在我上了小学一年级以后,奶奶早晨为我做的"勤务",是伺候我上学:提前舀好温坛水,等我洗脸;洗过脸,递毛巾,随后拎起装着画石板的羊肚手巾缝的书包,给我挎在肩上……

上了学的孙子,更是她的心尖子呀!

我跟奶奶,也有犯犟的时候。犟劲儿上来,我把枕头、笤帚不顾一切地往炕下扔,不管地上有无爷爷的痰迹。这时,奶奶不像妈妈那样,我一闹脾气就一言不发,她敢数落我,而每一句都能戳得我心虚、理亏。我耍了性子,也不服输,地上的东西就那么扔着,觑眼瞧奶奶弯腰捡起,一件件打扫……

认字多了以后,我爱看"小人书",从奶奶那儿讨钱,给了几回,便不好意思再开口。我就想到了"偷"。按当时价钱,一本"小人书"少的只有几分,多则也不过一两毛钱。想买书的诱惑,常使我作假相:装困,早睡觉。后半夜醒来,我摸到炕角,摸奶奶的衣服兜儿,却也不敢多拿,一回够买一本即可。就这样儿小偷小摸地积攒买书,我竟然凑齐了《三国演义》《水浒传》《杨家将》《岳飞》好些全本儿。

当年,我纯是出于爱看书的心理,世事无知,采取了偷摸的手段。放今天看来,"小蟊贼"危害了家庭经济。

按我精明一世的奶奶忖度,当初,她不会没有察觉,但一次次让我得逞。曾见过她面露疑惑,却从不提我小书盒里的书,因何渐渐增多……

我还清楚记得:为了给我凑上学费,买学习用品,奶奶每日清早起来第一件事就是未撒笼儿时,将鸡笼里的几只老母鸡挨个儿地摸屁股,感觉它有没有蛋。香椿刚出芽儿,多馋人呀,她一根也舍不得吃,早早就扎好了裤腿儿,挎着篮子,赶大集去了。冬天里发豆芽,也是为了攒钱,晚上将砂盆搌进被窝,一早儿紧跟着一遍遍温水过滤……

…………

奶奶的性格,是既刚强又开朗。我记忆里,她几乎没有发愁的模样儿,出门儿进门儿,脸上总有笑容。街里小媳妇爱来我家串门儿,跟奶奶聊天儿。奶奶将烟笸箩搁在身边,用纸条儿卷烟,卷烟的工夫就和她们聊起来。她们一声声"二婶儿""二大妈"叫得那个亲,奶奶待她们也像亲闺女,帮助解心事,帮助劝解婆媳问题。

奶奶的别样聪明,还显在会给人起"国号"。我就不用说了,我爹的外号,都被人叫到死。她起出来的词儿,谑而不虐,形象鲜明,人人意中所有,语中所无,让人中意听。她那里整个是一个做"外号"生意的工厂,给乡村的贫困生活增添了不少乐趣。就说我们生产队吧,有一个当过教师的人,自小就爱"白话儿",平素不论远近、不分大小,就爱闹着玩儿,言论是又沾理儿又跑题儿。我奶奶就根据这一个特征,给他起了一个"二瞎拍"的外号。一下儿,竟传开了。我长大以后,以为这名号污损了教书人,却谁知这人七十岁以后,亲口对我讲:"我表婶子给我起的这名儿,真棒!"他胡子都白了,对我奶奶的"命名",一点儿坏情绪也没有。

…………

从小到大,我就没听见奶奶骂过人。

过去的农村,爱骂人盛行。老太太骂人的脏话,大姑娘不敢听,不是

"咒"得厉害,就是将男女那点儿事全抖搂出来。有谁惹着了,丢了鸡了,丢了蛋了,丢了扒镐子薅锄子了等等,那上了段位的"骂人精",或屁股歪倚墙头,或搬个板凳儿上房,坐着,骂个三天五夜。尤其是赶茬口对骂,就像打擂一样,看谁能把谁骂服。乡下把不着边际或无人还言的骂人,叫作"骂大街"。

同在农村生活,同饮一口井的水,而我奶奶却不会骂人。遇上斗口,她先讲理,从道理上分辨是非。可人跟人不会一样,遇着浑不讲理的,她会正颜斥责:"掰着屁股要嘴儿吃,不知道香臭。"再有甚者,她顶多说一句:"真不是个东西!"这已经是她最严厉的骂语了。

由她所传,不但我父母没有骂人本事,一直到我们这一辈,也是如此。

…………

就是由于奶奶过度宠爱,使我至今也背负愧名。我终生不忘那一幕:她坐在热炕头上,怀里搂着我,摇啊,摇啊,下巴颏儿抵着我后脑勺,问我:"二羔子,长大了挣钱,先给谁花?"我当即毫不含糊地向满屋人声明:"给奶奶!"奶奶仰着脸,那个乐呀,连身边炉火苗都跟着忽悠儿,忽悠儿,沾了满堂喜气。当年我脱口而出、童言无忌的一句答言,令奶奶满意了,却不知这轻易出口的话,如何伤了妈妈的心……

…………

祖孙情深。行动上报答奶奶,我就记了这样一件事:"立秋"过后,我与小伙伴去山坡玩儿。玩着,就进了一块桃树地,怀着好奇心,大家搜寻,看有无漏下的桃儿。一棵树挨一棵树地找,我竟从树叶茂密处摘到了七八个"桃奴儿"。所谓"桃奴儿",就是指一树桃儿中不成规格的下品,采摘期时看不上眼。这一种桃儿,个头儿小,比栗子大不到哪儿去,但由于它生长期比大个儿桃还长,因而甜度也浓缩,咬入口齁甜齁甜。见了此果儿,我特别高兴,不怕树杈折断,不怕挨摔,登着爬着,赶忙将它们摘下,装入兜儿。

我一个也舍不得吃,只将一个桃儿咬下了一块皮,咂了咂甜汁儿。然后,一路小跑,汗水淋淋地跑回家,将兜里全部的桃儿都掏给了奶奶……

我初中毕业以后,回村劳动,孝顺心虽有,却没有行孝能力。

…………

奶奶是在寒冬之时,咽气的。按年份计算,她比爷爷早走三年;查看日期,她去世在十二月二十日,爷爷是十一月二十五日。病在炕上,她没躺几天,只服过几剂很便宜的汤药即撒手人寰。临走的前两年,她的牙齿掉下了几颗,还总喊"腿疼"。夏天,她挂个棍儿,裹棉裤……

临终前,她已说不出话。双眼长时间地望着我,久久不闭……

依年龄和身体状况,她那病,只要有钱医治,是不会早走的。而当时,家里没钱……

她是连一房孙子媳妇儿也没有见到,就走了的呀!

寿数,只有七十岁。

奶奶知我心:我是多么地想念她呀!想着她,我白日想,白日哭;晚间想,晚间哭。只要一想起奶奶疼爱我的点点滴滴,我这已年过六十的"二羔子",就会情不自禁地泪流满面。

我是一个"怪人":一辈子不知梦为何物。梦中情景什么样,从未经历。我就这么地想念奶奶,她怎么就不给我托一个梦来呢?

…………

"门开着,灯亮了,心里就暖和。"这句话不是我说的,但契合了过去我与奶奶在一起时,许许多多日子的心迹。而今,我还能幻想出那一间小屋的灯光,如何闪亮儿;那一间小屋里的炉火,如何使我着迷……

值此元旦之夜,万众皆欢的时刻,鞭炮响了,红光映红了天际,天与地共同感受着人世轮回的欢乐。

——我给奶奶写如上祭文。

我的"榆木疙瘩"父亲

　　凭我到现在六十余年的记忆,父亲辛勤一生,没做过大事儿。我在农村劳动时期,他除了"车把式"的正差儿以外,所当的最大官儿,是我们坨里村第二生产队的"贫协小组长"。

　　我们哥儿四个,妻子说我的长相最像父亲。我端详父亲遗照,却看出问题:我俩面容尽管很像,但他笑眯起来的眼睛比我睁大的眼睛还要大!

　　我也算进入老年了,现在要写这篇文章,真实用意是向他老人家"赎罪"。

　　在写给母亲的文章里,我就已经透露,我自小不是听父母话的孩子,脾气"拧"。长大了以后,我对爷爷奶奶的感情,也超过对父亲的几倍——纯是父子,却心隔如山。老乡亲能够证实:当年,我很少脆生生、痛痛快快地叫他一声"爸",也就是春节躲不过,拜年磕头必须喊"爸"。这一年一声,能听得清的人伦常语,终也在"文化大革命"运动中,让滚滚洪流给卷了去。

　　我幼年时看不起父亲的地方太多——

　　先说他的笨拙:嘴笨、心笨、手笨。关于"嘴笨",我母亲有四字概括:拙嘴笨腮。更经典的比喻句,是"嘴比棉裤腰还笨"!常人没理时还能搅出理,他就是占理,也抻不出赢人之利器。嘴唇本来就厚一些,辩论时刻,更不灵便,脸涨得通红,吭哧憋嘟,表达不出完整的语句,常受人挤对。"好马出在腿上,好汉出在嘴上",老妈对老爸的嘴拙,无可奈何。

　　说他"心笨、手笨",就要说到干农活。老辈早有传授,叫"冬不拿镐,夏不拿锨",道理很简单,冬天地冻,拿镐刨时自然累;夏天地松,用锨锄的活儿多。偷奸耍滑的人,按季节带省力工具。你猜我老爸怎么说:"该带镐不带镐,该拿锨不拿锨,这活儿怎么干?"他比生产队队长还操心。给牲口棚打青草,别人打的草,不管牲口吃不吃,只要添分量、多记工分就行,而他背着筐满坡转,专找牲口爱吃的"热草"。

再说锄地,马虎人地方很多,比如间苗的要求,"一二三的谷子,四五六的黍子",别人是不管不顾,小薅锄"咔咔"左右砍,管它这几棵那几棵,他却偏要瞧瞧哪棵苗儿强,哪棵苗儿弱。人家锄地是"猫儿盖屎",他下锄恨不得把老土层搂松。再说栽白薯挑水,是以趟数而不以桶大小记工分的,有心计的人特意买了薄皮煤油桶,他却总挑一副家里长期使用、自重就有十多斤的大铁筲。怕水往出溅,他还在筲上压蓖麻叶或荆条圈儿。筲里的水满,沉重,人挑着上坡须提气、收紧肚皮,他的一挑儿水顶别人的一挑儿半。

至于乡里盖房,他去给帮工,更显得"缺心少智"。心眼儿灵活的帮工的人,有的不带工具,图搬个砖拣个瓦,做个人情,拿锨也挑个儿比脸大不了多少的小锨头儿,而他预备的是装火车用的簸箕似的大铁锨。怕锨嘴儿不牢,脱把,他还左墩右墩。"大了(音 liǎo)"(管事人)分配给他的活儿,自然是最不省劲的和灰泥了。自己溅一身泥点子不说,还窝囊的讨不到事主欢愉,根本不将他的人情放在心上。

像我这已经挣了"小孩分儿"的半大小子,都记牢了"不打勤的,不打懒的,就打不长眼的"口诀,学会了偷奸耍滑,他还为生产队死卖力气。让我更看不惯且窝心的是他的穿戴,没见利落过。当兵的大哥给他的军服多好,多提气啊!可穿在他身上,皱皱巴巴,衣领不见往下将,支棱着不说,一根不搭配的老派儿红裤腰带,还不往裤腰里掖,耷拉在外边。父亲的年纪比我爷爷小多了,却乐于一副老人打扮儿,无冬历夏,裤脚都扎腿带儿。夏季扎腿带儿,下身瘦腔腔的,活像一个不离股儿的圆规……

这一宗宗见诸的不屑和愚笨,对于我青少年要样儿时期的自尊心、虚荣心,伤害有多大呀! 我常怨怼我自己:怎么投生了这么一个爹!

我挨过他一次打,我还记着。那一回,不知怎么将他惹恼了,或者是我的"蔫儿淘气"惹出祸也说不定。我家弟兄,也就是我"光荣"地挨过他的打。他本是性情温和的人,但那一天,不知气从何来,不顾脑袋不顾屁股地打我。你想想看,一个整天抡鞭杆儿、打骡马屁股的人,那手劲儿有多重! 我越不求饶,他下手越狠,我就表现得特别"抗击打"。越这样,打在我身上的响声就越大。母亲早看得心疼,扯着他的手央告:"不能朝孩子的头上打,别把孩子头打'惊'喽!"他这才一身哆嗦着、呼哧带喘地住了手。

凭良心说,我只挨过他这一次打,并没有挨过他的骂,因为他从来不会骂人。即使他打我时,我心里也不恨他,那时,就是想和他赌一口气。

从小到大,我就是觉得他笨,才跟他较劲的。因为,我总拿他和我爷爷奶奶做比较。我爷爷在世时是响当当的人物,就是地痞老财也要敬他三分,干哪项农家活还都是行家里手。他头脑清醒又主持正义,与人论辩,时而语带机锋。我觉得我的骨子里有爷爷的"隔代基因"——起码在行侠仗义、好打抱不平这一点上,性格和爷爷接近。爷爷常说"虎生一子能拦路",爷爷属"虎",父亲一生老实巴交,是属"兔"的命将他弄糟了?爷爷一身本事,怎没传授给他呢? 很长时间,我都琢磨不透。

从我上小学时候,马车上用的什物就在家里常见,比如套缨子、马笼头、马鞍子、绳头儿、夹板、鞭鞘儿、鞭杆儿等大小物件。在我父亲干不动了的时候,有一些马车用品还堆放在家里小西屋的旮旯儿,或挂在山墙上,着一层尘土……

父亲不识几个字，能识一点儿，也是中华人民共和国成立初期在"扫盲班"学的。他爱背诵《三字经》开头部分"人之初，性本善。性相近，习相远""窦燕山，有义方，教五子，名俱扬"那几行。《百家姓》中记准了的，是"熊纪舒屈、项祝董梁"，上边有我家姓氏的那一行。

但是，他特别爱跟有知识的人接近，村里那几个还乡右派，他都当成了好人，听人说了点儿成语、典故，回家学舌，自己陶醉好半天。

我在村子里不歧视"阶级异己"分子，与他熏陶有关。我能够使用毛笔写春联了，对他鼓舞不小，从此再不用求人了，解了他半生夙愿。

每年过春节，他喜欢我写的总是"忠厚传家久，诗书继世长"那一副传统春联。等候我把字写好、晾干，他亲手刷糨糊，亲手贴门框。我年年写，他年年看不厌。

一个彻头彻尾的农民，有时候也怡然自得，向我们传授他的精神实况："父做高官子登科，家有千顷靠山河。"他把阎王爷都想托生的诉求，当成了己有。他还开蒙于我们，一言一顿地讲："前三十年看父敬子，后三十年看子敬父。"不知他凭什么，把自己比喻得很棒，把儿女比喻得很强。看那满脑袋瓜的土俗，青年时期的我就暗笑。

他这一生，好像专门对付我来的。你说他识字不多吧，他会给我编曲儿，将我在他眼中的缺项编成"段子"，合辙押韵。论艺术性，一点儿不比赵树理《李有才板话》里"李有才"的板话水平低！那年他好像中了魔，走哪儿唱哪儿，看见我身影更欢，可把我的颜面扫尽。有防于此，我早出晚归，不敢跟他碰面，听见了他在院里咳嗽，我就心惊胆战，赶紧跳墙头。"当面训子"，应该，我也不怕，但变成了"文艺作品"，被人所知，进而传唱，我可就羞臊得受不了了，连老实的妻子都为我叫屈……

就家庭功劳而言，我年轻时，亲手盖过两次大房。爷爷奶奶去世发丧,也是我挑大梁,根本没用父亲操心。父亲终其一生,关于建设项目,就是在我所建的一间小厨房的基础上进行了扩建,但那已是生活好了以后,他年近七十岁时做的事情了。一间扩建厨房,他以为是了不起的自主工程。他宣传他的业绩,宣扬"九斗一簸"的指纹,他的命好(乡下有谚:九斗一簸,不求人也过)……

哎呀!揭了父亲这么多"短儿",连我自己都觉得"大不敬"了。我之所以能这么细数,是父亲当年使我怀嗔太深了。他生前,我没当面说过,就借此向他倾诉吧——谁让我们父子一场呢!

我说了这些还没说够,我还有话跟九泉下的父亲辩白:以前我的错,其原因不能全归于我,我真正需要忏悔的过错,是不该将您卷入"文化大革命"的旋涡。我如果像您那么老实做人,那么安分守己地过日子,绝不会给家庭招来灾祸……

青年时期,"文化大革命"让我赶上了 。我一不小心捅了"马蜂窝"。青年人哪懂什么钩心斗角,又与人无宿怨,无野心,只是想突出自己血性而已,结果,我们都在"大风大浪"里呛了水。在生产队,我遭受了打击不说,全家人还都跟着受罪。尽管我家是三代"贫农",有几代人打下的善良门风,而且还有"光荣军属"的牌儿护着,都不顶用。你纵有恨天无把儿、恨地无环的本事,你的愤向哪儿撒……皆因为我的强出头,给家庭带来霉运,此内心之剧痛,将我拖入长久的悔恨之中。

父亲的成就,是把我们弟兄培养大;父亲的骄傲,是四个儿子为他争了光。我们哪一个的文凭都不低,哪一个的工作都不差。我们弟兄四个出生于农家,祖祖辈辈没墨水儿,并且也不是"村级高干"的后代,却凭个人努力相继走出了村庄,这在过去那个时代十分了不起。弟兄四个娶妻生子,皆以个人能力所为,没有让父母操过心,更让老父亲觉得自己

"命好"。

在四个儿子中间,父亲似乎比较偏向长子。我大哥个头儿高,人也长得俊,忠厚老实,秉性与父亲分毫不差,在家的时候,就有"傻大成"名号。父亲是将长子当作他生命的旗帜来看待的,并期望这一榜样对我们众弟兄起作用。闻讯大哥大嫂携儿子要从青岛回来,父亲几天睡不好觉,扫院子,刷房子,糊窗纸,放下这儿又是那儿,还舍得买肉。

大哥给父亲带回一双军靴,他抿嘴乐,试穿在脚,就拉着长孙围绕香椿树,"一二一、一二一"地操练。大哥在家的日子,父亲心情最好,每天早下工,形影不离。与大哥交谈时,父亲将一条腿撩在老椅子扶手上,特别像一个身心舒泰、倾听下级汇报的"老首长"……

儿孙满堂,人口平安,父亲不但自己觉着活得像老神仙,乡亲们也多多颂扬。有的人当面吐出半羡半妒的话,"秧儿不济,结好瓜"……

跟有知识的儿子在一块儿,他说话也向文上转,时而说出用语不恰当的话,逗大家笑。那一回,他听说我那身胖的青岛大嫂在叠被子时伤了脚,他抱着电话,考虑了半天怎么安慰远处的她,但出口的词儿谁也没有料到——他说:"很悲哀。"大嫂那里听了有什么反应,我们不知道,但一经老妈学舌,我们哥儿几个、妯娌几个,笑疼了肚肠儿!

我对于父亲的感情发生转变,大约是在我四十岁以后。过去我对他的认识,由陆续收听到的他的名誉转播,而有了新的评价。

他是一个十分懂礼的人。对乡亲,他没有看不起的,论乡亲辈儿,该敬大的敬大,该敬小的敬小,该称呼啥就称呼啥,从不会扬头或低头而过。逢年过节,他去家族长辈家一一拜年,老了以后腿脚不利索了,也不丢这个礼儿。乡间人碰面,只要论"爷们儿"的,就有开玩笑资格,见了我父亲,肯定不放过。或将言语捉弄,或干脆照脑后捋几下"大瓜儿",他只是躲闪,"嘿嘿嘿"地乐,有时"嗯、嗯"地想说点儿什么,也在一笑中憋了回去。年纪大的乡亲上家里来,他让烟、让座儿、亲手奉茶……他与我的"忤逆",对比鲜明。听老者说,他自幼就听从父母的话,都学会赶车了,我爷爷吩咐啥还是啥,叫别离开马车,他就在夏天的大太阳底下抱着鞭杆儿,不找阴凉儿地方坐……

他是一个怜贫惜弱富有同情心的人。自己就属于弱者之类,却怀一颗悲悯心。东街的"瞎七子"患先天性青光眼,和人走对面分辨不清楚是谁,遭其弟兄轻贱。这样一个人,却是我家常客。父母吃饭时,让他一块儿上桌,赶上吃就吃,赶上喝就喝。有时走出我家大门老远,他还一边摩挲嘴巴,一边津津有味地说:"还是我老表叔家的饺子香!"有一个李老头儿,街面上称"李老呔",年轻时算生产队里的人精,脑筋灵活,见风使舵,被人称为"转镶儿脑袋"。同在生产队马车组,他管束我父亲,没少给气受。到晚年,他由于无儿无女,景象凄凉,父亲不但不计前怨,逢年过节拿礼物看望,还将自己的劳务所得每月给他撇出"份儿钱"……我家的闲房,最多时住过三家房客,有爆米花儿的,有收废品的,有跑运输的,其中两家带有家眷,父亲像对待家里人一样对他们好。父亲时常嘱咐家人:他们远道而来,在外谋生不易,要多看顾……对此,我家的老住户小张感受最深。他曾亲口对我说:"大爷太好了! 二哥你就是撵我,我也不离开你家!"小张自十二岁离开安徽,在外漂泊了二十多年,人间冷暖经历多了,体会自然不假……

他虽然不善言辞,却是一个性格开朗的人,笑模样儿总挂在脸上。身体出现状况以后,他不在屋里关着,总挪动到院里,观看老太太们玩儿牌是他的一乐儿。我们家的院墙低,隔着院墙能看见行人,他常常"表侄""表弟"地和人打招呼,叫来家里说话,嘻嘻哈哈。

他还特别有童心,愿意逗小孩儿,哄小孩儿……

坨里村董家,是一个大家族,父亲那一辈有二十多个叔伯弟兄。别的门口儿,哥儿两三个、四五个,唯独我父亲是独子。论起他那一辈儿弟兄,个个是人物:有在国企当厂长的,有在建筑公司当经理的,有当银行主任的,有当中小学校长的……唯独我父亲,没有在人前显贵的资本。可我那些有本事的叔叔们怎么说? 他们一一评议了家族成员之后,总是咂着嘴儿,对我那连鸡也不敢杀的父亲充满敬重之情:"还得说咱大哥!""还得说咱大爷!"

就是由于父亲的人品服众,我的一位家叔在他当政期间,不惧举亲之嫌,在我父亲赶马车生涯的晚年,帮助安排了一项轻体力活儿——给矿务局养老院送补给。马车经常拉运糕点、面粉、白糖、水果等多种多样的营养品。他去送货,仓库保管员从不检验,使我那位叔叔脸上特别有光……

还令我想不到的,是父亲善良人品在社会上的感召力,于他生前身后竟这么强大! 而我,竟然长时间不觉。我的儿子上小学时,有过打架现象,将同学打了,自然其家长会前来兴师问罪。可走到半途,打听到了是我父亲的孙子,啥怨气没有了,还连连自责,"老董家人老实,咱不能和人家惹气……"老父亲去世,停灵那几天,要放旁家,老丧为"喜",有传灯花时哄抢灵棚供品的习俗,场面上会很乱。可是,听说了是他老人家去世,无论是本乡人,还是外地人,互相转告,一致说"咱可不能去瞎折腾……"

——以上这些,我说的句句是实话,或许有说不到的地方,而绝无一句掺假!

…………

让我们弟兄佩服的是,父亲至死仁义! 他患脑溢血,送进医院之前,我外甥已确定婚期。因事发突然,妹妹那儿和我们家,最担心丧事发生在外甥结婚日那天。"老爹呀,你要挺住啊,千万别把'大宝'的事给搅了!"我们在老父亲病床前祷告。他是否听见,我们不知,可将老人家必须接回家时,确实是外甥办完婚事的三天以后。老妈早就沉不住气了,一再督促我们,"接回来吧,让他从家里走……"啊,老人家真是太仁义了!

老父亲是在接回家的当日午夜零点之后,永久闭上眼睛的。我们众弟兄、妯娌、妹妹、几房儿女,都守在他身旁。几日前,我学医的女儿给他剪了指甲、刮了脸,他临终时面容很干净,很安详。老父亲上路的这个时间段,对于只办三天丧事的人家来说,时间上十分充裕。

过了夜间 12 点,算另一天,不会耽误报信儿,不会耽误置办酒席……

可我执意:停灵五天!

那几天里,前来吊唁的人来往不断。街巷里边议论多的,都是我父亲去世这一中心事件……

在农村办丧事,要遵从民俗常礼:挂殃榜、贴无字白纸条门联、悬挂挽幛、传灯花、烧纸钱……哪项规矩都不能少。"孝子头,满街流",我们哥儿几个见了本村熟人,只要他是个成年人,不分男女,不论辈分,做儿女的一律行单腿下跪、磕头之礼。按常规,灵前接祭还礼,向吊唁者行礼磕头的为长子,可大哥那一年已经六十岁了,且一身多病、心情痛楚,身体再也经受不起,我就决定顶替他。有献祭来的,我就磕三个响头,直到心也麻木,膝盖也麻木……此际,我替代大哥行孝,有心疼大哥的成分,但更多的是我心中哀恸,我一腔歉疚而所当为——对不起老父亲!

两个多小时,我都在下跪。

…………

父亲走了以后,我思索,和他进行了比较。

多少年以来, 我自以为他是一个 "没本事" 的人, 并以做其子为辱——这是多么的昏聩无知、多么的浅薄啊！

　　父亲一生，虽没留下富裕的家产，可是，他的一生清白，却支撑了我们整个门庭。善良的力量是强大的！任何权势、财富、利禄、功名，在善良的对比面前都十分逊色、渺小。世人眼光，如果将善良和美貌当作生命物体看待，进行选择的话，相信一定会选择善良。因为，美貌靠不住，而善良永恒。一个家庭善良品质的形成，需要像攒钱一样，一分钱一分钱地积攒，一代人接一代人地传承，才能形成持久的善良的门风。父亲已经完成了他的使命，其后就靠我们后代的努力了……

　　父亲身为平民，人格是伟大的！我虽然写出了有几斤重的书，却抵不上他终生秉持、表里如一的"忠厚仁义"四个字……

长在妈妈的谚话儿里

在我家还是九口人的大家庭时，有四个人属兔：奶奶、爸爸、妈妈、我。父母同庚，他俩的"兔儿"比奶奶小两轮，比我大两轮。

从我记事时起，我就与爷爷奶奶住一间屋，睡土炕，跟奶奶合盖一床蓝被。一天里除了吃饭与父母、兄弟聚在一块儿，大多时间扎在爷爷奶奶屋里。数九寒冬，一家人都在，闲来无事，奶奶坐大屋热炕上，下巴硌着我的头顶，边搂我摇动，边问话："二羔子，长大挣钱，先给谁花？"我想也不会想，大声地回答："给奶奶！"一屋人中，爷爷、奶奶、爸爸都笑，数奶奶笑得最敞亮，炉火苗跟着她的笑，摇来摆去。在这样场合的问答，我不止经历一回。这时候，妈妈都在干家务事，或是操持着饭，或是做针线活儿，话儿也都听见了，只是她闷声不语。

奶奶的娇惯、纵容，助长了我小小年纪轻视妈妈的脾气，常犯顶撞，一点儿也不觉得她亲。家族婶婶大妈看不惯，常趁奶奶不在之机，来我家串门，劝妈妈对我严加教育。而我呢，大概自幼就"聪明绝顶"，从婶婶大妈避讳我的眼神，猜出要说我"坏话"。我躲出屋，不走远，藏在了窗户根儿。婶子们一个个伶牙俐齿，轮番儿将我的"坏"一个比一个说得激烈。我心里"恨"，却听不到妈妈的声音。婶子们要走了，才听见妈妈两句话："哪个牛儿不牴母？""树大自直。"意思我虽然不能够理解，但我能感觉到妈妈的回话儿没令婶子们满意。看婶子们怏怏走了，我心里的小鹿儿尥起了花蹄，撒欢而去……

纯是母子，却由于我感情疏远，反叛情绪很大，不识妈妈劝，不听她话,我的"劣迹"在一条街里都有名声。有资格"拍老腔儿"的乡邻,斥我是"拧种"。对于他们的人前背后议论,我不嗔怨,使我生气的是,将我与哥儿弟兄对比,当着我的面夸我哥儿弟兄"有出息"。我明知哥儿弟兄那样儿好,但就是不服,丝毫不愿改拧脾气!还有时候,邻居家妇女站大街上就说婶子大妈们那派"棒下出孝子"的话,对我进行舆论攻击,被我发现。我极度愤恨之时,我的妈妈听不下去了,脸色很不好,也不客气,驳斥道:"龙生九子,种种不同!""你怎知道哪块云彩有雨?"妈妈撂下话,回屋去了。

妈妈教育哥和弟时,偶尔我也在场。有一回,三弟说一个伙伴往家里拿集体的东西,他家大人高兴。妈妈当时脸色一沉,连连教训道:"小时偷针,长大偷金……偷个鸡蛋吃不饱,赖名一直跟到老……不摸锅底手不黑,不拿油瓶手不腻。"接着,妈妈说出来一个故事:某家孩子受爹妈鼓励,爱偷东西,越偷胆儿越大,最后犯了杀头之罪。临刑之时,他恳求娘再让他吃一次奶,结果咬下了娘的乳头。娘疼得满地打滚儿,他还埋怨:谁让你当初不管?要管,何至于有今日!

三弟撩着双眼皮大眼睛,眨巴眨巴地听。

小时候印象,妈妈不爱串门儿。她不像有的村妇那样,一清早儿串八家,说长道短,搜集别人家信息,然后传播开去。她遵循旧礼制,特别有定力,对于爱散布是非的人,她态度不冷不热,对家族里的长辈、厚道人,则迎来送往,百般热情。族里人敬,街里人夸,她的名声地位超于常人。对儿女们,她从来没有疾言厉色,更无打骂之举,总是婉转地说事理点化。她常对儿女讲:"宁让身子受苦,别让脸儿受热。""人的名儿,树的影儿。""人活一张脸,树活一张皮。""衣服穿破,别让人戳破。""吃亏是福,傻名儿难得。""打爹骂娘的,一个也不要接近。""送给人东西,要拣最好的,别人给了一根豆角儿,要还人一根黄瓜……"同时她也嘱咐:"如果将一根直针给了,仍换不回一根弯针,跟他也要远离……"

——不用说,这样的启蒙,在我们哥儿几个心中,早早扎下了根。

挣工分时期,家庭成员分工:爷爷、奶奶、爸爸下地,妈妈操持家务。她的角色是在家做饭、洗衣、劈柴、砸煤、糊袼褙儿、推碾子、担水、喂猪喂鸡……去地里,多数时是给家人送饭。"三夏""三秋"之际,干活儿人出工早,吃早饭在地头。远也罢,近也罢,都要送饭。她送饭的家什,是荆条篮子和一个大黑耳罐儿。蒙着毛巾的篮子装饼子、窝头等硬干粮和碗筷、老咸菜,黑耳罐儿装稀粥或杂面汤。

妈妈那时尽管年轻,但由于一双缠足所致,去很远处送饭,并不轻省——既不能让罐儿洒,又不能让篮子倾,让家人早吃上饭的那一份牵挂,使她心情急切。露水多时节,她常常汗水顺鬓角流,露水湿了脚面……

那个年月,各家各户断粮的多。有的妇人不会持家,锅里的没有,锅下的也没有,男人中午回家,只得喝一碗白水,仰面躺炕上。还有的人家连盐也缺,等到做饭了,发现没有盐,只好端着小瓢儿挨家挨户去讨。这种情形,在我家绝无发生。甭管是稀的、干的、凉的、热的,干活儿人进家,准保吃上饭。一家人吃饭是大事,干活儿人回来都嘴头儿急,必须提前准备。有时,妈妈为让家里人吃得好,粗粮细做,中午那么紧的时间,还要做"轧捏格儿"。吃这种饭食,做饭人很累,她要一筒一筒儿地轧,捞出来几碗,紧跟着轧面续锅。杂面团儿也硬,火也烤,做饭人比吃饭人还着急,就见被柴灶烤红了脸,汗珠儿不断线地流……别人吃过歇着去了,面盆里还有剩的,她自己将就吃。

我们家大屋里靠墙根,放着一长形大板仓,大板仓上边,摆着几个有大有小的瓷罐,乡里叫它"胆瓶"。说不清是奶奶的陪嫁,还是祖上遗物,反正是后来收购旧瓷的,看它眼睛放光。妈妈将它做什么用了呢?装小杂粮。青豆、黄豆、豇豆、高粱米、芝麻……什么都有。

爱串门儿的进屋来坐，不稀罕瓷器上边有什么图案，愿拍一拍瓶肚儿，听一听里边声响。(如果不清脆，声音发闷，证明里边藏着粮。)心有所得了，留下钦佩的目光……

有粮做饭，能让家里人吃饱，是妈妈最大贤能。还记得，她擀榆皮面面团儿的时候，一边擀面，一边讲述心得："节省得从囤尖上省，别从囤底儿省……好过的年，歹过的春……家有粮万石，不吃小米焖干饭……"听得出，她在向我们传授节俭经验。

穷，并快乐着，是我童年时期的记忆。

不知不觉间，弟兄一个个长大。自哥哥当兵走了以后，我就成了家庭主要劳动力。学瓦工、修铁路、抬大筐装火车、跟随手扶拖拉机装卸……农村里，甭管农业副业上的苦活儿、累活儿，我都干过，似乎也能忍受。只是到了"文化大革命"时期，我才觉遇上了噩梦，陷入青年阶段"冰河期"。唯成分论，是社会倾向，可是像我家这样查三代是贫农，不只"历史清楚"，还是"清白"的人家，由于不纳入派性，在生产队里同样受欺负。那期间，庇护我心灵的奶奶也去世了，我缺少了疼爱，爷爷年老，干不动了，爸爸又过于老实，后起的力量便在于我。处于兄弟中间的"二夹脖子"，我早早承担起了顶门壮户的家庭责任。内忧外患，悲从中来，我忧愤无比，变得更加少言寡语，家里家外成了"哑巴"。妈妈似乎明白我的心事，看我时总是一副小心翼翼的样子。我心里郁闷，无从发泄，明明看见她在井台上一扤一扤地摇辘轳，或者一跐一跐地挑着水，就是不帮她，硬着心肠走开。而妈妈呢，不喊也不叫，默默地忍，默默地受——现在回想起我当时做的事，真恨不得抽自己几个嘴巴！

我对妈妈心肠硬，却也像自残一样磨砺我自己！一个农村文化青年怎样用功,乡亲们看见了。"跳出白薯锅",不吃白薯了,是我想改变命运的原始动力。"文章憎命达",是这么说的,我就不信逃不出白薯地!就因为"拧",找对象也要找和我一样受穷的"阶级姐妹",我要多拉一个人跳出"苦海"。按标准,我就继大哥之后,有了婚姻。

妻子在公社服装厂上班,我下地劳动。贫贱夫妻百事哀,但我们有相融的幸福感,只不过单开做饭以后,去妈妈屋里次数更少了。

大概是在新婚不久,据妻子反映,妈妈告诉她,我的生日快到了,嘱咐她在生日那天给我煮一碗面。当时我一副倦态,没有多想。一天傍晚收工,我在院子里洗脸,就听见妈妈那边有一声叹息,还有一句轻语:"儿的生日,娘的苦日。"那声音很细,然而我听到了,好像被什么蜇了一下,愣格怔怔半天,手攥毛巾,却不知擦脸。第二天早晨,我叫醒了妻子,让她去街市给妈妈买回十个油饼——这是我当时尽孝的最大能力。妈妈那一次提醒,使我以后保持了在生日时敬奉她的习惯……

自己有了儿女后,有件事情我记得清楚:一天,我正在写东西,就觉后背被凉东西冰了一下,吓我一跳。我回过头,只见小女儿手举着一大块倭瓜,不明白是怎么回事。小女儿用她咬字不清的语音,一字一字告诉我:"奶奶说了,快打春了,立春吃瓜不生病。"我一语闻听,立觉血涌头顶,心潮翻滚。我的老妈妈呀,儿的生日是你提醒,如今我都长大成人了,你还这般挂念……我心绪不能平,扭过脸去,不让女儿看见,落下了眼泪……

重找大家庭里的感觉,最好保障期是春节,弟兄带回了家眷,屋子里被孩子们闹腾得不成样子,老妈却非常高兴。本来就吃多了甜食的下一代,老妈仍要追着赶着喂糖果,惹得妯娌们"咏咏"笑。该做年夜饭了,老妈不再亲自下手,而是像老太君一样稳坐炕沿儿,指东指西,指派、传授儿媳们怎样做。开饭时,大小人儿两桌。大哥为哄老妈,专拣大嫂的缺点说,说大嫂"爱哭"什么的。兄弟们学大哥,也是这样。老妈看一眼这个,看一眼那个,为儿媳一一正理、辩护,并"训斥"四弟兄:"自己脸上有灰自己看不见。""小水不防,大水围房。""家有贤妻,男人不遭恶事。""打人别打脸,骂人别揭短。""宁让家贫,别让路窄。""门口儿一条河,儿媳妇随婆婆……"后边一句话,让屋子里听着的大大小小哄堂大笑!

大家庭里过小家日子,弟兄间也有抬杠拌嘴时候,有的就去老妈面前"告状",请她主持公道。老妈劝解道:"你们哪一个不是从娘肠子里爬出来的? 脚蹬后脖颈儿的弟兄,都肚大肠子壮一些,啥事没有!"几句开导,让兄弟起争执的心瞬间平静。还要特别说一下,无论是自家弟兄有分歧,还是与老人闹了意见,老妈她绝不让外人知。这方面,她想的是"家丑不可外扬",比老爸做得好。儿子都参加了工作,单位领导表示关心职工,有时做一做家访,老爸这时就有些按捺不住,说着说着就要扯哪个儿子"不足"。这时,老妈就会用眼神急急止住他,送走了"公家人",数落老爸:"你这颗榆木疙瘩的脑壳呀……"

弟兄四人中,我是最后一个撤离老家的。进了县城,居住条件好了,儿女们也不愿再回去。我因为工作忙,也很少专程返乡。老爸在三年前去世以后,老家偌大宅院,只剩下老妈孤身一人,实实在在成了"空巢老人"。她的身体一直很好,有一两处老年病,不妨碍起居,儿女略微心安。按时令,洋槐花开前后几天是掰香椿的时候,那年赶上"五一"放假,我带妻儿回趟老家。老院儿有一大片香椿树,正吐油滋滋的嫩芽。我家的香椿好,老妈炸"香椿鱼儿"手艺高,在我朋友圈屡有口碑。这回掰了香椿,又吃了老妈亲手炸的"春椿鱼儿",儿女们非常高兴。我手提几个装满鲜香椿的袋子,向老妈告别,说好了不让送,她也答应了,但是,我拖儿带女走出大门口,转过一大段院墙时,却发现老妈正手扶着门框,仰着头向我们张望。我当时心里一阵泛酸。这次所见,她明显衰老,头发白了很多。回过头相望的一刹那,她一头白发非常显眼。一个个儿女经她手培养,前后脚走了,只留下她孤零零一个人看守宅门。此际,我觉得她就像我家院中经霜历雪、树皮皴裂的那一棵大洋槐树,虽然滋生了无数幼芽,仍根系不老,每年每季散发清香,不离开老土……

…………

弟兄坐在一块儿时也合计:老妈毕竟年事已高,需要照顾,应该把她接出来,轮流赡养。这一方案说出来,老太太十分平静,却又坚决地表态:"我不去住你们的鸽子窝儿。我就在老屋住着,哪儿也不去!"儿媳妇们帮助劝解:"您老一个人在家,我们不放心——要不送您去养老院?"明明是商量的话,更惹恼了老太太,反应更强烈:"我有四个儿子,让我去养老院,就不怕老乡亲笑话?""要是出不起保姆费,我自己出,我有政府给的养老钱,有土地分红,不用你们拿!"惹老人生气了,协商陷入了僵局。顺者为孝,最后还是依从了老妈。后来儿媳妇们坐一块儿说悄悄话:"这老太太改脾气了……"既然一致同意请保姆,费用肯定不会让老人家出,由四弟兄按顺序轮番出钱。保姆把后来的情况悄悄地告诉了我妻子:"老太太心疼钱,常念叨'一天四十块呀!'"

话虽然这么说,我们让老人满意了,老人很快活。老屋里的笑声、说话声,一天到晚,能传街上去。她的腿脚本无问题,保姆没来的时候,自己能够逛集,来回来去走几里不嚷累。可是自打保姆进了门,再去上街,她便使唤保姆用轮椅推着出来进去,模样儿非常"阳光",遇上熟人,会跟人家说好半天。她主动讲儿媳妇给她买了什么吃的、穿的,孙子、孙女怎么孝顺,非听得别人说出"您老好福气呀"那一句,絮叨得人都走了,还有一句自豪的话儿追上——"我有四根大柱子呀！"

去年，我们老哥儿几个一起在老院盖新房，老太太一时无处安置，送到了妹妹家。妹妹说，老太太一年都不踏实，总吵着要回家。

我们盖了新房，也保留了老太太住的三间老房。将老太太接回家后那几天，她出这屋，进那屋，一屋一屋地瞧，摸摸墙上瓷砖，又攥攥窗帘，以检查官面貌出现。我的儿子有出息，没容我做主，他先说了："咱家留一间新房给奶奶！"我当然同意，并赶紧置备了新床，装了空调。三弟还给添了防滑垫儿。满心以为老太太就此居住下去，结果听保姆说，她只住了三天，又回了老房。

我们家盖新房，且老弟兄在半百之年后仍一体同心、共建共享，这件事让老少乡亲称赞不已。当下农村，这种事例少了。老少乡亲纷纷议论："瞧人家老董家哥儿几个，多齐心！"传到老母亲耳根，她听了，比吃蜜还甜！此后比蜜甜的事儿还有：今年春天，我和三弟相继添了孙子，连同大哥那里的"青岛三代"，当下我们家已有三个重孙子出现。续上了"兔谱"的新一辈人，真也是"兔崽儿"绵延，应了我题于新房壁上的一幅楹联："子孙贤，族将大；兄弟睦，家之肥。"

…………

今年深秋，我在老家新房住了几天。某一日，我起得早，正在自己小院里盯着柿子树上红灯笼似的柿子做颈椎运动时，忽见到老娘坐在她住房的台阶上捶膝。她捶着捶着，忽然说出这样的话来："爹呀，娘呀，我今年走不动了，不能到您二老跟前送衣裳去了……"她反复敲击膝盖，反复地自言自语。一刹那，我知道流行于民间的"鬼节"快到了，给先人"送寒衣"，是各家各户应节所为。此节与祭祖的清明节不同，笼罩着宁寂、肃杀、静穆、悲凉之气。民风所及，即便是平日对父母生前不孝的儿女，此番也有"活着不孝,死了燎道"的行为。我看老娘真情实意的祷告模样儿,无比凄凉,我心欲碎!

我的老娘啊,我八十五周岁的娘亲!难道您不这样诉说,我就不明白您敬孝先人的心意了吗?

不是听自母亲,而是听婶婶们讲:我母亲是"童养媳",十二岁(虚岁)进的董家门。在她还是被人抚养的年纪,却被当作成年人,两户人家各有考虑:一家是为了少一个吃饭的,一家是为了多一个早出力的便宜人儿。两家都是受贫困生活所逼。谁都可以想象出来,一个不谙世事的女孩儿到一个陌生家庭,该忍受多少委屈,该怎样盘算度过自己的少年、青年及漫长的人生?按农村老式说法,代表女人的生死命运四个字就给总结了:抬进、抬出。抬进,是迎娶;抬出,是死去。旧时代的农村女人,在她有限的天地,脱离不开锅台、井台、碾台,宿命给的囚笼一般的一个个圆形造物,脱离不开生儿育女、做饭浆衣、孝敬公婆。"打一千,骂一万,全凭三十晚上一顿饭""多年的土路熬成河,多年的媳妇熬成婆",是她们最低端的诉求和最美好的期冀。应该说,爸爸妈妈的命运比爷爷奶奶好,您们的父母不仅没轮到子孙承欢的四世同堂,又何曾吃过几碗净米净面的饱食啊!即便我父母亲有孝心,社会上没有这个条件,又能如何……

我至今也很奇怪:老娘她一字不识,新社会赠与名字"杨淑兰"三个字,她根本不认识。然而,她那么丰富的生存哲理、生活智慧,以及强烈的生命愿望,根源又来自何方?我仔细揣摩了,略解一二。这其中,她吸收了我爷爷奶奶的教诲,也有老娘的天赋。爷爷奶奶生前,是被乡亲敬重的人。爷爷精明能干,见多识广;奶奶娴于治家,性格开朗。在整个村庄进行比较,他们都是那一代数得着的好人性,好人缘儿,自然会对母亲进行浸染。而母亲又天资聪慧,富有主见,且胸怀能忍,自然更有创造性地发挥。她不打也不骂,愣把我们规矩成人,这不正是她的能力吗？在现今不断"创造"文化的时代,有时却把文化之义弄拧了,不认识字,几十年来被贬为"没文化"。讲文化,就一定先认识字吗？我不这样认为。而今,识字人太多了,有大学文凭者多如牛毛,从高处扔下砖头,说不准会砸着几个"教授""博导",可管什么用？有的教授、博导不也在讲台上、博客上撒野,脏话、昏话连篇吗？而对待父母,谁知他们又是什么心肠！其实,我觉得他们谁也抵不上我那一字不识的老娘！他们的人性,没有我老娘好;他们的人伦道德,没有我老娘强。一时之间,我仿佛明白了老娘她不离开故土的原因了。她在这院里已生活七十四年了,这里的一砖一石、一草一木,都有她的心血再造,都和她的感情联系在了一起。她由初入董家门的陌生女孩儿,终成了这个大家庭里主宰一切的女主人,这是她引以为豪的地方！她的哭泣留在此地,她的成功也留在此地,她的血液和董家人融合,已浓得化不开了。老娘于此设门户台,既表明了她"狐死首丘"的意念,也表明了现今大家庭要以她为"中心"的心态。妈在家在,她要像牵风筝一样拉紧,时时能把远走高飞的儿女召唤而回！

因为有她在,儿女们的心,就不容易分散。她为儿女,在做着余生的努力！

我揣度着她,并将我的心与她的心靠拢:就现今而言,善恶难辨,既然我无法判断别人谁是好人或坏人,但我起码可以做一个不欺骗自己良心的好人——虽不堪重任,心志不能变。

寒门出孝子。魂箍寒门我自知。我知道,家里多个老人,就多一层天。像这样执手相望,能瞧见老娘白发而心疼的日子,今生今世还能有几多回？

爹妈俩

"哎,吃饭嘞——"

这拖长了尾音的喊声,常在伏天儿晚饭时刻响起。

爹是一个"吃粮不管饷"的松心人,晚饭之前爱串门儿。娘就站在大门外边,向街的左右喊。

"哎",是爹妈之间发声的引擎,是她对爹的称谓。

邻家也听出来了是谁在呼叫,催促道:"别大沉屁股了,快回吧!"爹这才站起身,笑呵呵而归。

爹妈俩同一个"兔"属相,同一年纪。爹的面孔红,妈的皮肤白。爹为生产队赶马车,妈在家忠心耿耿做九口人饭。

妈是十二岁时登我家门儿的"童养媳"。暴露了这个身份,您别以为俺家庭历史有问题:过去,不只大户人家,穷苦人家也有。知根知底,上下连村的穷苦人家相准了,这家将早晚"脸朝外"的闺女打发走,少一个"吃饭的"累赘;那家添了一个早出力的"帮手"。俺们就属于后一种人家。

孩童时,他们在同一口锅里淘饭,同一个屋檐下长大,感情自然深厚。

临到白了头,爹妈在一块儿,让外人看,不单是夫妻,更像是兄妹、姐弟。

他俩一个脾气怄(音读 zhòu),一个性子"顺",一辈子却没闹出大意见。"夫妻相儿"挽在了一起,夫唱妇随。

我小时候,蔫儿淘气,就有找上门来被人"告发"的机会。对来人,爹还要辩理,娘则小心向对方家长劝解,消解火气:"都是还吃屎的娃娃。咱大人间别伤了和气……"

爹赶了一辈子大马车,别说骒马,就是一头倔驴,也调理得温顺——却不明白儿子的心气儿。

娘呢,平时足不出户,只会演奏"锅碗瓢盆交响曲",却能够把俺们的脉"切"得"倍儿"准。

我看多了的,是爹赶大马车给生产队拉庄稼的神态。那么多七股八杈的庄稼秸秆儿,那么高的秸秆儿垛,爹码放得顺顺溜溜,不颠不散。他稳坐于车辕上挥鞭杆儿,乐乐呵呵。

我看多了的,是妈妈坐在香椿树下的板凳儿上纳鞋底儿、搓麻线。一把锥子,一把剪,一绺儿麻,是使用的工具和材料。一双鞋,千千线,不时地将大号针蹭一蹭鬓角,然后一针一线地纳过去,鞋子做得结结实实。

父亲是一个独生子,父母生育了我们四兄弟,还有一个妹妹。父亲天生面相好,耳大,大耳垂儿,伸出十个手指,常以"九斗一簸"吉利指纹自诩。对于四个儿子相继跳出"白薯锅",他将全部功劳归于自己。他人傻实在,别人当面揶揄:"秧儿不济,结好瓜……"他竟听不出味道来。

娘却不然,见爹乐癫了的形态,当着人从不抢白。邻人走了以后,眉清目秀的妈妈,慢条斯理地跟爹一人讲:"是儿女个个儿争气……"

我们心里也清楚:论公道,最大功劳,应该授予俺娘。若没有俺这个娘,虽说俺弟兄有"成儿"的乳名护身排序,长大了未必一个个都能成。

一年四季中,父亲袒露的最真实快乐,是在大秋刨"自留地"白薯时刻。挖出来一个二斤重的薯块儿,他像见了宝贝:"又出来了一个'大挡 戗'!"乐得他嘴咧到了耳根台。

妈妈的欣喜,常发生在我们拿回了学校奖品和奖状时。她的手摩挲着盖了大红印章的奖状，一脸喜悦，就像吃了蜜糖！

父亲对外人是十分温和，从未见他跟谁发过火。而对待家里人，有时犯"犟"。我就挨过他的拳打脚踢。虽然现在回忆起来，是甜的，但当时经历是憋了一肚子气……

俺娘又和俺爹不一样，她用民谚解说事理，一则则娓娓道来："儿不嫌母丑，狗不嫌家贫……儿的生日，娘的苦日……宁使身子受苦，不使脸受热……宁让家贫，别让路窄……"

父亲口讷。母亲仅用四个字就高度概括：拙嘴笨腮。另有描摹，亦出自吾母口语：榆木脑袋。受人欺负时，他虽攥紧拳头，却只会喘粗气。而娘会讲道理。她总讲："说倒人，比打倒人强。"她摆出的家常话，会追问得能言善辩者哑口无言。

父亲太过于老实，一辈子没跟人争吵过。有时他受别人挤对，做儿女的在跟前都替他憋气，嫌他"窝囊"。然而，集体交给他的任务，任何时候生产队长都放心。晚年，他赶车给煤矿疗养院送补给，香油、白糖、水果、糕点……凡吃食都有，而我家连一把瓜子、花生也未见着。

老娘终生恪守妇道，平素不串闲门儿。任何飞短流长，进了我家的门，都会沉了底儿。别人来借东西，凡是家有的物件，她从不吝惜。热心肠的娘，不但让人拿走了针，还会将一绺儿线舍去。她常说给我们："人张口容易，闭口难……"

父母亲都行孝道。这一方面，在我的老家，有口皆碑。对于我们的祖父母，父亲的尽孝形式是听话。从我记事时起，就未见他有过"忤逆"。都一把年纪的人了，祖父母说啥还是啥，正所谓"乐其心，不违其志"是也。母亲在祖父母面前总是一副小心翼翼模样儿，从未见过她赌气，摔筷子摔碗儿。吃饭时，她先给祖父母端上来；吃下去一碗，再盛上一碗，并不支使小辈。

祖父母去世以后,每年三十晚上,他俩先一通儿忙,并互相嘱告:给爹娘的烟带了没?酒装没装上?到坟前说个啥……直到爹喛嚅而去方止。爹在坟地给先人敬了酒食,完成引领祖先回家的程式回来,才真正是大团圆坐下来的时刻。

就那一幕,让我至今都痛彻心扉:父亲去世,走了整三年,我回了老宅。母亲坐在台阶上,正一边捶着膝盖,一边喃喃自语:"爹呀,娘呀,我如今也走不动道儿了。不能亲自给您老人家送衣裳去啦……"想了想,正是农历"十月一",到了给先人"送寒衣"之时。

望着老娘一头白发,听她颤颤语声,我头发根爹起、我的心欲裂:功劳甚巨的老娘亲呀!您可是十二岁时登咱家门,您不是俺祖父母亲生,您只是一名"童养媳",而您的一声声呼唤,让我这一个董家后人,有何颜面,又怎么对得起您这一位老娘!

老娘啊,老娘……

如今您可知道:您的这个已经白了头的儿子,是怎样挂念您的身体吗?

…………

坨里村董氏,自远祖由山西汾阳县相子垣村迁来,如今已历十一代,是一户大家族。父亲那一辈,叔伯弟兄二十多个。论起来,个个儿比俺爹本事强,但他们评述家族人物时,点数了一遍,最后还是咂着嘴巴,夸奖俺的爹娘:"说真心话,还得数咱们大哥!咱的大嫂子!"

"嫁鸡随鸡,嫁狗随狗;嫁个扁担,抱着走。"这一句话,俺老娘讲过,俺也不想隐瞒。那是她那一个时代,农村妇女的共有命运。然他俩终生厮守,终生信任,终生和睦,共同生活了七十二年。这一点,让我好生羡慕。

老爹识字不多,中华人民共和国成立之初仅上过"扫盲班"。他能够识得的,就两本书上的几句话即《三字经》中"人之初,性本善。性相近,习相远。苟不教,性乃迁……"那开头儿几行字。《百家姓》中,他记准了的,是有我家姓氏的"熊纪舒屈、项祝董梁"那一趟儿字。

老娘呢,跟老爹比,这还不如。新社会"奖赏"给她的名字,"杨淑兰"仨字,她一个不识!

姑家二三事

"姑舅亲,辈辈儿亲。砸断骨头,连着筋。"

祖父母生育了一儿一女。这名女儿,便是我们姑姑。

姑姑嫁在距离我村八里,向东,平原上的一个中等村庄,村名"窦各庄"。

去她家,要翻过一个叫"老虎圈"的野山坡。一条羊肠小道。经过时,野蚂蚱常往脚面上蹦,常看见野兔卧在路旁。惊醒了它,它并不跑远,蹦跶了两下,站住,回过头向你张望。那意思,好像让你再逗一逗它。

我年岁太小的时候,是爷爷领着认的门口儿。我认识路了,上学了,常在寒暑假两个假期,背着书包带着作业本儿,独自前往。

我们家里的人口多,九个。姑姑家人口少,四个。姑姑有两个儿女,我一个称"表姐",一个叫"表弟"。

我爱去姑姑家,不仅因为有血缘关系,更主要的是她待我们好。

其中,"形而下"因素不容忽略:姑姑的家境比俺家强。

我们家,很少见到用整粮食喂鸡。奶奶、妈妈饲养鸡,用剁碎了野菜掺麸皮的混合料当食儿。鸡儿们,见不到精品。姑姑这里,截然相反。

"要吃蛋,粮食换。"她申明自己的主张。

"咕、咕、咕咕……"她端着半瓢玉米粒儿、好麦子,撒开来喂鸡,我看着都心疼。

在她家,我能吃上几天净米净面。尤其那从小菜园水井旁边揪来的黄花,与鸡蛋一起打卤,拌投过水的手擀面,特别香。我再不用见着饭桌上的蒸白薯而发愁了。

小孩子馋。我喜好吃什么,姑姑都知道。她天天给我吃煮鸡蛋。

将籴子舀进半籴水,插入炉口,放两个鸡蛋,不一会儿,籴子就"咕嘟咕嘟"地烧开了。在我等得心急的时候,鸡蛋也熟了。姑姑将籴子里的水滗掉,又将鸡蛋放入冷水碗,浸了浸,递给我。

刚剥了壳的煮鸡蛋,还烫手,有一股蛋腥味儿。我左右手倒替着,捏开凝成亮瓷样的鸡蛋清,里边儿蛋黄,金黄金黄,内心儿还有深红色,仿佛着了油彩,吃起来沙沙腻腻的——香!

除了鸡蛋解馋,还有花生,还有核桃。"谷黍上场,核桃满瓢。"暑假里,我能吃上鲜核桃。鲜核桃仁儿,甜津津的,就是有一个缺点:砸开青皮,青皮的水儿太染手。两只手的手指、掌心染了浆,变成了黑色,斑斑点点,十天半月洗不下去。

我们弟兄四个,都爱往姑姑家跑。有时单独,有时搭伴儿。

有一回,我就和哥哥一起去了。哥哥从小与我性格不同。他爱干净,自己的衣服自己洗,会揉搓板儿,还会使用针线,钉个扣儿,缝个补丁,都行。我娘常夸:"比拙媳妇儿都强!"而就在那一回,他使用针时将一根针弄断了。不知姑姑说了什么,他急了,赌气说:"弄折了你一根儿,我买一包去!"当时,以为气话,结果他还真去了供销社,买回来了一包针。他将针递给了姑姑就向外走了,姑姑急喊、急追,他竟连头也不回。追到村外,姑姑站地埂子上,泪水在眼眶里打转儿,两眼闪着泪光……

姑姑的体形、长相,酷似我奶奶。做派与我奶奶也极为相似:开朗透亮、手脚麻利、干净利落。姑姑的一双缠足小脚,走起路来让年轻媳妇都佩服。在婆家村,姑姑有一片好名声。

我见到过,她和姑父一起回娘家时一个情景。虽说我父亲为独子,但董氏家族的叔伯弟兄很多;弟兄当中,姑比较年长。见他俩到家,这些“舅爷儿”常与姑父开玩笑。我姑父这人,粗通文墨,然不擅言吐,在众舅爷、众妗子面前,总是在话语上面吃亏。口齿伶俐的姑姑,自然会为他开脱、挡驾。姑父其人,身高体大,饭量也强。看他连续端饭,能说会道的舅爷儿就看准对象,以“大姐夫槽口强”“胃口棒”等语言轮番进行轰炸。这时刻,身为大姐的姑姑不做过多袒护,站到了弟兄阵线,抿着笑口而说:“老牛,全凭吃!”一句话,引来了一场大笑。

…………

姑姑虽然不识字,却有口才。这一点,她儿媳妇比不上。我这位表弟媳,除了不识字,与我姑相同,其他方面是全面地“退却”。她穿戴邋遢,性子“肉”,常挨姑姑“嘴嘚”,也改不过来,不入姑姑的眼。我理解姑姑的“心病”,却也不便多言;优点她没计算,表弟媳连续多年捧回了“孝敬公婆十佳好儿媳”的奖状。记得姑姑生前,每年清明节都回娘家给祖父母上坟。腿脚利落时,姑父骑自行车带着她;腿脚不利落了,由姑父蹬一辆小三轮,送她来。晚年,她也和我母亲一样,自己走不动了,才不来上坟。

她是带着董家人骨血,背着“王董氏”名号,离开人世的。她去世,我送葬了。表弟抱着小小骨灰盒,我送她到墓地……

…………

血脉连通。尽管姑姑去了,我也割舍不下那儿的亲情、那个家庭的情分。我连年去看望年迈的姑父。我认为,看姑父就是对姑姑的最好报答。

前几年,我到了“知天命”的年纪,又逢春节给姑父拜年。那年,姑姑去世已超过了十年。拜年而归,我忽作“少年狂”之想,既不想乘坐“村村通”,又不想沿平坦路走回,决定再走一次山坡路。几十年过去,那条羊肠小道已寻找不到,满是蒿蒿草草,满是拦住人的荆棘。我东奔西突,竟然连方向感也迷失了，身上着了一层灰土，沾挂数不清的荒草籽儿。

妻子见我回家来的形态，面露惊异。我的一双腿，也酸痛了七天。

…………

我们家门儿，从姑姑时代算起，就一代一个女孩儿。轮到我们这一辈，我有一个妹妹；弟兄当中，我多了一个女儿。女儿学医，在市内大医院工作。她性格活泼，办事情能力强，就是忒爱花钱，是一个救世的"消费狂"。许是"养儿随叔，养女随姑"隔代基因缘故，女儿不似我父亲和我们四兄弟拙口讷言，那伶牙俐齿、嘴不饶人的特征，紧随我的姑姑、她的姑奶奶……

而今评说丈母娘

"小兔崽子，给我出来！你拿唾沫儿沾媳妇……"

这个站在我家大门口叫骂，四十几岁的妇人，手抡一根圪针条，气力十足地一迭声叫喊。

她猛叫中，顺了口，一不留神把我奶奶给我的昵称"二羔子"也一块儿喊了出来，引得过往行人和围观者一片哄笑。

此猝临者，即是与我已私定终身之人的母亲。

那一场于门前突如其来的声讨，惊吓得我"胆小如鼠"的父母不敢出屋。我也于后院自己小屋内胆怯。同时又觉得她骂得很对：我爹妈同岁，您们属"兔儿"，而我也属"兔儿"，差着一辈儿，不是"兔崽子"又是什么？再者，因为家穷，在谈情说爱期间，未曾给她女儿买过任何物品，这不是用"唾沫儿沾媳妇"，又是什么？

这般骂得实际，我一点儿不委屈。

论家境，她家比我家好。我内心早已经确认的岳父，是一名老矿工，有比较高的工资收入，三儿三女都已在生产队挣上工分。年终结算，也能从生产队拿回钱来。而最要命的，我俩辈分上不合适，论乡亲，那骂上家门来的既定岳母，属"奶奶"一辈儿。

我心中有这般顾忌，最初连怎么尊敬称呼都成问题。

她家与我家不在一个生产队，而居住距离也就两百来米。去南边田间干活，若抄近路，从她家门口过最妥。可我有怕在先，常舍近求远，为避开碰面。那一回不知为何转错了脑筋，值夏天歇晌时分，街巷空无一人，我正暗自庆幸之时,恰遇她老人家从院儿里出来。我躲也躲不及,僵立少顷,壮着胆前行。见面总要表达恭敬,我遂省略了主语,问"干啥去?"未听答音,却见遇者弯腰,我正疑惑之时,一块石头朝面门砸来。我惊慌失措地躲闪,那块石头砸在了我腰间筐上,"嘭"的一声弹响之后,还有余音:"你小兔崽子,往哪儿跑!"我被吓得魂飞魄散,调过头来就跑,背筐里的镰刀甩丢在了大街上。

没想到,一声好心问候,竟惹来了麻烦。

其后,口头文学有了新内容,我锦心绣口的乡亲丰富了民间谚语,将老版本"实顶实"进行了改编,新版歇后语格式为:"丈母娘疼姑爷——石顶腰!"

这话把儿留在了乡村,已至我胡子白。

亲事已定,大局难违,岳父母只得顺应现实,允我登门认亲。按乡俗,备六盒聘礼:两筒儿茶、两条烟、两瓶酒、二斤糖、二十斤挂面,皆为双数。另有一块带肋骨的鲜猪肉,表示为母女骨肉相连,女儿离开了娘亲。

初次因亲事登门,改变称呼,我太紧张,嗓子眼儿里滚出来的"爸""妈"二声,比蚊子叮人的声音还低。

答谢"姑爷",我接受赠礼:一双白塑料底儿、黑灯芯绒面儿松紧口鞋,一件中山装和一条"的确良"单裤。

我自以为离其家门很近,用自行车接亲即可,不料岳母发脾气,以风俗古训制止。为求得岳母满意,这七十二拜之后的"一哆嗦",恳请我堂叔帮助,动用了当时最现代化的交通工具——手扶拖拉机,迎娶新娘。

女儿离开了娘家,陪嫁品有两床棉被、一对儿枕头和一屉必由娘亲手蒸的嫁妆馒头,附两盒点心,另有两百元"压腰钱"。

我的妻子,当时年方二十四岁,年纪在其三兄弟中居二,在三姐妹中居第一。她是连小学都未上完,就当上了家庭劳动力,做出来的贡献与之兄弟姐妹们相比,居功甚伟。弟兄姐妹,为之惧服。然由于她自主选择了董某,在家庭中地位一落千丈,哪一个家庭成员都可以呵斥。为阻止我俩接近,她两个妹妹还充当了"侦探",经常向"上级"汇报我俩的新动向。在这般压力之下,直逼迫我妻子发出了呐喊:"打死了我,我的魂儿也跟他去!"她因为受压抑,体重骤减,一米六八的身高,体重由一百斤降至不足八十斤。为了一句诺言,她身心俱疲,忍受了不少的委屈。知道是自己过错,她母亲于阶前送离时,两眼含着泪……

我的岳父母,是两种不同性格的人。岳父温和,天性善良,而外表懦弱,是中华人民共和国第一代煤矿工人。他最精通的技艺,煤块儿和煤矸石,能一眼分开。家里事情,他不做主,休息在家时,只憋在屋子里边抽烟,或干些零碎活儿。对岳母最显出他户主精神的,是保证他能够上好班,吃好饭,将带走的饭菜装好饭盒。岳母的风格则是雷厉风行,主持正义,性格刚强,不惧怕农村强大势力。然而,岳母对丈夫、对公婆,又十分贤淑体贴。

岳母常年在生产队劳动。田间里任何农事,从重体力粗活儿到菜田要求的精细,她样样儿拿得起来,且干活儿利落,能起带动作用。

就因为她心直,看不惯别人偷懒,见别人出工不出力,干活儿磨洋工就生气。有时,她锄地早到了地边,还有数人在地中间戳着,便提起锄叉腰斥责,羞得他人赶紧干起活儿来。她那坚持集体利益的态度,真不怕得罪人。

她只是在中华人民共和国成立初期"扫盲班"学习了几个字,然而作为工人阶级家属,她十分关心"政治",天天收听电台播放的新闻。早晨做饭,她一边手搅着粥锅,一边倾听。那一台收音机,成为她了解国内外大事的贴心宝贝。她听得多,记得也牢,什么古巴形势、柬埔寨政局、罗马尼亚和阿尔巴尼亚对中国友好等等,她兴致高昂地讲给其他妇女听。那一番平台转播,让听者入迷。

就是由于挨得近,我们有了儿子以后,为了不误上班,儿子刚出满月,就给岳母大人送去,求她看替。从儿子吃奶粉,到会吃鸡蛋黄儿,到学步,到上小学、中学,我们是将儿子全日制整托。乡办服装厂生产紧,我妻子只能在上下午各半小时休息时间内亲热儿子。我则是多凭写稿,换回营养费和交学费的钱。两位老人对待我儿子是真心疼爱,比待其亲孙子、亲孙女还上心。儿子生病了,老人家抱着去医院,是赶天赶地地急,扯心扯肺地痛。儿子学会骑摩托车了,老人家不放心,刚打着了火儿,就贴身嘱咐:一路要多加小心……

老人家过度疼爱,使儿子把姥姥家当成了安乐地。学校在村中,儿子放学由我家门口经过,遇休息日,我在大门口专候他回家吃饭。截留了几次之后,他便不肯再来。后来发现,他是从我家对面,别人家房后夹道遁离。被我见着了,他小书包紧贴着小屁股,低着头快跑,怕我留、怕我追……

儿子长大,接受了姥姥姥爷和几个舅舅的品质:心地善良,为人正直。只是他雷公脸儿脾气,时常让我受不了。他对二老的一片孝心,达到了我的目的。

在王家门为婿,我很坦荡。妻子娘家人有事,我必亲为。丝丝缕缕,不必细讲。

我在农村居住时间很长。我见过许多次岳母在"自留地"劳动,她抡平耙打畦埂儿、挎斗箕撒麦籽,一直视她为强悍能干榜样。

然不经不由间,我发现了她加快的衰老:头发变白、变稀了,腿脚也慢了,背一筐干透了的棒子秸也显吃力……此时我看见,止不住一阵心悲。

　　老人家太坚强了！直到我妻子患了同样的疾病,有了并发症痛苦体验以后,才清楚老人家所经受的折磨何其难熬。老人家的症状比我妻还要严重,然而,从未听她吭过一声儿。

　　并发症先始于眼,双目白内障,我俩接她来我家调养。未做手术前,只要我在家,她不在一起坐,只独处一室的小天地,一个人默坐床沿儿。听客厅里我们大小人儿说话,她偶尔带着笑声儿搭一两句,那么仁义。在此期间,我妻子每日早晨给她冲一碗鸡蛋汤,她接受,而再提供其他营养品,她却不允。她的表情,像是给我俩"添了累赘"似的,让我看着心伤。

　　她偶尔独自下楼,去县城街上走一走。我就很奇怪:一个双目失明的老人,凭何记准了回家的楼号和单元楼层……

　　我尽到了"半子之劳",将她送进县医院,做"糖尿病足"切趾手术。一切费用由我家承担,并由妻子、儿子、女儿轮番守护。老人家对治好自己的病信心很大,心情好。与同室病友交谈,我不在跟前时,常将我夸奖……

　　老人家是在一场秋雨中,被其儿子从医院接回家的。老太太是极聪慧之人,我能臆想,离开医院之时,她会意识到再无归期而黯然神伤……

　　由于我的疏忽,未能将孝心进行到底,导致老人家早早告离人世。这个错误,我永远都不能原谅自己!

　　岳父阳寿七十九岁,先离岳母;而岳母在人间,却只有七十年。

　　岳母娘家,是距离我村只有五里路的八十亩地村,举首可望,只隔一道河。岳母同胞姐妹五个,她之上还有一位哥哥,大排行她为五。她们五姐妹,有四个嫁到了我们坨里村,十分稀奇。在性格刚强上,恁们姐妹一致;而在女性贤德上,我岳母得数第一。老姐妹的晚年也有故事,几个弯了腰、驼了背、豁了齿、白了头的老人,思念幼时情义,约往一处。她们同眠一个土炕,同吸溜一锅菜粥,相互之间打嘴仗,又在有敬有让中和解。

半夜喧声,直冲土屋房梁……

"泰山"其颓,"泰水"其涸,二老合葬在了一丘。由我牵头,给二老立了一块墓碑,并配置了供桌和汉白玉护栏。碑之阴,有我噙泪写下的《祭岳父母文》:"人皆有双重父母。世道可以兴替,而人间执孝心意不移……二老一生辛苦备尝,敬老人,育子女,济于人,克于己,凡所能为,无不一一力及。尤对诸门外孙,疼爱有加,日日盼有所成,其劝勉之心岂可尽表乎?每思及此,即暗暗垂泪。夫欲孝而亲不待,惟有恸哭!"由县里最好书法家书丹、最好刻工勒石……

岳母去世,办了三天丧事。搭了灵棚,请来了乐队,一应乡俗礼仪俱全。送葬路上,我于行进的灵柩前,一路抛撒纸钱……

哀悼岳母,极度悲恸中,为表半生感念,撰写一联,悬于挽幛:

打也是爱,骂也是爱,终教姻缘结成双,何期再世做东床;
生也刚强,死也刚强,不使疾病累儿郎,留得家门日月长。

——令睹者唏嘘。

青岛大哥

论相貌和体态,我们哥儿四个中,数"为革命输出"的青岛大哥最好。

他综合了上两代的优点:身量高大,面貌英俊。身材不只匀称,而且唇红齿白,白皙面孔沁出来两朵儿红晕,白中透着的轻红,比同龄大姑娘的脸蛋儿还经看。

我们弟兄四人,各有所长:单项评比,哥仨都超过了他,但若论综合指数,谁也不能将他超越。大哥长我三岁,与大哥相比较,他继承了父亲忠厚、老实地儿多,而我在讲义气、有胆略方面,是我爷爷的品质延续——他们仨,又没法儿与我比。

"老儿子、大孙子,老头儿老太太命根子。"年过花甲之后,大哥还不无得意地跟我讲:小的时候,他吃爷爷和父亲给买回来的烧饼最多……

大哥当兵走了,初次探亲,他给爷爷带回过"景芝白干",给父亲带回来了"莱阳梨"……

关于童年,我与大哥之间,记了几件事:"腊七腊八儿,冻死两家儿"的寒冬腊月,我和大哥帮助妈妈推碾子,准备蒸年糕的黄米面。天儿太冷了,手扶碾棍,手指缩进棉袄袖筒,手指头也被冻僵,棉靴里的脚丫冻得像烫了似的痛痒。浸过了水的黄米,围绕碾盘心撒出来一个圆圈,轧不了几圈儿,就冻在了碾盘上,必须用铁铲儿时时地铲起。我和大哥负责推碾子,妈妈负责铲面、扫面、筛面。说起来,那时年纪,身高没比碾框高多少,手脚冻拘挛了的我便不肯再出力气,只是随着碌碡转。而大哥呢,蹬直了后腿,胸口紧贴碾棍,用胸的力量顶着推动。碾盘上、碌碡上疙疙瘩瘩地粘连着黄米,碾轳辘"咕咚""咕咚"地跳……他的手冻成了紫色,头顶冒一缕缕白气……

二亩山坡"自留地",年年"五一"前后栽白薯。父亲挑水,我俩抬水。每次是由父亲帮助把水从井里打上来,灌一筲,我俩拿起扁担,一块儿抬。我在前,他在后,扁担钩儿钩起了筲梁,筲梁并不在扁担正中,多半部分在他那一头儿。从东井到我家自留地,足有二里,还要攀一个坡。抬了几桶,我就累了。那天,也确实不想再抬了,我就从衣兜儿掏出来课本,歇一歇看书。哥哥催了几次,我也不起身。

他攀我无望,就双手拎着一桶水,独自挪蹭上坡了。正当我倚着石头沉浸于书本时,爷爷怒冲冲地来了,狠狠抽了我几巴掌……

哥哥自尊心很强。一回,我俩搭伴儿住姑姑家,他使用针线缝自己衣服,不小心把针给弄断了。不知当时姑姑说了什么,将他惹恼,他赌气地说:"弄折了一根,我赔你一包!"大家以为他说的是气话,不料他还真从供销社买回来了一包针。他把一包针交给了姑姑,头也不回地走了。姑姑追至村外,站地阶埂子上,哭红了眼……

他的好干净,好缝缝补补、洗洗涮涮,做那些女孩儿事情,为我所不屑。有一回,我不知在什么事由上挤对他,"早慧"的我自以为聪明,用刚学来俏皮话讥讽:"兔子能驾辕,谁还买辕骡?"当时他没做反应,旁边爷爷却绷紧了脸,严厉地斥责:"自大加一点儿念'臭'! 骄兵必败!"吓得我浑身一哆嗦。

大哥当兵走的那一年,我读初中二年级。他骑一匹高头大马,离开了家门,去大队部旁的大杨树底下集合。大白马头上佩着红缨,脖子挂一串铜铃铛,马身上鬃毛和鞍子刷洗得干净。大队干部敲锣打鼓地欢送新兵。跨在白马背上的大哥,胸戴大红花,更显英姿勃发,一口白牙笑在了外边。锣鼓声紧凑时刻,新兵启程了,就听那俯视了村庄多少代人、被尊为"神树"的大杨树,传来了"哗啦啦"叶子响……

儿郎此去归何处? 父亲不知,他只会跟着众人傻笑。而此时,花白了头的爷爷,满眼噙着泪花……

大哥生于农村,却基本没参加过生产队劳动。他是由县办食品厂应征入伍的。起初,他几次与我商量,让我去顶替他在工厂的工作,我没有答应。心高气傲的我,志向是上大学,那每月的三十八元,我岂放在眼里……

不料,这一决定,我日后追悔莫及! 由于"文化大革命",大学停止了招生,我再也没有了去向。我的人生"冰河期",由此到来。

很长一段时间,家里太穷了。吃的、穿的、烧的,样样缺。生活重担压在了我肩上,使我性格发生了扭曲:进出家门,不说话;任何场合,少言寡语。我就十分地"恨"我哥哥:是他,将不该轮到我的一副重担,早早地甩给了我。最贫困阶段,我想给他寄一封信,连八分钱一张的邮票钱都没有。夜幕时分,我踟蹰于村中桥头,仰望满天星斗,暗自垂泪!

长期共命于祖父母和父母双亲,维护居家两兄弟,我观察他们愁容,心急如焚。我的精神实在支撑不下去时候,心里呼喊:大哥,你在哪里呀?

大哥探了亲,要返回部队了,我给他送行,在村口等候公共汽车。天色微亮时,十分寒冷,我俩就从车站旁河渠边捡来了几根玉米秸,在站牌下点了一堆火。烤着手,我好长时刻一言不发。晃着大灯的公交车快来跟前了,大哥期待着我说什么,可我仍然无语。

"走啦——"他一只脚迈上了车门,转过头时大眼睛里仍充满期待。他在做着最后的努力。

"走吧。"从我口中就挤出了这一句,而且声音很低。

望着公交车绝尘而去,我心如刀绞。

…………

大哥"支左"期间,在青岛订了亲。那边少儿多女,看上了大哥产地北京的"含金量",相中了相貌英俊的"北京人"。大哥第一次带着未婚的大嫂认家门,我正在《北京文学》前身——《北京文艺》编辑部学手艺,做编辑。我领他俩到编辑部落脚儿,老先生见了,问我:"你大嫂是个演员吧?"老先生夸她漂亮。

大哥回一趟老家,我啥东西都舍得给,就是见面不亲。惯性使然,我除了跟老爹"较劲",剩下就跟他了。"青岛的",成为我与居家弟兄交流时对他的称谓。

大哥每一次返乡,也必带来青岛特产:青岛啤酒和大虾、海蜇、黄鱼等海货。礼物均分,弟兄每人一份儿。

大哥在部队服役三十多年,很长时间,我嫌他"官儿"小,甚为之怜悯。然据他战友近年向我透露:大哥在部队进步很快,入伍第二年入了党。按阶次第一年每月六元、第二年七元、第三年八元士兵津贴标准,他只领了两年,第三年就跳过了"八元"坎儿,直接由一名士兵提了"干",穿上了四个兜儿的军官服,当上了教官。他可是只有初中底子呀!然而,"董实验师"很称职,军中叫得响亮!航校实际,官多兵少,级别晋升,不但要比业务,还要论"关系"。后者,凭他耿直和老实,能行?

大哥转业后,倒是有了一个当"大官儿"的地儿,安置在"反贪局",当了一个"长"。战友回老家反映:他守着海边,不敢收送上家门的一条鱼……

而回到了老家,我送烟酒和土特产,他性情全变,照单全收,几个纸箱全装满。他得意地讲:二弟给啥东西,我都收;拿他的,放心!

就是因为和他赌着气,我内心虽敬着、爱着,也不愿当面表白。

我不像别人那样,见了久别的兄弟十分亲热。我是面貌上冷,心里热。

他在青岛市区居住了将近四十年，多少次邀请我都未去，只在"青岛二代"结婚时，偕家人去了。回程乘坐大巴，他与儿子车站送别。进了停车场，由于站台栅栏门阻隔，他不能走近车身，只能于栅栏之外，以目相送。由他复制出来的"青岛二代"，面目秉性如他当年，不知忧愁，傻傻地笑，一副憨态；而他的神色，似有戚戚。隔着车窗，我望了一会儿，把头埋得很低……

大哥孤处青岛，已成了不容更改的事实，与返回北京的战友、为官者相比，他今日待遇显得很低，甚至，连报销医药费都成问题。为了儿子、孙子过上好生活，少捅债务，大哥大嫂他俩已定了性的疾病，也舍不得花钱医治。当政期间，他没给儿子安置好的工作，儿子收入也不高，我很为之忧虑。通过向老家弟兄借钱，他购置了一处房产。

"猪往前拱，鸡往后刨"，如今的我也没有嘲笑大哥的勇气了，以我自己"找食吃"地位，将自己征逐连连降级：五十岁的时候，我还曾以"一个有文化的农民"自诩。后来通过人生对比，我觉得这个名头儿也超出了能力，凭自己学识，与真正有智慧的农民相比，也差着距离。

人是否真具有能力，跟他识字多寡，并没有多少大联系。现在我也学了陶靖节公，归了园田，锐气越发地钝小。近期与北京某大报社编辑电话交谈，他对于我自认"民间艺人"也做了纠正，授予"手艺人"。听其诠释，我"扑哧儿"一乐，这老兄的大实话倒真说到了我心里！

去年，大哥专程返乡祭祖，带回来了"青岛三代"。弟兄们又得以团聚。谈到了个人现状，大哥表示出了很知足：那么多中小学同学，还留在了村儿里……

也就是在这一次，大哥走进我的书舍，专门找我谈话，我第一次在他面前暴露了真实：望着他衰弱的身体，白了的双鬓，我竟十分脆弱地在其面前失声呜咽……

聚少离多，送大哥至北京站的任务交给了三弟。早晨太阳刚升起时候，三弟把私家车用心擦洗得锃亮，提前给大哥打开车门。大哥迈着迟缓步履，一步步向车走近，将欲登车之际，他回过头来又看了看白发苍苍的老母亲，然后就很急促，也很笨跛地上了车……

望着远去的车影，我停留在老家大门口儿原地，垂着手，滚着泪……

亲哥热弟

坨里村老董家,北院儿,数我家这一辈男孩儿多:哥们儿四个。比我父之为独子,实乃历史性跨越。

虽为一母所生,弟兄只在心地善良上一致,而性情各有不同:大哥,忠厚、老实,"鼠儿"属相,引其天生胆小;三弟,"猴味儿"十足,多情重义。老四,运命在"虎",却无"虎"威,形态温和而率真;我这排在第二位的"兔儿",另具一格,执拗,爱"瞎操心"。

龙生九子,种种不同。吾母鉴于我们少年时行状,常为之感叹!

"知否兴风狂啸者,回眸时看小於菟。"当年弟兄之间纯真情谊,仍然让我很醉心。

现在回忆起往事来,穷并快乐着,是那时原貌,娱怀时候挺多。一锅里淘饭,一炕上滚,一被窝儿里钻,不能说我们之间没干过架,但绝不像有的人家子弟那样,打得头破血流……

这是老一辈留下来的德气。

"老儿子、大孙子,老头儿老太太的命根子。"这一句民谚,千百年流传,虽世事更替,却于民间有极大的通用率。

大哥出生之时,正为中华人民共和国成立酝酿诞生之际,民气高涨,祖父母亦春秋鼎盛。他于此时降临人世,自然先受到阖家人的欢戴。六旬以后,大哥幸福地讲:他小时候,吃多了爷爷和父亲从长辛店买回来的烧饼。大马车刚进院儿,牲口还没卸套,鞭杆儿还在大人手里拿着,那装着"专供"的口袋儿,就抱到了他怀里……

　　四弟，不光在兄弟中排行"老末"，他上边，还有一个姐。小的时候，他特好看：圆乎乎儿脸盘，肉滚儿似的身子，一双白白嫩嫩的胳膊腿儿，就像畅心的藕节儿，招人喜爱。大家都看过手拿金刚圈儿、脚踩风火轮的"哪吒"动画片吧，那个可爱的童子，特别像我家幼年老四。他牵扯四个长辈，哪一个不真心疼爱他？贫苦家庭里，竟也矜荣自在得很。

　　数老三和我命运"不济"，吃苦时间最长。而再细分，我比老三吃苦还多。大哥基本上没参加过生产队的农田劳动，初中刚毕业就进了工厂，后来又当兵，本该"当墒的牛先吃苦"的他，却在农村时间最短。老四尚处于上学阶段，虽然我和老三刚顶起门杠，但我俩已有决心照顾他。老三高中毕业以后，为生产队开过几年手扶拖拉机，我俩一个目标，为家庭生活出力。然而，他还是比我先跳出了苦日子，数我在农家院年头儿长。泥里水里庄稼地里的活儿，我样样儿干过，为了挣几毛钱副业"提成"，我抬过大筐，装过汽车，做过建筑队小工，推轱辘马修过铁路……那份罪，受透了！您想一想看：一个十七八岁半桩子青年，半夜三更被人叫醒，随一帮大人去装火车，抢大铁锨装白灰面儿，两人抬一副大筐，走"独板跳"，一夜之间将一个 60 吨车皮装满，需要多么大的辛苦和耐力；而走在一尺宽两丈长颤颤悠悠的跳板上，西北风刮来，扬起的白灰面儿会将人蹂躏成啥样儿？不用我多言。整个面部，除了白，就显两只红眼。再说，跟随货运汽车当装卸工，200 斤重的盐包、200 斤一包绿豆，麻袋瓷实得连角儿都抠不进去，却压在了力气不全的肩膀上，扛上扛下，会是什么滋味儿，您可以敞开去想……

　　"郁郁涧底松，离离山上苗；以彼径寸茎，阴我百尺条……"追古而以自身，早通世事的我，心情极度郁闷之时，常作愤愤之想。

　　方今世上，"站着说话不腰疼"的，或"好了伤疤忘了疼"的，或可爱的人儿很多。谁似我,还肯旧事重温,旧感重念,倾诉衷肠!

四兄弟中,实打实地说,因为早慧,数我操心最多,而我的学历又最低。大哥,完整地读完了初中;老三、老四,皆为高中毕业,后进修了高等学历;我则是拿了初中毕业证,而实际只读了初中二年级。

很有意思的是,有哥仨被人称作了"老师"——我、大哥、三弟。他俩是老师,名正言顺:大哥在军校当教官,理所应当尊为老师;老三在中学授课,教一门化学,屡被专家观摩,还上了中央电视台教育频道,能不说是老师?而我呢,只是一个"连阴天里饿不死的瞎眼家雀儿",靠码字儿讨食,工作了三十几年,连"主任科员"也没混上。我栽培了两茬作者,熟络了许多官人,大家见面称"老师",我就十分没底,我认为那是人家出于礼貌的客套话,却不敢受用。我自忖:没有硬头货,称我"民间手艺人"最佳!

小时候,弟兄们共同经受的困苦,历历在目……

我至今记得,二十世纪六十年代初期,三年困难时期吃"瓜菜代"的情景。那时,农村粮食极缺,霉变的白薯干儿,扔地上,猪都不啃,而人却当粮食。村儿里"大食堂"还开着,家家提一个大耳罐子早晚去打粥,让"炊事员"用大马勺从没人腰的锅里,盛出兑了很多干白菜帮儿和大萝卜丁儿的稀汤。一路不敢走快,不敢回头,生怕稀汤洒道上。有小孩儿去打饭,回程摔破了罐儿,小手儿敛不起来,进家一场大哭……这说的是"稀饭"。

"干"的又是什么呢?说出来,口羞:将玉米轴、玉米棒儿的皮泡入大缸,撒上石灰,浸泡了三五日,捞出晾干,再把它磨碎成面,捏大眼儿"窝头"。公家人真会起名儿,称这一种食物为"淀粉窝头"。用此原料做主食,统称"吃淀粉"。名儿好听,吃起来不是那个味儿,入口勒牙,过后坠肚,上茅房拉不出屎来。以至于小孩子哭了,哄不住,只要说给"吃淀粉",立刻止住了哭……

我今也记得,一肚子稀汤寡水的哥儿四个夜尿,轮番能将一个大瓦盆尿得溢流……

正所谓:国有难,人遭殃!"半大小子,吃倒老子。"食堂解散以后,吃饭的事又重回各家。哥儿四个谁都永世难忘,正处在身体发育阶段的我家弟兄,端着空碗,等候妈妈煮白薯干儿面面条的情景:一个个围拢锅台,筷子敲打碗边,催促妈妈快煮。一碗一碗,先捞给我们了,爷爷奶奶坐在炕沿儿抽烟、枯坐,爸爸仰面躺炕上,妈妈鬓角的大汗珠子一个劲儿地淌……

穷困家庭生活,给我家弟兄打下了深刻烙印。但是,也积攒了弟兄间有难同当、唇齿相依的情义,为日后兄弟间合作,打下了牢固基础。

我们弟兄间,从我以下而论,最无争议的,数我大哥。尽管他在家庭建设方面没做出大贡献,其老实程度,又谨似于"没本事"父亲。然而,他在我们心目中地位很高,原因只有一个——人品。其方年少,即有"傻大成"之称。在部队很早就穿上"四个兜儿"干部服的军官,回到老家,见了熟悉乡邻,不分贫富,先行打招呼。近年我又得知:他当上检察院反贪局"大官儿"以后,甚至连别人送给的两盒烟也不敢收;守着海边,人送两条鱼,他也加以谢绝。

"睡觉心安。"他说。

因为尊敬了大哥,大嫂自然在受"追捧"之列。由老三做起,一声声"大嫂"叫得亲。我心里也暗笑:比我小了几岁的大嫂,这一个青岛人儿,不光长得美,连病名儿也跟着美——"美尼尔综合征"(这是当时我不明症候所想,诸君莫见笑哟)。大哥大嫂每次临家,这"为革命输出"的二位,必属上宾无疑。论排行最小的老四,要亲自给他俩撂碗筷、斟酒……由我而下的哥仨,皆给予"首长"礼遇。

由于有弟兄团结做保障,妯娌之间非常融洽。她们相互摸准了脾气:大嫂其人,属于"海派",与以谷黍为常食的居京者相比,精于"海味",脱口的话亦常列举海洋产品。许是当电话员时间长了,她语速快,十分专注方可听得清。她的另一特征,是表情上有城市人对农村的好奇,听讲乡村小事也兴奋不已……

三弟媳,圆脸秀眉,人长得紧凑,身体结实得像一枚青果儿。因为有了她,我家又多了河北省一门亲戚。她多年在制鞋厂做童鞋,童心未泯,遇事抢着发言,虽然嘴不饶人,但心地纯洁。

四弟媳,在铁路上工作,接触面大,视野宽阔。她提交给三位嫂子讨论的,多是国际国内热点话题。四妯娌中,数她学历最高。

下边该说到"京派"代表人物,我老伴儿了。她与我从"水深火热"中,已共同生活四十余年。她多年工作在公社服装厂,对缝纫机最有感情。她的特点是不笑不说话,而且到哪儿都是好人缘儿。小弟兄、弟媳敬她,不叫"二嫂",而称"二姐"。这一"官名儿",传播乡里。

反躬自问,她为人处事远胜于我,人前背后,我称她:王师傅!

妯娌们这般风致相与,大家庭里自然闹不出意见。弟兄手足相依,高堂父母亦为之心欢。

众弟兄、妯娌团结的一个有力证据,是向我家姊妹伸出了援助之手。她嫁到了十里以外的一个中等农家。见别人家接连盖新房,她回到娘家来抹泪儿。事情传知,弟兄们一致表示支持,各自拿出了最大可能的援助资金。那一套完美四合院,不仅使她破涕为笑,而且让当地老乡亲为我们哥儿四个的表现竖起了大拇指……

事父母至孝,弟兄共举。逢年过节,排开家宴,是大家庭里最显和美的时刻。炕上炕下,大小人儿两桌开席。此间,我们争相给父母敬酒、搛菜。由大哥、大嫂起表率,各自搜罗小家庭趣事,说给已白了头的双亲……

人伦之乐,乐莫大焉!

而今,在母亲口里"脚蹬后脖颈的弟兄",早已青春不再了。

大哥先于官场告退,我亦慕陶靖节,"归园田居",老三在学校挂了闲职。就连年纪最轻的四弟,如今也迈上了五十门槛,他现在考虑早退休,将学得的医务本事拿出来,开一个诊所……

前年,于父亲去世三周年之际,我们阖家大小给老人家上了坟。同时,找到了祖坟头,向来自山西汾阳相子垣村的老祖先和我们的祖父母,一一施了恭敬之礼……

今时,妯娌们坐一块儿,也改变了话题:四弟媳不再引人讨论世界大事,她现在热心于两处房产的还贷出路上。而从结束了制鞋厂工作的三弟媳往上,则绕不出哄孙子累,自己"装孙子",无奈而又甜蜜的絮叨……

终于让老母亲在耄耋之年、八十三周岁之际,再一次看到了我们弟兄同心的壮举:弟兄联手,将数百年历史老宅重新布局,盖起了十七间新房。都这么一把年纪的人了,还能保持着童心、维护着大家庭荣誉,在时下城乡殊为不易。环视当今,为争夺家庭财产,兄弟阋于墙、走上公堂者,哪里算什么新闻! 反倒是我们这样做,新了市井层面。当地乡亲评论:瞧人家老董家哥们儿,心有多齐!

作垂信乡土文化的考虑,并期望子侄继续保持优美家风,新房竣工,我费了俩月脑筋,写了一篇 736 个字的《董宅重修记》。我引用了一句名言:"子孙贤,族将大;兄弟睦,家之肥。"以此义贯注全篇。传播出去,竟为文化界同仁看好。

"积善之家,必有余庆;积不善之家,必有余殃。"我虽然不相信不着调的迷信,不相信现今那种脱地气的高调教诲,然而对于这沉淀着中华伦理的古语，信而不疑。

…………

看了几十年的电视剧了，即使是当初最动心的节目，现已大多忘记。如今依然能够澎湃我心怀的，是两首电视剧歌曲。其一，为《赵尚志》主题歌《嫂子》，那一种苍凉悲壮、含情动义的咏唱，直让人缠绵悱恻，酸痛于心。其二，即是《关中往事》一节中喊出来的歌词，一句不忘：

> 他大舅、他二舅，都是他舅。
>
> 高桌子、低板凳，全是木头。
>
> 金疙瘩、银疙瘩，还嫌不够。
>
> 天在上、地在下，你娃别牛！

于八百里秦川的浑厚情愫，那一种古拙质朴、神出汉唐的气韵，热腾腾冲撞胸腔，让你琢磨怎样做人，怎样增长志气！

人同此心，心同此理。就我家弟兄而言，虽然因各自工作岗位远离了家乡，然而对于家乡一片怀念之情始终未有改变。我们的所作所为，没有辱没祖先，也没有辱没家乡……因为，我们都清楚：一小儿的"衣胞"，还在老家大梢门后埋着哩！

普普通通一户农家，竟走出了四个读过书的人，是社会制度改变的结果，也是家庭环境的培养。半世求文求义的我，不想让世上喧嚣侵入我家，于是在老家新宅的大门口，镶嵌了一副手书的古联，道是：

> 几百年人家，无非积善；
>
> 第一等好事，还是读书。

有这一副对联的地方，就是坨里村东街我的家。

四　妯　娌

　　给妯娌编一沓儿家庭代码,半敬半谑,引外人新鲜,而跟我家,适显大家庭趣味。

　　按通常惯例,兄弟妯娌间举态,大有奥秘。从兄弟角度,"大伯子"对待弟媳妇,张口闭口称"弟妹",面儿上受拘束得很;而一母同胞的弟弟,在兄嫂当持下的"小叔子",则可以尽情和嫂子开玩笑。反之,从妯娌一面,弟媳对于一门兄长,也多行恭谨;身为嫂子的,对弟弟的冒犯,不必认真。

　　规矩久以成习。

　　我们家这拨儿弟兄,都有先认识庄稼后逃离农活的经历,娶的媳妇也不靠种地养活,或多或少还都受过知识教育。因了这新条件,在庄户人家作称谓改良就有了底气。家兄落户青岛了,我这"二大伯子"变为顶头老大,平素装不出严肃的人,到了性情不愿受委屈阶段,即以先行称了自己妻子"王师傅"之后,极自然地将三弟媳"刘师傅"、四弟媳"李师傅"叫出了口。

　　漏下一个,不敢将青岛大嫂划入"师傅"系列。但又由于她年岁比我小,唤她"嫂子"口羞,转而以地方水土为由,称之背后。

　　新名号发布,四妯娌情态正常,只被街坊媳妇儿听闻,掩嘴嘻嘻笑。

　　不是一家人,不进一家门,民谚太对了! 这姐儿几个真和本家有缘:没一个脾气,没一个耍刺儿头。天性善良的人,根本不用驯化,妙妙缨缨的一家子,把祖上风泽,又弘扬了好几十年。

论长相，虽说四妯娌个个不差，但优中选优，毫无疑义，"青岛的"最该是 A 类。咱北京这么大地块儿，若论当年身材、容貌而比，恭维者也大有人在。

论学识，须让给与周口店"北京人"那块地儿有渊源的"李师傅"：高中毕业。其余，均停顿在了小学不同年级。知识上的眷中女魁，眉宇荡漾清气。

以体质分强弱，哪个也比不上出自燕赵大地的"刘师傅"了。娃娃脸型，圆匝匝骨架，天生一副紧凑相。身体的壮实，再加上走路的形态，特别容易使人联想起圆滚滚、落地儿蹦的青豌豆。

而说到心胸气量，处事沉稳，必选我的"王师傅"。因为说话、做事公道，这本村儿的"姑奶子"，在家族上下和邻里中威信很高，平辈常常不叫二嫂，而称"二姐"。

四妯娌刚聚齐了的那几年，父亲母亲还不算老，无论对父母，还是我们各个小家庭，都是一段非常美好的青葱岁月。逢年过节的大团圆，最勾人回想：父母亲笑不拢嘴，我们也仿佛回到儿童时代，儿子轮番给老爹敬酒，儿媳争着给老娘撮菜，老人的大孙子就坐在居中的仓柜顶儿，小脚丫差不多蹭着菜盘儿，一屋子欢畅，直使八仙桌子热土炕儿都颠着喜气。

正然在英发秀爽啊，她们几个，看得出来，相处甜蜜。聊天儿的时候，如同一堂姐妹，上句接下句地亲。没有主题的愉情演奏，发挥了各自本性，无意中把职场和生长地的那些情况亮了出来。

"青岛的"，爱说爱笑，爱干净，与大家糅一起时不多。为了哄她开心，大面积的发言谨让给了她。她爱说青岛那边的事，说着说着，把当海军军官的大哥扯进来，让大哥做旁证。有老妈在跟前，称呼大哥是老妈的叫法——"老大"，当着我们，就叫全称。大嫂的口音太青岛——大哥单名

"英"字,是声调沉了底,再拖长音拔起来。她还爱谈论青岛海鲜,每次都要做专题讲演,向我们这儿食谷而生的北京人普及厨艺。然而,那没被北京同化的青岛语音和当电话员娴熟的语言流速,总让人听不详尽。而我们则像欢迎有口音的领导讲话,以领导的音容变化为旨归,领导面色庄重,我们跟着庄重;领导笑起来时,我们跟着一起笑。

我还有一些印象:"青岛的"怕冷,娇气,春节探家,煤火烧得很旺,也见天裹着呢子大衣。再有,表情过于夸张,弟妹们说一些很平常事情,她也会咋舌,奏出一连串"啧啧啧"响音。我觉得,在她意识里,似乎青岛市民比我们这些生于京门脸子,老土出身的优越,这让我接受不了。

"刘师傅"和"王师傅",好像更投缘,两人对话领域,多半是工厂里的活计。工作辛苦,她俩却是乐天派。"刘师傅"在制鞋厂上班,许是童鞋做久了,童心更得保全吧,未曾宣讲,总先笑弯了眉。和"属猴的"成了家,难免沾染猴性,重情重义而又捻子急。说话声高,且不管别人怎样体会,总得将自己意思表达完毕。听"青岛的"表述,不该笑的地儿,她前仰后合当场笑,过后学舌,还带比画哪!"王师傅"就不同,稳重多了,敞真情而不越位,给"青岛的"以充分礼遇。她讲服装厂的事儿,加班加点怎么辛苦,外贸服装质量有多严,外地打工妹多么值得同情,颇与"刘师傅"结成知音。她当然也爱笑,就感觉她的笑发自内心,笑声有心质的共鸣,整齐的牙齿,在笑口闪亮儿。

"李师傅"在这场合,非常识礼,话儿先谨让三位嫂子,不插言,笑也是"扑哧儿"一笑,无声儿。她在铁路上工作,见多识广,轮着她讲,也滔滔不绝,但极少涉及针头线脑、鸡毛蒜皮。她说话有板有眼,面容越发显得慧而美。属于她专长的时政和科技话题,王、刘二位,再加上"青岛的",常常做不出反应,卡了壳。见自己一席抒发沦为了"小众","李师傅"便笑吟吟打住,不再推介独家新闻了。

老妈妈,最爱听儿媳妇聊天,青丝满头时喜欢听,白了头仍喜欢听。她就愿儿子儿媳在身边,显出一大家子和氛气。听儿媳们的话儿,她以听为主,适当发表评论,以民谚加注。她态度很鲜明,儿媳举报儿子"陋习",可以凭信时,坚决站儿媳一边,当面"训斥"儿子;若只为鸡吵鹅斗小问题伤儿子脸面,老太太会认真理论,跟儿媳较真儿。

"亲戚远来香",家庭里也如是。"青岛的"远隔千里,来一次,老太太就欢喜半个月。她到家,老太太啥也不让做,甘心伺候吃喝。连叫名字都显出偏向,在家的媳妇,老太太一字连名带姓,叫全称;而唤"青岛的",一口一声儿"爱华"。

老太太是能过日子的人,也是极明白人。多少年的人世过往,明白了诸多悲酸和人生智慧。在我内心,早已确立了她"民间哲学家"的地位。

"闺女孝不如姑爷孝,儿子孝不如媳妇孝",说明她对世相认识透彻。她致力于婆媳间的情感维护,母仪淑范全做到了位。在手脚麻利的时候,她亲自下厨,给儿媳们做出可口的饭菜。当哪个儿媳给她买了衣服,买了鞋,带回新鲜吃的,绝不掩盖儿媳成绩:"这是儿媳买的哪!"脆声儿填满一条街,说了又说。

老太太对儿媳产生影响,悉在接受者慧根,用经典谚语渗透传统教育。"男人是笆子,女人是匣子",以此向儿媳传授持家经验;"打人别打脸,骂人别揭短",以小言大,解说处理矛盾的技巧;"男人前边走,后边跟着女人手",则点化媳妇要学会关心丈夫,打扮好自己男人;"天上下雨地上流,小两口儿打架不记仇",在于劝导儿媳以怨怼夫妻为鉴,珍重感情……

让老太太晚年称心如意的有两件大事:自己家盖了新房,我们也帮了妹妹。老太太亲眼看见了小一辈儿的融洽。

　　妹妹的婆家人老实，生活不太宽裕，见左邻右舍盖了新房，就很着急。妹妹跑回娘家，跟老娘哭哭啼啼。话儿传到我们耳朵，手足连心，弟兄不可能不照顾姊妹，但毕竟分家另过，援助大额款项，也须自家媳妇同意。没想到四个妯娌觉悟非常高，不用多讲，成全了弟兄们心意。

　　妹妹家盖了五间新房，还新修了门楼和围墙。老太太把这功劳记在媳妇身上，也对，若没有四妯娌支持，纵然我们弟兄再齐心，终落不到实处。

　　我家的老房子，太老了，还闲着一块空地，父亲在世时就有盖新房的愿望。轮着我们到了半百年纪，遂共同想到重整家业。搞建筑，干泥水活儿，我和"王师傅"还算有经验，而三弟、四弟、"刘师傅"、"李师傅"，从未经历，他儿个就既显兴奋又紧张。动起工程来，我负责与工匠交际，采购交由三弟、四弟，后勤方面则归王、刘、李仨"师傅"。

　　王、刘、李，表现真积极，撂下了后勤，即投到工程中来。有些旧砖，使用前需要清除灰皮，工具不全，就用旧菜刀修理。飞扬的灰末儿，捂满了头脸，手心磨出了血泡。砌墙的砖，经了水洇，连接效果才好，砌得结实，而洇湿到什么程度，"刘师傅""李师傅"不懂，也许是看乐子吧，瓦匠也不明说，一任细皮嫩肉的她俩劳乏自己。有"李师傅"在，工作肯定严谨，就见左一桶右一桶地提水，把一块块砖抱进捞出，干砖一点儿气泡不冒了，才往出捞。结果，洇"涝"了，春天盖的房，到秋后墙体都不干。我眼见砌墙的瓦匠于脚手架上偷着乐。兄弟联手，临街盖起一趟浩大的北房，引起村里人羡慕。时下因财产闹家庭风波的很普遍，而我家却是信奉和谐的个例。"瞧人家哥们儿，风格儿就是不一样！"听了这方面议论，众妯娌喜悦，俱觉得经自己手干出了伟业。

　　哎哟哟，四妯娌相融相契几十年，没见动过肝火，却没想最后"着火点"降临至老妈。

我们都在外边过日子了,愿老妈随我们住楼房,但老妈哪处也不去,就要求雇保姆陪伴。从家政曾请了几拨儿保姆,但总因老太太嫌人家做得少吃得多,哪个也未用长久。她孤单单坚守着老房,宅里旷旷荡荡,在外儿女放心不下。

"让妹妹伺候吧。我们出钱。"儿子、儿媳分别与老人商量。

"闺女房檐儿避不了雨。"她老思想很犟。

耗来耗去,终于有了"家庭批斗会"。

那次四妯娌凑齐了,提前合计,统一了口径——动员老人住养老院。

儿子介绍考察情况,几个媳妇紧跟宣讲住养老院的优越。老人先不吱声,听着听着,就亮明态度——不去养老院。她摆出两点理由:一是"我有四个儿子,赶老妈到养老院就不怕乡亲笑话?"老太太语中把"住"变成了"赶";二是"过去我一人把你们四个拉扯大,现在四个怎就将就不好一个老妈?"这里她又用了一个词"将就"。老太太边说边老泪纵横。我们听了,羞愧难当。

眼看儿子防线被老人击垮,"刘师傅"最先绷不住劲,给出的话亚赛火药上膛:"你要死乞白咧老家住着,谁也不管,你爱咋着咋着!"

一句话惹恼了老人。有儿子在场,她更不会示弱:"你们不是从我肠子里爬出来的,跟你们说不着!"一向温柔的老妈,临时动了凶腔儿。

送养老院的事儿,泡了汤。无奈,我们向老妈妥协,继续四方寻找保姆。

"我就是看她一锅片儿汤吃三顿,心疼!""刘师傅"愤愤交底。可过后,让老人冬天又添了新棉衣的,还是她。

人啊,太不禁熬了,活着活着就老了,孩子长着长着就大了。还没怎么活灵爽呢，就一把子年纪了。现时看四妯娌已有些颓相："青岛的"成了胖人楷模，"王师傅"被糖尿病族群收为密友，"刘师傅"走路虽还有蹦的意味，也不似先前放射活力，"李师傅"姿容亦处在变与未变两者之间。

从上边数的三位，都抱上了孙子，孙子也学会登楼梯了。时光真显飞快！家庭聚会，逐渐少了，代之而来的是经常性的电话联系。前仨姐儿，话题脱离不了说孙子，互相比着嗔怨劳累，却还津津有味。问"李师傅"提前退休想干什么，她回答："充电！"语气里有信心，而又挺神秘。对于"充电"之义，"王师傅""刘师傅"一概不解。

兄弟怡怡，眷属妍妍，走稳了半辈子。生养我一场的农家院，甜喉醉心，我真的恭敬以为，它是一块诗性生长的土地。

"哥们儿和气，心不散。姐们儿和气，称心丸。"民间哲学家老妈讲的哲学，我相信特别值得我辈咂摸。

恩　妻

写妻子的文章,读了一些,比如蔡元培、朱自清、钱锺书、沈从文、周有光、启功……或为自述,或为今人访谈。所钦佩者,上述贤良,于婚姻事中,持而有恒。

记得孙犁师谈婚事过程,出于偶然:雨天儿,一外乡人在他家门口避雨,父亲招之屋内,言语相合,遂给提亲,成了婚。尘缘老而弥笃,巨毫轻舒,隐隐绽香。可惜,整篇文记不全了。

浩然师婚事,自传体小说专门布了章节:亲姐姐说合,妻长他五岁。记清楚的一处,中华人民共和国成立初期,浩然遭遇一场农民围攻,场面凶险,妻子站出来挡他身前,大喝:"他是我的人!"

此话今想,都止不住热泪满眶。

浩然妻子叫什么,不记得了,只知姓"杨"。她不识字,"解放脚"(指旧时缠足而中华人民共和国成立后将足放开)。住河北省三河县期间,我去过多次"泥土巢"(浩然书斋),杨婶给我做过炝锅儿手擀面。

回想偌多贤人之道,我还想写写我的妻子——没写够。妻子于我天大之恩!

不同孙犁、浩然两位师长,我妻子娶自京郊坨里当村,半媒半私自牵手而成。当年兴文艺宣传队,我们处一块儿,那时就瞧上眼:她长得好,开朗大方。后来,我在西长安街七号《北京文艺》社(《北京文学》前身)学手艺、讨生活,买东西方便,特别乐意给她捎东西。记忆清楚的,捎过一条天蓝色腈纶头巾。本她花钱,却被人打小报告,说我"勾引",成了围剿爱情的一条罪状。

"文化大革命"时期，造反派猖獗，我家里又特别穷，一朵鲜花落白薯井，旁人嫉妒，她家人也反对。最激烈时，挨打，她仰头表示了坚决："打死，魂儿也跟他去！"

我属"兔"，她属"蛇"。乡下，蛇也被称作小龙。"蛇盘兔，越过越富。"姑姑曾以此谣谚祝福。

我心里这般期设，贫困期却很长。她在公社服装厂上班，经常熬夜连轴转，特别辛苦！就那样，她还经常捎回加工材料，为一件八分钱的手工费锁扣眼儿。她有月工资，除了用工资顶替工分挣口粮，每月还有结余。而我，任何技术活儿不通，只会抡小锄耪地、扛铁锨装卸粪车，挣死工分，到年底结算方见一点儿钱。为了过日子不落人闲话，我俩大夏天晌午顶着暴晒割青草，晾干了，卖给供销社马车队。村边的草没有了，新婚之年的正月我俩赴外村大山砍草盘儿。冷啊、冻啊，风沙吹啊，不用说了！

她的大德大量，经了多年，逐渐发现。

她自入董家门，多少人敬。据我观察，全村受尊敬而无争议的人，在世者除了俺家老母、对门翟家大儿媳（论乡亲辈分，她年岁虽大，我称"侄媳妇"），这阶梯式代表，就轮她了。她还能接上一代旗帜，而下一茬，还没发现这样的人。

她谨守妇德，最为明显——不传闲话，不"气人有，笑人无"，一街老乡亲，平等待人。

翻开家底，我家弟兄，做人气性上，我承传爷爷和父亲骨血最鲜明。

父亲一生勤劳善良、本本分分，恰如柳青笔下"梁三老汉"的副本，生性懦弱，然则泛爱众。父亲那样处世，固然留下好名声，但由于缺少血气之勇，在人性哗变社会并不适应。仁者，必须同时是一位勇者才好，因为一个善良而懦弱的人往往无法抗拒强势的威慑。爷爷做到了。爷爷就如同《红旗谱》里的"朱老忠",爱讲侠义故事,骨子里智勇蓬勃,新旧恶势力害怕,更宅心仁厚,无亏取了的单字名讳"仁"。

两种性情交加,被我接受。父亲一面,于我文字生涯很受用,符合胡适先生观点:做人,疑人之处不疑;做学问,不疑处有疑。爷爷隔代基因,驱动我爱憎之心强烈——疾恶如仇,同情弱者,不关己事而逞强。若干年前,北京文场一位有名的测算人物,当场出题,让每人不假思索说四个成语,我脱口而出的第一个就是"仗义疏财"。

我这般真性,于村里村外,不免莽撞。比如,文场上,我对装腔作势的"牛布衣"们,不屑与之为伍,虽伤害不到自身,但有他们在旁,我绝不容情!对于乡村"偷了猪,还往人门上抹屎",或"见十个人说八样话"的人,爱泛"庄稼火"。妻子却从不附和,她常以例证说出"怨家"的"好儿",于枕上耐心纠正我的褊狭。

人所共知,我喜欢交朋友,聚而必饮,饮而尽欢。有的朋友把持不住,醉了,在屋里又劈叉,又唱京戏,吐了一地。见状,我心烦,而妻不出怨言,还嘱我小心护送。我交朋友她不吝惜花钱,最使我暗中高兴。

结婚这么多年,我常回忆的一句话,是浩然先生对其夸赞:大家闺秀一样!

而让我"恨"着的,是有一个长了一副刀形脸,抛弃了自己丈夫的女人,只轻描淡写夸过妻的牙齿:"长得齐,长得白。"短短六字语,四个字属于废话。对此我特别鄙夷。

我对不起她,我早年身上哪有"窟窿",哪有"褶",从未加隐瞒,远近好朋友周知,而她不详确。

心猿归正,我平生之所以未发生忒大山体滑坡,也尽在于她人格震慑,被她早已注射了强大镇静剂,灵魂不敢叛离。

想当年,我也是有心胸志向的人哪!选择农村人做妻,即算一例——料定不属于白薯锅里的人,我受了苦,一定拉一个"阶级姐妹"跳出苦海!

此念头矢志不渝。"文化大革命"后恢复高考,已撂下初中课本十年的我,温习苦读,一个月中(仅复习了一个月)未曾平躺睡过觉。志向所在,我仅填报了"北京大学中文系""北京广播学院(现为中国传媒大学)编采系"两个志愿。考场上,作文《在这战斗的一年里》,我发挥很好,其余地理、文史知识,也答得不错,在数学"0"分的情形下,过关通过了招考体检。结果却于心愿相违,最终伴得孙山归。

迫切追求为了什么?就为了还愿于我妻。

看过去的戏曲,有王宝钏守寒窑十八载,终于等到远征丈夫薛平贵归来,享受荣华富贵的故事,特别刺我心。同样是王家女,可我妻子并没有等来我给她的幸福,她的归宿,享受退休金、医保,全凭个人的努力。

我真的是为她做得太少。我热心种"文字庄稼",苦撑了几十年,未曾见什么名堂,却一直享受她的恩遇。我如同当年"吃粮不管饷"的老爹,家里活儿一概不做,还长使小性子,磨磨叽叽。

她大概没全然了解我心性,对职业习惯也隔膜,见了沙发、茶几上书报乱放,就收拾得不见踪影。我终日伏案,早出晚归,心理疲劳,回家来就想见一见自家院里自生的野花野果和跑进院门的小猫小狗。她全不顾及我的感受,时常轰赶小狗,把野的花花草草铲了去。为了圆情,我只好将留给我的一部分饭食,悄悄儿喂了猫、喂了狗,像地下工作者一样。晚间,我看到小猫在门洞黑影中专候着我,欢快地领跑,一天疲惫皆无。

就小生灵和花草,我说过多少遍,野生来的不许动,但她依然故我。最近一次,她又拔了我看护已久、结了果实的"黑裙儿",我特别上火,发了脾气。几个晚间,她面色郁郁,新闻联播还播放着,就打开床被,独自上了床。

文字上,黄金当铁卖,白酒当水卖,我不得成功,却看穿了世事。与其为了蜗角虚名,获什么奖,不如使家人健康、儿子有个好工作实惠。我盼望着菩萨睁眼。

工作三十几年,我最终连"主任科员"也没混上,中级职称也作了废。退休费,起始数额 2323 元。我喜欢叠数,但这个叠数,虽然像有两只扒鸡盘着,但真的不开怀,不好意思对外言讲。因为自觉命不值钱,生命于我不再重要,故而复燃死灰,又大剂量抽开了烟,以供写作思考。那一日乘公交,我发现座位旁边一女乘客,一边用手扇,一边向一男士使眼色,冲我比画,似乎将我看成了"乡下人",而她"国宾夫人"一般高贵。

唉! 活着活着就老了,儿孙看着看着就大了。在儿女面前,我也觉着活得越来越卑微了——很多感受,如口含着一颗酸枣儿,外人不知其味,自己也不能道。

出身于根本人家,受过多年苦的人,对旧念念不忘。当年割青草,无处下镰,现在遍山坡处处皆是。我见了青草还心热,但哪里还弯得下腰去? 当年,自虐一般,屁股长疖子,单肩挎二百斤的草筐;向自留地送粪,光脚丫推小车,一程五里地,现在还有这个勇气吗? 上山气迫,下水足痉,"捩"了,身体"捩"啦! 仅于数年前,我啃过的骨头,狗不去叼;看电视,一晚能嗑半斤最难嗑的榛子。而今牙齿掉了两颗,狗窦大开,想吃苹果,却不敢动它。再以前,我抗得住寒冷,一年四季不穿袜子(我以为袜子只为御寒);如今,才进了十月,我就把袜子穿上,衣领儿也竖起来了。恋旧,也省钱,思慕一米度三关,一个烧饼搁几天,舍不得扔;别人眼里的美食,不抵自家雪里蕻缨炒干辣椒就饭的"本命食";怜悯残疾人,花八块钱,买了他们推销的一支粗钢笔,用十几年;室内光线许可,绝不开灯;有个老人,见我用铅笔头儿写作兴趣很大,很热心地送来他小孙子用剩下的一筒铅笔头儿……

我从来没有感觉到光阴如今天这么紧迫,一切都在加紧干。想趁身体尚无大碍再干几年,因此对妻的照顾越发其少,越发其微。只余晚间,双双睁眼看电视,陪伴个把小时。

对社会,我没做啥大贡献,而于家族,自忖做得不少——领两个弟弟盖了两处新房;由我主事,送走爷爷、奶奶、父亲;坟地迁移,我亲手捧离了爷爷、奶奶、父亲骨殖;为祖上,为亲人,写了三块碑文……事明面搁那儿,我也自谓是董家的好后生。而王姓妻子,辛苦劳碌了几十年,能上台账的,似乎无精要可言。她做的事,就如落入井、落入河的雪片,瞧不出来……

夫不荣,为妻的焉能得显?我常想,是我这今世"董永"戕害了她。为了我,她没少吃苦,没少担惊受怕。凭她的天资和人品,当年完全找得到一个更好的人儿……

她患糖尿病很多年了,并发症已显现:双眼换了人工晶体,肩膀疼得抬不起手来,夜里脚抽筋儿,冷不丁就得坐起来。我就奇怪,仅凭零点几的视力,竟发现了我鼻孔里的一根白毛儿!她能发现,使我惊绝,而也悲从中来。

人老了,说话也不必避讳。她踩了半辈子缝纫机,对缝纫机有特殊的爱,随着家搬来搬去。当儿女的面,我就曾说:等你死了,不糊驴、不糊马,也不糊车,就给你糊一台纸缝纫机,送你上坟地。她听了,一串笑声从那发了暗的牙齿中溅射出来。玉貌一衰难再好,看她笑容,不禁而生京剧《武家坡》中薛平贵所唱"少年子弟江湖老,红粉佳人两鬓斑"的感叹,我心情大悲!

这还是我记忆中那个十六岁站在天安门观礼台,亲眼见到了毛主席的幸福代表吗?这还是当年做姑娘时能够登高爬树、锄地领先的女孩吗?还是闪着自行车摩电灯光亮夜半而归,而次日依然抱着希望去上班的妻子吗?我很发蒙,不知再以何语!

刚毅、乐观的女人啊,却也见了她落泪。这唯一的一次,她是为己而悲。前年,她住进医院,半个月查不出炎症病因,今天抽血、明天化验,血液抽了不少,我向年轻女医生犯了急:"这要是你妈,你舍得这么折腾?"当着我面,她断断续续哭着说:"不知还能不能出去?往后大为子怎么办呢?"

儿子从老家带走了小孙子才几天,她日日不离的话茬就是小孙子,"大为子"这、"大为子"那,把小孙子留家里的物品,擦了又擦,摸了又摸。她半夜三更惊醒:咱大为子又哭了吧?搅得我一惊一乍!

老家人常以过来人的经验开导她,"眼珠儿都指不上,还指望眼眶?"其意在对隔辈人不必过于痴心,而我的妻子对小孙子的疼爱,当成了她的最终使命。

耳濡目染,我就想:我在幼儿期,奶奶是否也这样牵挂我……

当下,我俩的常规动作,是她奔东,我向西,双双做医疗按摩去。

魔灭尽,道归根,"少年夫妻老来伴儿",人不活到一定年纪,不明此中真义。走在一起是缘分,一起走过是幸福。她爱做梦,常把梦中情景细细碎碎说给我,无论悲喜,于我俩同是一个乐儿。妻子对我的最大助益,是这一来自农家的普通妇人的善良垂诲,使我明于事理:做人,讲做人伦理;写文章,按文章的伦理。而她的乐于助人,使我相信前贤所言"临事肯替别人想,是第一等学问",情怀不虚!

她起到的作用,似乎比"爹给姓、娘给命"的人生至理还宝贵。

　　我的父亲以八十二岁无痛而终,最后时段,也经了吾母服侍,这个结果不枉"九斗一簸"指纹预示的"好命儿"! 父亲没大本事,却走得安逸,我很羡慕他。我重开花甲,离那一阶段似乎也不遥远了,对于死亡规律也不再畏惧。只是我有一私心:死在妻子前面,是我的幸福;若死在她后面,我怎么过得下去?

　　由之,我极为恐惧。

俺家"王师傅"

"王师傅"谓者谁？吾家老伴儿也。

无论与家人，或与朋友，我都讲过：我之一生，所得到的最重要成绩，就是和我老伴儿结成了伴侣。

我曾经与朋友交流心得，称一个有事业心的男人，事业兴盛时期，中途出现人品质量问题，有三种致变原因：其一，为"胎里带"，一小儿就混杂着他家风的染色体，其未曾"闻达"，遗传病毒尚且掩盖，而一旦光鲜了，那坐在胎里的形形色色"病毒"，必由其彰显，暴露无遗。其二，环境改变人态，其人缺乏定力。本为好人家儿出身，然经受不住前呼后拥者追捧，失去了理智，自认为本事很大，便不免与朋友和下属拉开了感情距离。第三个根源，最可惋惜，受妻子"后期再教育"蒙蔽，使头脑昏昏，不认识了北。人之一生，与妻子共处时间最长，人至老境是否清心未改，与发妻有最大关系。家有贤妻，男人绝无大的过失。

这样说，好像离题太远，然是我阅历所得，并只想证明一个主题：一个男人之妻，对其遭逢及评价，所产生影响之巨！

我说的这些，也纯属"瞎操心"，我的言论也不会产生多大作用。我乃一介平民，此生未曾有过"闻达"，我只是虚心接受了妻子教诲，并以之为楷模，努力地做一个平凡"好人"而已。

都是从青春期过来的，青年时期对于异性的追求，大抵脱离不开一个"美"字。

不要认为我在搞笑，我只是将我妻子年轻时的美丽说给你听。世上有一类人,天性吝啬,却有伪装,当众即便是对人不用花一文钱的夸奖,也不愿多用语汇。这种人见了我妻之美貌,不夸在大处,只讲了俩字儿真实,牙齿的"白"和"齐"。

浩然先生在世,见过我妻多次,对其俨若大家闺秀的模样,就曾当面质询:"你怎么娶了这么好的一个妻?"

老人家真诚,他忠厚朴实的人品让我从心里敬。然此语,他就好像替天下人打抱不平。

我当年只是一名农村"穷小子",心气儿高,家庭却一贫如洗。我俩虽同在一个村庄,与她能够结识,却在缘分。那时,各村成立了"毛泽东思想宣传队",经"贫协主席"推荐,我去做"报幕员"。我们四千口人的村庄,只选拔十儿个青年,条件很高,不仅确保家庭历史干净,而且要相貌出众。除了我,皆是俊男俊女。我天然"扎窝子",说话脸先红,但美女就在身旁,遂产生了"动机"——她,排在全村美女"三甲"之列。

终归是农村人,终归有农村书生的自尊和自卑,虽然我们天天一起排练节目,近在咫尺,我却不敢单独表白。而是通过了她们生产队,"王家大户"里她的族兄、我的一位朋友,牵线搭桥,进行谋取。

没想到,说成了。

就是因为穷啊,因为家庭没势力,她虽然正式答应了,可她家里其他人不依。

出现僵局,既有我家不如她家生活状况好的客观事实,也有农村"派性"作祟。今日,"为尊者讳",为顾及当初盲从者脸面,我一个不提。但她在强大反对势力面前,表现出来的坚决,让我今生今世震撼心扉:"即使打死了我,我的魂儿也归他去!"

静下心来时刻,我曾联想:民间"七仙女"和"董永"的故事,不是虚拟。

我与她同住在一个村,所属生产队并不同,两户人家间距离只两百来米。我用了当时农村最先进的交通工具——"手扶拖拉机",将她迎娶上门。

她的贤德、她的毅力,在结婚之后陆续得到证实。

那时的公社服装厂工作,多辛苦啊!工厂转制于私人之手后,艰辛加倍,几乎天天加班。常常是过了大半夜,勤苦人方归。自行车安装了"摩电灯",夜深之时,光亮儿在院里闪耀,则知其下班了。那一种不顾及工人死活,掠夺式榨取工人血汗的罪恶,我蔑称"上鬼班儿"。

她一夜睡不踏实俩仨小时,而清早还要自己做饭。中午,工厂规定有一个小时的休息时间,时间这么紧迫,她进家还要包饺子。她手头儿也真快,从和面、揪面剂儿、擀皮儿、包馅儿、上锅煮,到吃上嘴,充其量半个小时。而后,她还要刷洗餐具。这般照顾我,却惯出了我"身在福中不知福"的毛病——见了饺子,眼就"腻"。

她整休一日的机会太少了。能休息上一天,多半因为工厂停电。这一天,她不仅要洗整盆的衣裳,还要操习缝纫机,将儿女衣服补一补。还有时候,她与我一起去外村高山打山草,卖了钱,增加家庭收入。

她非常有自知之明,不为一片"说你行,你就行"的社会风气所动,从二十几名工人的老厂时算起,历任厂长希望她当干部,她都以"文化水平低"拒绝了好意。也就是在工厂转制以后,私企老板认为她精通各个工作环节,有能力,便不容置辩,任命她当了一名质检员。这一岗位,持续至她办理离厂手续。

我识字比她多,然而论心胸、论见地、论处事儿,却远远不及她。我的耳朵根"软",同时疾恶如仇,任谁面前都敢吐露真言,造成的后果是吃了

不少的亏。她不是这样,她能充分认识到人性弱点,当众该言则言,该止
辄止,并且从不传递"小道儿消息"。她的做派,俨然是季羡林先生人生理
论翻版——"假话全不说,真话不全说"。而与季先生相比,季先生是站在
了"形而上"层面,而她只是"形而下"追随。仅凭这一点,她就让我佩服得
五体投地。

我原本农民胎,却罩了一层文人皮。性情包裹不严,与农村明事人说
话,我尊敬有加,而与刁蛮者犯口舌,却不免"捻儿急",粗脖子胀筋吼起
来。当其时,她来救援,先贬了我之过,然后言明纠结所在,一团和言悦色
显出一派凛然正气,竟使与我论战者诺诺而退。

她的心胸和气度,还表现在对待人品质量有缺失的人的态度上。

对那样　种人,她既不畏惧,又不全面否定;他人犯过错在先,她也
以善念为怀。枕上私语,她常讲出别人好儿来,真实地做到了以德报怨。

居家过日子,她非常有主见。对于盲目性投资、盲目性决断,她总能
提出相反意见,论证出"不可行性"道理,加以纠偏……

她的人格魅力,确实让我震惊。在工厂时,她不居官位,可历任厂长
和车间工人,对其充满敬重,就连那些进京打工、来厂不久的外省女孩
儿,对她的爱戴也表现在了略有嗔意的笑语里。从家乡工厂退了休,她又
被一家外企聘用。那个潘厂长,工作作风泼辣,畏惧者甚多,然而对我家
"王师傅",从未有过重语。她见我面,夸"王师傅"人品好、贤慧。后来我们
全家搬离了农村,进了县城,年年有在工厂时的姐妹专程来看她。见了她
的姐妹们,对我刺激很大:我在农村居住了很多年,也结了不少朋友,却
没有一个故旧只为谈心,专程寻我。更有甚者,使我"愤愤不平":楼下住
户新来的保姆,才与我妻说过几次话,就时常偷着上楼,与我妻聊天儿,
并且避开雇主,将自产的粮食、蔬菜,送入我家……

坨里村董氏,是一个大家族。轮到我这一辈,哥们儿弟兄甚多,其中不乏性格乖戾者。然而,对于我老伴儿,没有一个不尊重的,对她不称"二嫂",而呼"二姐!"

这诸多方面,想起来,我就甚为感动。以我在老家农村一个大村庄长期经历,这一地被人称颂的女性,除了我现在已经八十六岁的老母亲、街对门儿我称"侄媳"的七十多岁的翟家大媳妇,就该数到我家老伴儿了。而她,似乎已成为这一时代农村人"绝版"。

然而,我有愧于她,此言不讲,心不安逸。我在未至不惑之年,落魄,被"流放"深山,精神极度苦闷中"红袖添香",违犯了家规。

她曾携幼女,赴百里外寻夫,脚踩高跟鞋,行走六七里干河滩,踩着滚滚石子,而致其心焦如乱石……

将我"擒拿"回老家当晚,她失声痛哭,却为不被邻人所知,将头掩进被子里呜咽。她声声血泪将负义人控诉:"俺王家门儿来的丫头,没有做对不起你董家的事呀……"她一声声诉,如一记记锤,砸痛了我的心。

我自信不是"陈世美",在外地一场遭遇,胡乱地将其猜想为《聊斋》里边儿的一段孽缘。

我俩坐对面,只这一件事儿当初有所掩盖,而其他方面心怀坦白。

朋友爱拉扯我去洗"桑拿",很多次,都为丢弃于浴堂的新毛巾惋惜,不敢带回家里,生怕她误解为我做了"坏事"的证据。而她的目光异常敏锐,只须眼睛轻轻一扫,我就犯"虚",做如实交代。

我一辈子所求,是想让她与我在一起的日子过好。她患糖尿病多年,病发时还很年轻。我分析此病由来,既有工厂中的劳累,积劳成疾,又有我那段过错使她心情压抑,造成了致病因素。我便产生了深深的自责。在家境不甚宽裕之时，我便立下了为她准备 20 万元用于治病的心愿。后经多年努力，钱如数准备好了，她听到了城镇户口可以买工龄、从公家办理退休的信息。我遂去了劳动局。然由于那里的往日熟面孔官员推托，我又拉不下来脸皮，初次没有办成。过春节时，我心情郁郁，痛恨自己无能。后来，她提供了同等条件下办成的事例给我壮胆，二次登劳动局。前番官员碍于情面，又迫于明显事实无法抵赖，为她办理了退休手续。她自己拿到了退休金，拿到了医保卡。

这事，后来思索，她之所以执着于此，是她并不甘心被人供养，而是要将自己一辈子养活自己的能力证明给人看，并且向社会证明自己工作三十年的劳动者身份。

她的心胸也太宽阔了。身为糖尿病老病号，对于饮食规则，她从不多加小心。至现在，糖尿病并发症已经显现，她仍笑口常开，心无疑虑。见着美食，她皆要品尝，劝阻也不成。有时她就像一个调皮丫头，面向我咯咯笑着，将闺女买回家的甜食，美美地捏起一颗送入口里……

多种健身小器具，有家里人买的，也有朋友送的，她只"三天半的新鲜"，哪样儿也未坚持到底。

"该死，活不了。"她经常这样地吓唬我。

自打我家添了我给命名的"董为"孙子之后，她明显地憔悴了。晚间，孙子被儿子抱回了屋，她略作一刻清闲，忙给我热饭菜。待她住了厨，歇了手，仰靠沙发一角，明为看电视，却时常合上眼皮，我瞟其神态，落落寞寞如同倾听"收音机"……

我们是柴米夫妻，有过许多"贫贱夫妻百事哀"的经历。往日许多痛苦，深深地印在了我脑子里。我俩结婚时，没有照片，为了弥补缺憾，几次动员，她终于答应在结婚三十周年之际照张合影。我俩进了影楼。年过五旬,徐娘已老,但上了妆,依然光彩迷人。一张放大了的披婚纱照,镶了镜框,悬挂在卧室。同时,在影集扉页,附上了我为"珍珠婚"而作的一篇感言:既为时时惕励自己,又为示以儿女……

现在,我俩真是情投意合,感情甜蜜。就连看电视,我俩选择的频道都高度一致。

年轻的时候,我从未当众称她为"夫人""太太",文人圈儿里所显摆的"拙荆""贱内"一类老字眼儿,我说不出口,只称其为"媳妇儿"。后来,为了顺应文明大势,我采用了她在工厂时人们对她的称谓:王师傅。这多年来,人前背后,我一声声"王师傅"叫得亲蜜。

以老遮丑不自羞,我亦常在酒酣耳热之际,将我过去的不光彩行为当着其娘家晚辈,含蓄地抖搂出来,用以表示我洗心革面的真实。而此时,她会用言语岔开,笑着讲:别听你大姑父的瞎咧咧!

值入老境,对于死,我并不生悲,亦无恐惧。然而,我就怕她用"早走"的话吓唬我,一闻听,即很恐惧。于我心,我早走,是一种幸福,若是她早离去了,我该怎么生活下去……

在她垂范和殷殷教导下,我明白了做人的道理,比较深入地领会了人生。人之一生受人敬仰,并非全凭知识、成就和地位,并且,与受教育程度和年龄也无太大关系,被人看重的,只能是人品。若对金钱享受和地位产生了信仰,进而尊崇,只能说明他的内心产生了问题。社会大舞台,家庭小天地,家庭成员就有受尊敬的人物,能够认识与否,全凭个人慧根与良心。"至人始信出民间",这一千古定理,目前尚不能生疑。我与老伴儿已共同生活了四十余年,她身上仍有很多优点,我没有学齐。自食其心是我人生定位,枕边人一世奉行的"流辛苦汗,吃明白饭"戒规,我把它当成了端正余年品行的硬道理。心烛所在,知恩图报,我要像"田七郎"那个样儿,对世间曾帮助和爱护过我的人信守忠义。

我像仰慕"星斗其文"的前贤一样,仰慕老伴儿,并且,其志生根。

恩师、大诗人张志民先生,于我俩结婚二十周年之际,赠予一条幅,书曰:

　　　　酒肉朋友常分手,
　　　　柴米夫妻共白头。

张先生手迹,我视若珍宝,将画轴悬挂在我窄小居室最为宽敞的地方。

张先生知道俺家"王师傅"名字。今天,愿为更多人所详,将她全称透个底,她的芳名就叫——王桂梅!

柴米夫妻

"蛇盘兔,日子越过越富。"

讲这句话的人,是我唯一的姑姑。

得知了我确切婚期,并知道我妻子蛇的属相之后,她抿着笑口,讲出这一句民谚。

一晃儿,"珍珠婚"都过去几年了,我真应该把我俩的感情经历念叨念叨。

我们两个,是以半自由、半传统方式成的婚。

彼此近距离认识对方,始于老家"毛泽东思想宣传队"相遇。

我们那个村庄,当时有四千人,不仅村庄历史悠久,而且隐藏了各方面人才,成立宣传队,有独特优势。从这样一个大村庄挑选上来的人,必是各方面拔尖儿的人物。尤其女青年,是全村那一茬儿最水灵的姑娘。而她,更是美貌者中前三名之一。

当年,号召"突出政治",政治工作排在第一位。宣传队除了天天晚间排练,还常常半脱产,上午在生产队干活儿,下午参加活动。

老爷庙大殿,晚间灯火通明,青年人以高度热情挥洒青春汗水。练罢,已至夜深。各自回家,手电筒扫射的光亮儿和迈出门来咯咯的笑声,会扰得庙外大杨树上一群入睡的雀儿鹰,"嘎嘎"惊叫,于夜空盘旋。

我村这一支宣传队,不仅演员阵容整齐,还有出色乐队。器乐手,已近专业水平。演技及节目编排得精彩,全县非常出名。

我的职务是报幕员。上演前,乐队和演员准备停当,我先登场。

戴红五角星军帽、穿一件绿色军上衣的我,站立台前,行一个军礼,高声禀告:"坨里大队毛泽东思想宣传队现在开始战斗!"台下鼓掌,节目上演。

同为宣传队员,我都为这支队伍里姑娘小伙儿出色俊美所感动。十几名女青年,稍微化妆,走上台,个个光彩四射,那一种青春本色之美,使人心旌摇动。

夹在舞蹈队员中间那个"她",表演太轻松了!《洗衣歌》舞蹈里,她表现最美。随着众声"啊啦嘿嗦",她几次弯腰抬头,一双小辫儿于细肩上甩来甩去,明眸皓齿,腰肢细软,轻松自如当中还带有几分顽皮!太吸引我目光了。

"形而上"既有所得,"形而下"收获也不微。最热心口窝的,是亲人解放军的热情招待。两个大铝盆,装满热腾腾的汤面。别看我没有演出任务,此时最合我心意,没有解放军,哪儿吃得上这等犒赏啊!吃饱了,团部首长欢送。走出军营,穿过铁路涵洞,鼓起了肚皮的我,兴致最浓。

我对她日久生情,却又不敢表达。其中,既有老实家庭养成的胆怯,又有农村书生的自尊和自卑,遂通过我在修铁路时交下的朋友,"王家大户"里她一位族兄,将心事挑明。

我俩几次单独接触,进展顺利。

她现在依然拿过去的事儿取笑我:一说话,脸就红。看来,当初给她留下深刻印象。

冲破了家庭阻拦,冲破了农村恶势力干扰,我们结婚了!

婚日为一九七六年的"五一"。上天安排的日期,注定了我俩终身为劳动者命运。

新糊上蜡花纸顶棚的"新房",房间物件包括:两只香椿木箱子,一张家槐木腿儿三屉桌,两个既可以存粮,又可以当座位的小坐柜,两只木板面、铁棍儿撅成腿儿的凳子,一个由废钢筋焊成的脸盆架。

以上硬件,求人所做。能体现"书香"的软件,包括壁上"梅兰竹菊"四幅农民画,还有我亲笔书写、仿"毛体"的"大雨落幽燕"诗词条幅,以及朋友相赠的"苏堤春晓"和"西湖印月"两块玻璃画儿镜子。再无他也。

母亲给她的两百元"置装费",用在了我身上。

新婚之时,我曾制订计划,帮助她提高文化。哪怕一天只学会一个字,日积月累,也必有所成。然而,实践证明,我这一桩愿望落了空。

公社服装厂工作,很累。属于来料加工的企业,订单下来,工期紧迫,连轴转的时候常有。为此,服装厂工人,每人自行车前轮都安装了"摩电灯"。夜半或凌晨,光亮儿在院子里闪耀,便知她下班。

工厂无正规休息日,职工倘得休息,全凭停电。那时期,电力不足,生产围着供电转,不管何时来了电,工人都要进车间。因了短暂喘息,受到的是更为残酷的身体伤害。为了应对停电,工厂后来添置了柴油发电机,工人身心健康,更缺乏了保障。

我常常可怜我妻子上班辛苦。遇大雪纷飞,必再三叮嘱:上下坡路滑,切莫骑车;雨日,必亲眼看到她穿好雨衣、雨鞋出门,才放心……

相继有了儿子、女儿以后,愈见其劳苦,洗不完的杂物,缝不完的衣裳。有时,早晨我还未睁眼,床边那台缝纫机就已在台灯下"嘎哒嘎哒"响了。

她的一切辛劳,印在了我心。

她的坚毅,她的刚强,时时勾起我心伤。

我青年期志愿,是让她随我过上好日子。然而,我却沾了她的光。她每月有工资收入,家庭开支,多凭她提供来源。

我别无长技,终日为文,大椿树底下安放了一个石台,看书、写作。于春日暖阳之下,呼吸着苦孜孜臭椿花香,时有花粒掉落稿纸上,遂感十分熨帖。于此处,我陆续写成了《苦香香的臭椿花》《天问屑语》《移位诘花》等多篇散文。

我俩成亲时,一无所有;结婚以后,多年省吃俭用,生活渐有起色,买了手表、自行车、缝纫机。继之,又添置了彩电和冰箱。当时农村家庭里的时髦物件,都先有。

我俩最了不起的业绩,是盖了两次大房。

第一次建房,是在一九八二年,推倒了两间旧南屋,盖起了三大间西房。用的材料和外装修,都比较讲究,在我们村,属于上等建筑。而当时,我们只攒了四百元钱。多靠各方朋友帮助,借给了钱,借给了粮,才得以完成了建设。

一九八五年秋季,我邀请恩师、大诗人张志民先生来我家观赏。恩师于酡光映面之时,吟得《董华家做客》一首:车过良乡塔影斜,赏菊时节访董华。小别不识坨里路,新街新巷新人家。

宴罢,张先生和夫人傅雅雯老师扶着他们的小孙子,我俩各抱儿子、女儿,照了合影。

回城不久,张先生诗作书成,将墨宝赐予我。

第二次建房,已临近花甲。这次修建,主体建筑是在原有三间西房基础上扩展,又加盖一层,成为两层别墅。并且,增添多处附属设施,在房屋、院落布局上,有文化人的性情发挥。一篇《董宅重修记》,对此有如下描绘:"后院者,吾独治也。一座小楼面东。庭前弄园圃,插笆篱,支棚架,可品四时之蔬;界边织笼舍,养鸡鹅,饲猫狗,乐在啼吠兼闻。枣树浓荫之下,汉白玉梯攀高,凭势问月;傣式竹亭赏幽,倏尔忘机。总此,妙此,洵如新时代农家乐之象也。"

　　惜乎张先生不在世上，倘恩师尚在，老人家一定会笑抖银髯，做出更美妙诗章。

　　这后一次为年余的整饬工程，仍得到各方面朋友帮助，但费用已无需求借。我俩以半生积蓄，完成了现时之举。

　　我妻子为了家庭物质建设和人口建设，立下了汗马功劳。她在我们六口人之家——儿子、儿媳、女儿、孙子、我之中，是最主要的家庭角色。

　　我违犯过"家规"，深为愧怍，对于她的恩情，总觉得报答不尽。

　　晚年，她继续发挥余热，终日哄抱我们的孙子。我每日都是过了晚饭时刻进家门，当我面她略言劳累之后，必表小孙子发育进步，那于细微处之观察之自豪，感染了我，显示了其女性坚毅精神的伟大！

　　近年来，我常作思考：衡量我之一生，平生所做最正确选择，是与她结成了伴侣。在她贤德熏陶和教诲下，我起码知道了怎样做人，没有糊涂到被人嘲笑的地步。

　　我现在唯一心愿，是希望她能够保重自己身体，重视疾病危害，控制住糖尿病并发症延续，能够偕老。于终老之年一同回归，那该有多好！

　　我们的日子，是撑不着，也饿不着。在有钱人眼里，我们是穷人；在穷人堆儿中，我们还算富裕。这种挣了钱有地儿花，也有接续的日子，感觉很好。

　　我没有将老伴儿改造成知识分子，是她的幸运。而她却改造了我的人品，使我心服口服。柴米夫妻恩义多，脱胎换骨的我，谨遵前贤顾随夫子教导：以无生之觉悟为有生之事业，以悲观之心情过乐观之生活。此义理置于心田，有无穷天地。

担 儿 挑

我与"冯总""韩总",共为担儿挑。

何为"担儿挑"？裙带关系是也。妻室同出一门，夫婿之间互为称谓。同门结亲二人以上者，方行此称法。

"担儿挑"，乃北方汉语土话；与此义趋同者，各地及各阶层，叫法不一。北京平原地区，有称"一般沉"的、"担儿挑"的，山区则拧过来，称"挑担"。以上称谓，流行于百姓人家，地位尊贵及斯文者，南北通称"连襟"。

以"连襟"相论，古代典型有孙策与周瑜，因了"二乔"，走到一起。近代、现代，亦可列举一二例。最为书生传佳话的，当为顾传玠、周有光、沈从文、傅汉思之属，与合肥张氏一门四位名媛，各成良缘。

然而，百姓中俗称，与袭长衫、穿西装，啜参茸饮片、咖啡者，意味毕竟相隔甚远。

"连襟""担儿挑"均可会意，然而称"连襟"，则雅训、蕴藉；称"担儿挑"，则朴质、直白。于此亦可见文野之分。劳动者的唤名，有自食其力体验，故而最为形象：一双承重箩筐，扁担串起，两筐须重量均等，方可行走自如；倘如重量不一，便不能保持合适间距，必七扭八歪不利于行进。若只有一只箩筐，不可能成为"担"，而只得如林冲枪挑酒葫芦，将一只箩筐拴上绳儿，挑在扁担梢，上肩赶路了。

我与冯某、韩某二位，即属于以"担儿挑"相论的凡俗。

京西坨里村王家，一门三女，分别嫁与我等三男。姐妹大小，我等亦受其匡。"担儿挑"排序，由我为始，冯、韩次第。

同为三女事三夫,我等布衣绝不可以像宋氏配得郎君那样,于一世雄强。

我们三家,连同妻室发源地在内,祖上三代,皆头顶高粱花。身为庄稼人后代,我们仨"土里刨食"时间不长,现今,我为写作者,冯为木工,韩经营企业。论临时家境,不相上下。从王家门析三支细流,去往了三个方向。地理交通,几乎构成了一个三角。我与韩的村庄为平行直线,尖顶部分是冯存身所在。因了"年龄都可以成为骄傲的资本",这一入了伟人选集的经典名言,我比冯韩年岁大了"一轮",因而具有数说他俩的底气。

董韩二家距离较近,虽然乡镇名称被改来改去,但各自村庄始终属于同一个管区。"泄底全凭老乡亲",先由他说起。

韩为"村级高干"后裔,其父任过多年主管农业生产的大队长。论家庭政治背景,韩优于董、冯。

认识他,并记住名字,起源我短暂"代课教师"的经历。我教初中二年级语文。教学经验告诉我,能被老师记住名字的学生,大体分为两类:一是各科学习优秀、拔尖儿的好学生;一是给人带来过刺激、带有"记号"的差等生。而后者,似乎记忆更深。韩即属于后一类。上课时,他不闹,眼常犯迷瞪,从衣装不整、脸不洁,揣度他早晚帮助干家里活儿,缺觉。进课堂,学生代表喊过了"起立",该生就进了梦境。将他唤醒,他"拨浪"过来脑袋,傻呵呵地望着你笑。他的作业本儿向来有泥土痕迹,一篇作文,写不出来五句。

我还是有责任心的,专门去做家访。环视其居处,三间老土坯房,里外屋两条土炕,炕上和屋地很脏。他母亲一双刚喂了猪的手,沾着麸皮,赶紧在衣裤上揉蹭。她很局促,也很惊疑,于潮湿土屋地,皱皱巴巴朝我张望。

我只教了半年书。之后,他怎么拿到了初中毕业证,不清楚。

再次让我想起他，约在十年之后。他的亲戚去王家说媒，并上我家来，疏通我。

对于这个昔日学生，我深知底细，本着对"泰山""泰水"的负责精神，我投了"否决票"。

韩这小子，也真有办法，看准了与妻妹皆为生产队看庄稼的机会，施展了招数，经过时常在一起摘酸枣儿、吃烤花生，将感情筑牢。

我这个妻妹，在三姐妹中年龄最小，平素看着"缺心眼儿"，让父母以"傻"称至成年。结婚了，才把乳名中的"傻"字儿去掉。此三姐妹，性情善良一致，而细作区分，大姐端庄，二姐俊秀，唯她状态为"憨"。圆圆头，圆圆脸，胖嗒嗒身材，近似一个旋木儿的俄罗斯"套娃"。

妻妹缺灵性，韩又做了手脚，终于让他抱得美人归。

结婚以后，我们在岳母家有碰面机会。我不屑与之交谈，他亦惧我，发现我在岳母家院子放下自行车，未容我进门，就掀帘子迈腿跨出屋，涨红了脖子叫一声"大姐夫"，惊慌而去。

有我在场，他绝不敢与我一起端酒杯。

慢慢地，我发现了这小子时来运转：由卖豆腐原始积累起步，鼓捣了几年小型灰粉厂，而后搞专业运输，从一辆没有牌照的旧货运车开始，逐步添置了三辆新型大汽车，雇了多名司机和装卸工，享受到了给别人发工资的幸福。在那个小村庄，他一时成了运输业名人。

现在，他那闲置村中的、早"圈"上了的一块土地，待价而沽；求其转让者，屡屡出价不低。

从当初满身是灰粉、水泥面儿的一名粗小子，到现今演进成为类"庄园主"，诚为"土老帽儿"坐飞机，一步登上天。

还记得当初，他骑一辆自行车，载一屉豆腐去各村吆喝，神情总带青年小贩的卑微；。那一回因为石子儿滑倒了车，豆腐散碎一地，他哭着回了家里……

还记得，他去工地送灰粉，建筑队结账顺利，拿回来了钱，头宗事就通知我儿子去庆祝。爷儿俩对坐于炕桌，各捧一个猪蹄儿，啃得壮气豪生、激情四溢……

而今，我谓"韩总"，有调侃意思，是以北京著名"韩建集团"为参照：其本人姓韩，村庄带有韩字，做此推演。现今"韩总"兄弟不可小觑哟，拥有了两辆私家小轿车，隔三岔五，带上家人，奔县城大酒店痛快"爽"一回。堂倌儿服务到位，一声"零钱不用找了"，就见女服务员屈着腰，展开笑脸，用眼送走腆着肚皮的韩总，看他大模大样走下酒楼……

就是因为钱包儿鼓，促使"艺术细胞"繁殖。而今只要闻听有音乐会，有名家汇演，我这一韩总兄弟，绝不会问门票价多高、路途多远，都会欣然前往。一辆价位不菲的"坐骑"，一位着了西装的人，奔向弦歌之地……

对照"韩总"，"冯总"显得气势小了些。

论男人长相，韩逊于冯；论男人体格，韩犹不及；论妻子貌美，冯又占先机。然有一样儿，冯虽心怀韬略，但论走"浑蛋时气"，却不及韩一丝一缕。

冯弟这个人，依我看来，智慧有余，而魄力不足。观其微，知其著，当随乡下"搂着脑袋过日子""树叶落下怕砸脑袋"之类。他为独生子，自小娇气，少壮学会一门木工手艺。当年木匠，在农村很吃香，盖房子、打家具、做棺材，庄户人样样儿离不开。"吃百家饭"，受人尊敬。即便是家庭不富裕的事主，也每每以酒食招待，午餐起码二两酒、一盘炒鸡蛋伺候。且不说施工时，事主还要殷勤……经年如此，很多木匠手艺人习惯了养尊处优，吃得面阔耳肥。

冯弟当初风光，而且体面，胜于韩死卖力气。

　　然而,冯弟吃亏也在这循规蹈矩,太缺乏碰运气胆量,遇事犹豫。直到农村盖新房不再使用传统木制门窗,安了塑钢、断桥铝,各家走向家具城挑选配套家具成了风尚,老冯才觉出传统木工业颓微来。

　　连他开出租车的儿子也建议,以他木工手艺和社会名望,早就应组建公司,专营精细"家装"。

　　但他听不进去,既恐雇工闲着时赔钱,又怕累心。这些年,他始终以"姜太公钓鱼"的方式维持着。

　　因同为王家婿,且排位仅次于我,于是考虑维护他尊严,使之与韩方面对等、抗衡,共成体系,也为抬高我身价,遂尊称其"冯总"。

　　冯总的个性,是过安稳日子的人,他将自己家治理得很好。两处宅院皆明堂亮舍,翠色依依。

　　"有福之人不用忙""松心人有松心人运气",老冯正中了这老例。他时运在即:村庄临近"石化星城",按照规划发展,用不了多久,村人不仅"农转非",而且据他现住房面积,一旦被征用,将获一笔了不得的拆迁款,还会得多套楼房……

　　比照冯韩二位"绩优股",我现在最没有底气了。以前对他俩,我还能挥舞话语权,还有不屑,于今甚感自危。本身职业,就属于"找食儿",从何谈金山玉垒? 想都不要去想。对自己情状看得清楚,又不愿趋炎附势,我选择了"不与富交,我不贫;不与贵交,我不贱"以及"热闹场中人向前,我落后"的处世方式,与现今世俗大相径庭,边缘化之人就只得以顺生作为心理调节,获得安慰……

　　"大姐夫改脾气了。"

　　近年,冯、韩陆续对我进行表扬,我也乐与之相聚。我们一块儿端酒杯,一块儿玩"跑得快",我淹没在了他俩融融的笑意里。

大 为 子

　　大为子未出世时,我与儿子戏言:生男,叫"董了(音 liǎo)";生女,叫"董了了"。虽为一时之戏,却也含"庄"之诚,借董姓谐音,联意"知道"。

　　可起名毕竟是件大事,懈怠不得。我不相信江湖补"金"补"水"等等八卦,把事儿复杂化。你想啊,鲁迅先生不过翻了翻字典,先入眼的字儿,就定了儿子名。似乎安徽合肥张门四姐妹,元和、允和、兆和、充和,核心元素与"金""水""木"也无关系。尊人膝下缺丁,就挑选了带"儿"部件的字,从中透露了恣恣笑意。合该如此,我却仍坚持起名字重要,它将伴随一生,对人产生心理暗示,久了会铸成性格,这一点不容忽视。

　　为这,我向几位老先生求助,各自尽心,然未得满意。一天中午,书桌独自摊开饭食,灵感忽地来了,我一阵窃喜:叫"董为"吧! 我们坨里董家排辈,祖上立了规矩,起名一代双,一代单,隔着来。双字的,前一字表辈分,相同,而后边的连缀,则凭各家主事者慧根,酌定了。大为子这一辈,正轮单字。

　　单字名不好起啊。我的原则第一要求通俗易记,音节上口,第二考虑笔画少,含文义。有想法就可笑:名字上口,有人缘儿,适合生存,以后再有出息,参加竞选,或备选"大官儿",笔画少就沾光,中选概率更大一些。

　　查《现代汉语词典》,"为"字的所有释义与忌惮无碍,均不志忑,一块心放下。脑子又转到了繁体,展开想象:"为"字的繁体字写出来,你看上部撇和点,像不像竖起来的兔耳朵?下边四点儿和收笔,像不像四个爪儿和收拢的兔子尾儿? 属兔嘛,该当如是。

征求阖家意见,表决同意。

大为子一岁多时,只觉了身架瓷实,别的未测着神秘,偶然一见奇迹:他站婴儿车里,一手扶着小车框,另一手将屋地一桶十斤的食用油,一拧脖儿提了起来!气脉儿足,哭声壮,不似一般婴孩"吱吱"细声,嗓音"顸",且伴以足踢臂挥之舞。哄不住,相当有气魄,非得将此一轮啼哭哭得彻底,哭出山河豪气。

大为子两岁懂话儿,长相也豁亮啦。粗眉,大眼,睫毛长,鼻口周正,耳郭宽展。小嘴儿口形不大,嘴唇饱满耐看,上唇略微上提,昂起一股丈夫气。爹妈打扮,将运动服给他穿上身,戴顶短檐帅气帽,无怪做塑钢的"塑钢西施"见了,追着喊"小帅哥"。你直可认为这是一男子汉形质。造成我的惊觉,一半是其体形,一半是其眼:我的眼长了六十年,竟不及他两岁期的眼睛大。

从这时候起,他就开始制造主人气氛了。我的书桌,我的笔,再搁不安稳,书报乱翻,墙的中下部位满是横画竖画的森林痕迹。书橱上边,凡觉好玩的东西,他脚垫沙发,挨个儿挪,挨个儿捅。好多玩具,他不止玩,还拿小改锥逐一拆卸。为这,大人将各个橱柜拉手系上了绳扣儿。

更有趣味的是,他会表演情景剧。将"门吸"当作水龙头,低身做放水接水动作,手上空无一物,轮番敬大家喝水。我们感谢,他就乐,然后更欢。再有,他爱归置东西,见大人鞋乱放,他一双双拾起,屋门边摆列整齐。小小人儿,挺讲求秩序。

我们在老家有传下来的老宅,院场平整,很大,经了改建,更值得入住。大为子两岁以后,夏秋两季,我们都住老宅。这块土儿,培养娃娃了解生活、长知识太重要了!对于他,简直就是广阔天地一乐园。院里,有假山,有果树,有菜畦,养了鸡鹅,养了猫狗,还成天见到喜鹊、蚯蚓和蚂蚁。

最是和小区居住环境不同的是,四周邻居迈步就进,大人孩子全无生疏感。再有就是古镇有名的"坨里大集",每临集日,人乌泱乌泱,卖啥的都有,让小小孩儿眼睛不够使。一番情景,小区里是见不着的。

此期间,大为子爱玩沙土,院里玩,街上玩。他和奶奶就伴儿,奶奶特给提来一桶沙土,他拿小铲一下下装进玩具车,装了铲车斗儿,再装挂车斗儿,一趟车队,独自能玩两个小时。大街上,盖房的户数多,见了大沙堆,他撒腿就跑,去扒拢沙土。

娃娃有自来熟本事,别的孩子占领了沙堆,他也往前凑。有时,趁人不防备,抬脚把人拍的"燕儿窝"踩塌下去。小伙伴们也不恼,吓唬他,他仰着笑脸,快乐相对。他很喜欢和卖烤串家的新疆小女孩、做塑钢门窗江西籍的小男孩一起玩,地域民族融合,"小姐姐""大哥哥"的叫得倍儿亲。只不过他常把人家玩具当成自己的,抓在手就不给人,大人只好求情,让宽谅"小弟弟"。家里活,他也爱干。奶奶种豆,他双手端起了铁锨,努着小肚肚,帮着挖坑儿;种下了豆,小脚丫将坑踩实。奶奶切菜,他小尾巴似的,当二传手。农村自来水,分早中晚时辰供应,各家备了水缸,以防缺水。有一回奶奶说,大为子让她歇着,他来灌水。水桶当然提不动,就用大瓷缸儿舀,一回回拧开水龙头,一回回向缸里续水。足足加了两大桶水啊,他呼哧带喘,汗水顺脖儿流,直到将水缸加溢。

家里人总爱叫他"董为",或"大为子",唯独我叫他"娃娃"。不知从何时起,"爷爷"改了称,叫我为"老师"。我很高兴,随即也改,叫他"同学"。我俩互相之间称谓,引不少文友垂羡。

觉得出来,我娃娃是心善人儿。那回和我一起上楼,见一只学飞的麻雀落在了护栏柱头,他提醒我上楼梯时"慢点儿",又自言自语:"掉下去,它怎么办呢?""该找不着妈妈了。"我一听,就觉吻合我心性。

　　真中了一句话:儿孙看着看着就大了。才多长光景啊,于老宅,他蹒跚学步,下台阶退着爬,到而今,满街蹦着跑,我追不上,真是太快了! 我不知老伴是夸,还是自嘲,她反映给我:大为子问"国家主席是谁""'马航'找到了吗",问得她一愣一愣。

　　三岁看小,四岁看老,就娃娃品质和成长,我格外喜爱,也常把自己的感受说出来,夸他。儿子很冷静,一再忠告,"孩子好,由别人说。"道理是这样,我赞同,却也憋不住。虽说"一畦萝卜一畦菜,个人孩子个人爱",孩子天真未凿,大同小异,却也有衡量标准,若不是真好,怎么好意思去夸?

　　坨里董氏一门,娃娃是第十一代了。从我奶奶一辈起,就不断有属兔的。奶奶属兔,父母属兔,我属兔,我的兔长了娃娃一个甲子。

　　兔源不断,兔列滚滚。兔儿成窝,乡下谓之好兆头。

　　我给娃娃起名"董为",的确遂心。但当初心念也不是多么复杂。

　　立意借助本姓谐音,容他长大以后,知道应该做啥,不应该做啥就足矣了。我留在老宅壁上的《劝子弟铭》"子孙贤,族将大;兄弟睦,家之肥",以及我题于大门外的永久性楹联"几百年人家无非积善,第一等好事还是读书",托前贤之口,教后人领会,才是我真实目的。

　　好的家风靠一辈辈㧐。以后,娃娃会明白的。

　　我的期望,亦承蒙前贤鼓励。曾文正公论及世上家族兴衰,谈了三种情况:一、看子孙睡到几点,假如睡到太阳都已经升得很高的时候才起来,那预示这个家族会慢慢衰退下来;二、看子孙有没有做家务,因为勤劳、劳动的习惯影响人一辈子;三、看子孙是否有兴趣读经典书。前两样,我是放心了,后边的,留待以后。无论自食其力,还是自食其心,我只希望做人本分。

　　童蒙养正,成人养德。待我的"同学"长大,我想,他在看星星、看月亮的时候,是会琢磨出我这一篇文的意味的。

一块槌布石

一块槌布石,沉甸甸坠我心里多年。

奶奶先于爷爷去世,我不认为二老去了"天国",我只认他们从我身边远去。于今,连缀起念想的物件,唯有奶奶使用过的槌布石了。

槌布石青白色,坚硬,正方形,厚约半拃,边长一尺余。平顶中间微微凸起,底部略凹,底下有矮矮四足。这种石材,我村没有,它应该来自五十里以外。是爷爷当年赶牲口驮灰驮煤捎回家的?还是旁人相送?说不清。

乡下,槌布石是农家离不开的物什。

旧社会,农人活茬苦,灰土渗进了布丝,光靠手洗是洗不净的,必须用棒槌在槌布石上敲打,方可将污渍挤出去。另外,手工做鞋帮、鞋底,针脚密,梆梆硬,若将它弄伏贴、柔软一些,也离不得在槌布石上敲击。

普天下皆用的物件,我猜测发明、使用历史应该是漫长的。不能说它生于石器时代,因为燧人氏、有巢氏以树叶兽皮为衣,根本不用洗涤,只有进入农耕社会,有了丝帛,有了布匹,方得以用之。西施浣纱,只于越河中漂洗吗?在槌布石上敲一敲,也说不定。

奶奶当年如何使用,我似乎未见。母亲长我两轮,奶奶又长母亲两轮,同为属"兔"。我出世时,想必槌布石已移交吾母之手。我就曾见,母亲在当院儿坐板凳儿上,挽着袖子从洗衣盆捞出旧衣,扬起棒槌,一下下槌打。难洗的衣服,冒了汗,她不时把垂下的发绺儿撩上去。

于槌布石旁,奶奶还有"早起三光,晚起三慌"的教诲。

我们长大啦,结婚了,将母亲从槌布石边解放出来,再不用为我们洗衣裳了。发生锥心泣血之恸,是我看到了槌布石的最终用场:奶奶去世,家里穷,连一块蒙脸布也买不起。给奶奶蒙面,爷爷用高丽纸衔接。这种纸有韧性,爷爷用小锤儿在槌布石上沿连接的纸边儿一下下击打,砸出了一个一个坑儿,纸就粘上了。我爷爷是非常刚强的人,有时对奶奶也无好言语,可那一刻,他竟那么地专注、耐心。

三年之后,爷爷也去了。槌布石于我们家无有用途,搬离老家,将它遗弃在了庄户老宅。后来,老宅住了房客,有人用它当垫儿劈木柴,磕下去一个角。

重修老宅,盖新房了,槌布石重新被家人发现。三弟媳说:多碍事,把它扔了吧。我不允,将之搬到了一边。妻子向弟媳解谜——此为奶奶旧物。弟媳们闻听,一阵咯咯笑,眼光投向我,不无奚落地说:瞧咱二哥呀!

房子建妥了,我将槌布石放置在安全角落,挨着豆角架,挨着倭瓜秧儿。让有生命的农家瓜菜陪伴,想必是奶奶认可地方。

闲下,不时看一眼,槌布石虽然蒙上了灰尘,但它温润还在。四个角磨秃了,那是岁月着痕,是由山乡走来的奶奶一心一意抚摁而成。奶奶天性乐观,于其上似乎看到了奶奶弯起嘴角的笑纹。只那个断角儿,让我心痛,由之也想到奶奶一生辛苦劳碌,没过过一天像今天的舒心日子,太对不起她啦。

世事变迁,听说我们这个八百年的京西古镇也要搬迁了。为了评估多作价钱,多得补偿,乡亲正起劲盖新房。为此,我很惆怅,有朝一日老家真要迁移,这块槌布石归于何地? 跟着上楼吗? 我尚在世,槌布石即难保安全,我的同代人视其为“废物”,下一代人会像我一样看得金贵吗?

我不能定。

槌布石的命运以及在它上面发生的故事,怕是真的要终结了。

温故香雪海

回老家去掰香椿。这时,香椿刚抢鲜,洋槐花还未开。中午吃过了母亲亲手炸的香椿鱼,我和妻子拎着满满的几袋儿香椿芽向母亲告辞,说好不要送,但我们绕过了院墙,再回头看一眼老屋时,却见老母亲站立屋门中央,手扶门框向我们张望。我心里不禁酸酸的。

回到了县城,度过"五一",一天傍晚,忽然发现我工作的大楼旁边一棵洋槐树开花了。当即,一丝惊喜,一分诧异,牵动了心绪。慢吞吞地往家走,家乡洋槐花盛开的情景,断断续续于脑海间闪现……

就中国北方树木而言,洋槐树是一极普通树种,城市乡村皆可识见。不同之处,是它在半山区的农村生长得更为旺盛,山坡上成片,各家各户都能看得见。

迷恋半山区,源于它适宜在那里生长。凭着根系滋生新树,完全可以实现自我繁育。乡下把这一特性,唤作"串皮根"。另外,生长速度快,木质坚硬,又不易受虫害,一二十年可成为顶顶实实的檩檩之材。在农业社会阶段,这很可贵,是世代农民情意相投的一门庭院经济。

有这般生存土壤,广阔天地,你想让洋槐花不形成气象都不成。

我说:洋槐花盛开时节,那就是"香雪海"。这是我青年时期在农村生活的体验。

说它香,清幽的香气无可替代。那是天地孕育,又合于农民常性的一种清香,不温也不火,引嗅者心仪。谁若能把这种清香意味描述出来,定然是一位语言大师。处此间,只一树清香,还不会使你心旌摇荡;但如果千树万树的清香汇合起来,那可是强大的振奋力。十里闻香,说少了,数十里地范围内,都可以感受清香。

说它是雪,很合洋槐花体貌特征。摘下一串洋槐花详看,它斧钺形的花朵,绿萼部分包裹了亚黄颜色,由上部花唇到基部渐次加深。而从远处去看,尽呈着团团素白。有的洋槐树,花与叶同期,花也开,叶也生,而有的则花儿在先,几乎不着绿叶。花势繁茂,就像覆盖着春天的雪,形态美观。在没有月光之夜,一树树槐花堆拥的白,让你感到大街小巷里没有黑暗,篷门筚户充裕净朗。

关于对洋槐花海的钦仰,登高望远便知。你此时走上就近的山坡,抬眼四顾,就会觉出这真是一片槐花的海洋。观如海的槐花,兴许你也心胸如海。在滔滔花浪前沿还能看到些什么?我对你说,能看到浸润乡情的田畴、连接天际的绿茵茵的麦野。这时,最容易被田野景象感动:这是生养之乡、衣食之邦呀!

我心笃意诚地把槐花胜地视为"香雪海",尽因我农民情愫化不开,到什么地步也不肯降解这份情缘。清朝江苏巡抚宋犖因江苏吴县邓尉山多梅,"花时一望如雪,香闻数十里",而称许梅林"香雪海",我不以为是多么了不起的发现。那只是衣食未曾忧虑的"雅人",或"一阔脸就变"的变身人的认识;他自己感觉甚雅。好东西吃多了,不雅也要装雅,自古成习。被农民认可"香雪海",我看非槐花莫属。

我的故乡坨里村是洋槐花馥郁之地,那里的人民亲和,民风淳朴如共命的槐。槐花飘香时节,天气暖和了,昔时乡亲们有端着饭碗在家门口吃饭、叙谈的习惯。街坊老爷子端一个粗瓷大碗,不管饭食稀稠,乐意在宽敞地儿边吃边与人交谈。这时兴许头顶的槐花被蜜蜂吮落,一朵两朵坠入碗中,这老爷子不会撅出扔掉,而是一扬下巴颏儿,伸筷子把它送入嘴里。

晚上,躺土炕上,奶奶于身边专心守护,我闻着槐花香,甜甜入睡……

一年复一年,虽然我的生活已与乡间拉开了距离,可是我仍对寄意故乡的"香雪海"充满了期待。越是日久,趋望之心越切。今春回老家掰香椿,那回头一瞥,让我看到了母亲的衰老,她满头的白发犹如下了季发黄发暗的槐树花,令人心碎!我脱离了农舍,归入了城市族群,而生我养我的母亲却如繁育了无数子孙的洋槐树一样,守望故地……

面对苍天,我还能说什么呢?在这城市喧嚣的夜晚,霓虹灯闪烁的时刻,夫复何言……父亲去年走了,母亲也早过了奶奶在世时的年纪。今岁,老母亲八十有三。

墓园四念

一

坨里董氏一门,源自山西汾州汾阳县相子垣村。从一世祖镇公偕李太君迁徙至此,迄今为十一代。

董氏门中,向以仁慈为怀,勤俭为本,德为恒产,义为永田,虽世代务农,然晓礼仪,尊共德,行朴实,济贫弱。苍天垂爱,人丁兴旺。

董氏传承有序,自明代而今,以单字名双字名交替显辈分。同一辈,双字者前位嵌字相同。一世祖取单字既为始,二世祖则以二字称,前位字曰国,四世祖曰进,六世祖曰兰,第八代曰志,第十代曰海。往瞻历历,辈份分明。

董氏老茔原在村东董家沟,今被国家修建万亩森林公园占用,遂将祖上灵骨奉安本村之公墓。为使家族后裔明晰流变,特书此文以记之。

二

生在乱世,萎于穷时。

先祖父少小即聪慧异常,为其上辈宗亲所钟爱。年及青壮,抛力四海,见识宽宏。一切农田活计,亦无所不精。更觉奇耸者,不入武门,而于武术门路深得妙法;未登学府,写字要点及口算之术皆通。胆识与膂力过人,不欺弱小,敢斗豪强,昔者曾以一腔正气,羞斥外奴。懦者视之亲,恶者惧其勇;临大难,持大节,则峥峥岳岳。一世英风,至今传为美谈。至晚年,克己求安,以赢弱之躯力撑贫困而兴盛待举家庭。

先祖母娘家为八里外磁家务村之西宋家。她贤明一生,性格既刚强又温和,笑口常开,慈祥照人,使四邻女子以主心骨相敬。

常忆祖父展英眉慧眼,以"自大加一点儿念臭"之言,警醒年幼之我;祖母于一盏油灯之下为我缝裂补破、灭虮捉虱,那般慈容懿貌,总辽阔于心。思之恋之,泪漫心碑。

年年肠断年年与,日夜思牵不见归!

流辛苦汗,吃明白饭。祖父母句句家规,为董氏骨血立下恒久根基。

心音为号:无涯之惠,必致董门风泽长存!

三

先父生命之旅简单:初始跟随吾祖父在门头沟下煤窑,中华人民共和国成立后归于农田,后半生赶马车,未远离庄舍。

您老事亲至孝。临父母面命,百依百顺;养生送死,两无一憾,此其报亲大端也。

课子有方。施教每从形体出,训导多自蔼色来。

面相忠厚,口讷,胆小,却心胸豁亮,认吃亏是福,以弱德扶安宁。于家族内外,态度诚恳,表里如一,怜孤爱众,童子可亲。坨里赫赫一乡,人格处为上等,未闻意见不统一者。一生唯求做个好人,他此事业已遂于心矣。

居常和易,映于门庭,环宅见守业之功;与吾母相伴七十年,情笃无隙。

爹给姓,娘给命。父母所传清白为人,厚道做事,此精神乃大财富也!

谁道"九斗一簸不求人也过"?我父!生前屡以好命儿指纹示人,单纯快乐如儿童状。谚语见证运程:在年轻,祖父一已擎天,风云里把握家政,其百无一虑;值春秋鼎盛,儿女成器,娶妻生子,扩展家业,无一事劳其分心。在世得吾母照拂,平凡岁月中安于所乐,享年八十有二,临终无痛苦,安详离去。人间大幸一一应验,能不谓命好乎?德养运,善养身,自是正果,亦荫及后世,子孙蕃盛,家道兴旺,此皆吾父之福报也。

坦坦我父,郁郁我胸,回想泪多,微言难抵恩情之重。

四

人生皆有双重父母。世道可以兴替,而人间执孝之念不可以移。我为婿久矣,深荷至厚恩情。二大人以恩义之重,抚爱之殷,常使膝下听从者自愧不能回报于万一。先岳父出身本村南街王姓大户,乃中华人民共和国成立以来第一代煤矿工人,性情温和,天性善良,数十年献身于矿山,留勤恳忠实之名。生于一九二二年八月九日,卒于二〇〇一年七月五日,以七十九岁寿终。先岳母来自邻村八十亩地张氏人家,以正直刚强支撑门户,母仪淑范为乡里认知。生于一九三五年四月二十八日,卒于二〇〇五年九月六日,享年七秩。二老一生辛苦备尝,敬双亲,育子女,济于人,克于己,凡所应启,无不一一力及。尤对诸门外孙,疼爱有加,日日盼有所成,其劝勉亲昵之心岂可尽表乎?每思及此,即暗暗垂泪。夫欲孝而亲不待,唯有恸哭!

董宅重修记

坨里董氏者,祖源山西汾阳相子垣村。自明末远祖镇公偕李氏太君迁此以来,天人萌蘗,时运层累,屡构之宅成南北两院。祖宅迄今,凿凿乎数百年矣。

董氏门第,向以仁义为先,勤俭为本,德当恒产,义作永田。虽世代务农,然晓礼仪,识共德,持朴实,济贫弱。忠良淳厚,名传阎闾。

贤者云:田园将芜,胡不归? 承祚之北院,原筑已沦凄凉,血脉灵枢所系,吾辈决意契实先考志云公遗愿,于生身之地演新兴之举。长兄从军,青岛寄籍;计虑撑庭大事,谅非居乡男不能也。三兄弟虽分爨经年,大端在目,仍一体同心,三妯娌承细务,且夕笑脸相依。甘苦与共之坦诚,犹童年纯情之复归。

可慰者,施工多幸也。开工日,祥云缭绕;构筑期,细雨浇梁。瑞兆屡获降临。各方人士密切关心,耆老指点,达人献策,老邻送饮,青壮援力,矻矻身影,心智相随。聘用数轮工匠,施艺精细。博得友爱与温情,不知凡几。

快乎哉,功成矣! 吾宅此一风光建设始于庚寅四月,成于辛卯六月,前后院新建房十七间。竣工后,美化环境。前院砌假山,铺甬道,栽果树,种花草,且效古风,将前贤名训刻石,镶门楣及山墙之上。放眼观之,喷泉因翠竹叠影,翰墨缘佳句生香。后院者,吾独治也。一座小楼面东。庭前弄园圃,插笆篱,支棚架,可品四时之蔬。界边织笼舍,养鸡鹅,饲猫狗,乐在啼吠兼闻。枣树浓荫之下,汉白玉梯攀高,凭势问月;傣式竹亭赏幽,倏尔忘机。总此,妙此,洵如新时代农家乐之象也。

　　忝为文者,另衔示通之意。家母年高犹健,乃吾侪大福,工期内又添二丁,第十一世孙相继降临,融融乎四世同堂。顺心有此,若非几百年向善之福报耶?吾以六旬之身,叮嘱晚辈。一者,当效吾侪同心同德振兴家业志气,使劳绩上报父母劬劳养育之恩,下传兄弟羽翼相亲之义。二者,不以利争,永葆和睦。圣贤尝言"子孙贤,族将大;兄弟睦,家之肥",可视为吾家训。三者,以俗语唱之,曰:"金窝银窝不如自己草窝;金产银产不如自己祖业产。"家国同理,人世焉有蔑家园、亵族亲而竟达经国能者乎?惕励之语,愿吾门孙辈谨记之。

　　坨里董氏第九世孙董华,行年花甲,惶恐具文。于公元二〇一一年九月九日。

辑四

童子说

思而无邪，

是一个美丽的过程。

天籁人初
——童年纪事

孩子盼年，老人怕年。

——京西乡间俗话

在乡下，最让孩子们盼望的莫过于春节了。

乡村里要过的民俗节日很多。一年初起的"打春"，二月二的"龙抬头"，五月初五的"端午"，八月十五的"中秋"，"腊八"的节期预热，腊月二十三的"小年""送灶"……都有旧历节的欢畅。在节期的预备里，虽说粽子、月饼比较稀罕，可孩子们觉着"没味儿"。

只有春节过大年，孩子们心里才算满足，不用捡粪，不用拾柴，不用背书，不用干这干那，出来进去，像欢欢实实的马驹儿。精气神儿足，胸脯挺儿挺的，似乎在家长面前也有了对等地位。飘过第一次雪花，孩子们就开始了"春节预算"准备，察言观色地缠磨、充满说服力的对比，即便是惹恼家长，挨一巴掌，也觉得那巴掌打得柔和。直到被呵斥钻进被窝儿，眼睛还盯住房椽不停地眨，手心里攥着早攒下的劲儿，生怕睡梦里自己那美好愿望从身边飞走。

吃过了"腊八粥"，街里几台石碾便闲不住，终日里"咕咚咕咚"地转——家家户户碾黄米、磨白面。鸡儿乱叫了，窗户纸还黑着，妈妈就叫醒我和哥哥，睡眼蒙眬地碾米去了。"腊七腊八儿，冻死两家儿"，我感觉小时候的天气比现在冷。黍米倒上碾盘，没轧几圈儿，就厚厚地冻贴在碾碰子上。妈妈用铁铲不停地铲，用笤帚不停地扫。不一会儿，我扶在碾棍上的手就冻得拘挛了，把手缩进棉袄袖口，使劲跺脚。碾台边燃起的一堆玉米棒儿炭火，明明灭灭，勾人眼神。我专门爱听奶奶叨叨那惹人心痒的年俗令儿：二十三，糖瓜粘；二十四，写大字；二十五，碾糜黍；二十六，割猪肉；二十七，杀公鸡；二十八，把面发；二十九，把会走；三十晚上乐乐呵呵闹一宿。

我趴在炕沿儿，跷起腿，看奶奶一边炸年食，一边念叨。炉火照红了她的脸，皱纹舒舒展展，看得出她心底是多么快乐！奶奶高兴，我也高兴，追问爷爷："啥时过年？"（进了腊月，不知问过多少遍了。）爷爷的回答总是让我噘嘴："孩子盼年，老人怕年。"我心里嘀咕，过年多好，有什么怕的呢？

街巷漫开的鱼肉香味儿，把村子裹严了。鞭炮声也多起来。在节口临近日子，即使最威严的家长，最悭吝的钱匣匣儿，都一改平素习性，对孩子笑容可掬了，随手摸出一把零钱，做慷慨之状："买炮去吧！"扒在门缝，贴在窗台根儿一群小脑门儿，早把这一切看在眼里，"嘻嘻" 乐出了声。"丫头爱花，小子爱炮，老头儿爱个破毡帽，老太太爱个破裹脚……"跳着、笑着、追打着、欢呼着，飞出了院门！那时可玩儿的鞭炮真多，有"小铁杆儿"、"干草节儿""小红鞭"，有点着"嗤嗤"喷半天火苗、"嗵"一声飞上天的"灯花炮"，还有捻子急、带小炮仗的"子母炮"，大炮仗飞起，小炮仗噼里啪啦响在半空。"大旗火"最好看夜景，心闲了再看。我们上瘾的是在屋子里放 "耗子屎"，那短小真如耗子屎一样的东西裹一层灶灰色泥皮儿，用指甲抠开泥头儿，香火一点，就在铜茶盘里"溜溜"飞转，然后哧溜飞起来，烟火燃尽安然落下，开心极了。至于双响的"二踢脚"，我们还不敢放，比我们大一"格"的小伙子常拿它吓唬我们。见他们要放二踢脚，我们就忙跑进屋，捂起耳朵——鼻子眼睛却早贴在了玻璃窗上。

从腊月二十三开始,最快乐自在的是和我一般大孩子。妈妈、奶奶要忙几个通宵,备足整个正月"年货"。哥哥姐姐们要扫房、刷墙、洗衣服、贴年画,他们说我们碍脚,分派给我们的就是心满意足地玩,我们成了快乐王国的小天使!

家家户户春联贴上了,听大人喜滋滋儿地念"一夜连双岁,五更分二年""忠厚传家久,诗书继世长"。我们认不下字,又不爱观赏,只觉贴在门框上鲜亮亮地耀眼。

三十晚上,是我们见诸神圣和快乐的高峰——屋子正中悬挂一轴家堂,画轴儿黄黄的,上边排列着密密麻麻的字,画的下端是一头梅花鹿和一只仙鹤。紧依画轴,条案上摆几碟供品和一砂盆插着绿柏翎的白米饭,说是给"老祖宗"上供。晚宴丰盛,摆上桌的都是我平时想吃而不容易吃到的菜。全家团聚,庄严、亲密,长幼之间十分谦和。按俗例,盛筵前鞭炮由年少者来放。爷爷从柜子里拿出两包"二百头"(真不知爷爷还存着炮),让我用竹竿挑着,放整挂鞭!噼里啪啦、噼里啪啦……纷飞的纸屑,不像给节日院落着妆,却像是我心底亮晶晶的花有了世界!几乎同一时辰,左邻右舍,整条街,整个村,都癫狂在欢乐的鞭炮声里。

大年初一吃饺子,也有很多规矩。饺子素馅,五更里吃。吃饺子之前,要磕头拜年。一家人除最尊者外,全要行这个礼。父母做样儿,拜了祖父母,然后,父母下的长子、次子……一一再拜,拜祖父母、父母。平辈中,弟要拜兄长。拜年的过场,很像"金字塔",上边高,底盘大,辈儿和岁数越小,要拜的人数越多。"老吾老,以及人之老;幼吾幼,以及人之幼",先哲的教导,就这么自然地孕化了。

饺子摆上桌,如果跟着端不上来,就得吃慢些,在又一盘饺子上桌前,盘子里一定要留两三个饺子,倘若我忘记爷爷嘱咐,再伸筷子时,就会被爷爷用筷头威严地摁住。吃时,还不能说"没了"之类的话,老人犯忌……

　　吃过了饺子,跟爷爷出去走街串巷倒是快活的事。爷爷在谁家篱墙外高喊一声:"拜年来了!恭喜发财!"这家主人必闪出门外,一揖抱怀,笑口连声:"同喜!同喜!"说着,乐着,搀扶爷爷走过铺着芝麻秸的庭院。他们给爷爷点烟、沏茶,爷爷跟他们聊过年的吉利话和四时八节的庄稼经。婶子、大妈、小脚颤颤的老奶奶,给我抓来瓜子儿、核桃、大红枣,我和小伙伴扎在屋犄角儿,翻看小人书,说我们爱听的话。临出门,主家会紧追塞上"压岁钱"……

　　整整一个正月,我都在快活中度过。一出正月,农活忙了,也不必为节日花钱了,对孩子们,"威严的"又威严起来,"悭吝的"又悭吝起来,我也就不再属"快乐王国"的自由民了。分派给我的,剁猪菜、放羊、捡粪蛋儿……又开始了。然而,我又强烈盼望下一个春节了!

且忧且痴的冻音

一根冰棍儿吮了三十年。

冬天里我吃到的这一根冰棍儿,得益于爷爷和一位"郑大哥"的关心。

我的家乡属于半山区,米珠薪桂年代,冬时人闲肚子也闲,乡亲们用串门聊天打发饥困。爷爷奶奶有听书爱好,我家就常来一个我称为"大哥",而年岁和爷爷差不多的乡亲给说书。他姓郑,叫郑芝,说的多是公案演义,书上曲词还能捏着嗓儿一板一眼地唱。那一刻,我脚丫揣奶奶怀里焐着,心里头就滋长单雄信和蒋平的忠勇。因为郑大哥的"学问",我至今还把他架着花镜一颠一颤的神态记得真切。

那天半晌,郑大哥说过一段"大刀刘金定",忽然搁下,说趁卖了烟叶,见了钱,提出去北京看一看,和爷爷商量。爷爷的手在我头顶摩挲,好半天才答应:"去,带上他。"

上北京是多好的事情啊,我把赶年集上庙会的想象带到了北京。我的手拽着爷爷衣襟,看了故宫,又转了王府井。红宫墙,黄琉璃瓦,金碗倒扣似的一排排铜门钉,真让我的眼看直了。可是,走着走着,兴趣少了,发觉城里边清冷。车辆不多,行人表情都一样沉闷,过往的脚步迟缓、笨跛,像踩着数不清的犹豫。特别留心的糖果店,只有一种剥开糖纸里边黑皱皱的糖块儿。这糖硬而黏牙,乡村人说它是白薯做的……

怏怏在北京街头走着,冷风皱木双眼,懵然一刻,我心目中的北京城,变样了。相形之下,只觉得大街很宽,宫殿高楼很大,我和爷爷的身形很小,小得仿佛挨到了地皮……

　　返回北京站的路上,爷爷和郑大哥一路无话。广场上,他俩停下了脚步,互相看看,欲说又止,我仰着脸,听郑大哥一句:"买一根冰棍儿吧。"说着,他囊囊去了,爷爷和我目送他去的方向。

　　我跟随在两个人身后,低头走路,吮着这根冰棍儿。在口中,我觉得它不如我和小伙伴在家碰折房檐冰坠时的喜悦,肚子里有散发不出来的委屈,一种莫名的凄怨,注入全身。恍惚,听见爷爷一声长叹,抬起眼望望爷爷背影,想不出他心事在哪里……

　　往事过去了三十年,人间发生了很大变化,爷爷和郑大哥已经去世,我也有了一双儿女。可是,二十世纪六十年代初期的北京经历,第一次冬天吃冰棍儿情景,依然记忆在心,不能忘记。因为有一份比较体面的工作,这些年住过不少高级宾馆,参加过不少豪华宴会,可在那许多气氛热烈场合,我找不出什么感觉,意识中常常映现的寒伧于北京街头低头走路吃冰棍儿的那个男孩儿,才是真正的自我。

　　经历了忧患,识尽愁滋味的我,每每也有感伤的时候,现实感伤,联想往日忧伤,暗笑童年一幕实在是小小的"得胜头回"。自我劝解:原本就是孤弱的人啊!现实中排解不开的苦恼,是一双儿女。稚嫩童心接受"我爱吃""我爱喝"的诱惑太多了,难以想象,日后他们长大,也有视艰辛如人生胎记的怀念吗?会忖量"哀哀父母,生我劬劳"吗?得来得太容易,记忆就不易保存。

　　人生的机智,原生的抗体,亦容易在生命河流里丧失……

藏眉魂魄香

小的时候,奶奶最宠我。

我记得还很真:当我独自在家里玩耍时,奶奶常把收藏的吃食拿出来,让我一个人吃。对这特别宠爱的报答,只须在人前人后,奶奶问"长大挣钱先给谁花"时给奶奶一个响亮回答就可以了。自然而然,这种问答也在妈妈面前进行。在这时候,就见妈妈低头做家务,从不吱声,挑一绺汗湿的头发,附在耳边。奶奶坐炕头嗫着嘴儿乐,我得意地仰在奶奶怀抱里。

童年已经过去,这垂情一幕还宛然见在。

我知道了,奶奶的疼爱,是真实的,连接久远而香醇气脉,承传着瓜瓞绵延的风习。但是,我自感愧怍,忐忑不安的,是奶奶这份俗常之爱,于我却蚀去了纯真,少不更事的心腹里降低了对母亲的爱。

我母亲生在山乡,是山地一方农家女。那个村叫"万佛堂",姓杨的人家住在孔水洞的小河旁。婶子们说过,母亲十二岁进家门。那个连同着饥饿和屈辱的字眼儿,从母亲走出山区,就沤在她脚跟。母亲瘦弱的身体,过早地依从了宿命安排。

从没见她高声说过话,没有大声爽朗地笑,和街坊四邻也从没发生过争吵。度着贫穷的日子,却极少见锁在眉头上长久的忧愁。

井台、锅台、碾台,沾脚地儿划出来的都是一个圆。辨不出哪天踩的脚印是新,哪天脚印是旧。岁岁年年,形影相依,圆没有始终,人也就总是那样温和,那般平静。只是不明白,是那个圆造就了母亲的平静温和,还是母亲的平静温和适应了那个圆……

记不得谁说过,最熟悉的,往往也是最容易忽略的。

他举的例子是台阶:自家台阶天天要走,但冷不丁让你说出自家房屋有几级台阶,你往往说不准确。

我对此信而不疑。世上亲,莫如母子情,但长大成人的儿女,却很难说得清自己心中母亲的气象。会有认知,但任何认知,都显得浮浅。

母亲是普通农村妇女,是一个不识字的乡下人,如果不逢了新社会,"董杨氏"这一传统名称会终其一生。平平常常的生活,平平凡凡的人生,酿造了普通农家母子情。日常生活的细微感应,耳熟能详的家常话,使我与母亲心神贴近。

比方说吧,母亲生育我们四儿一女,我自小是不听话的一个。好心的街坊婶子就常在闲谈里,劝说母亲管束我,道是"棒下出孝子"。我机敏,能发觉邻人企图,窥听得她们嚼舌秘密。那般"座谈会",母亲是很泰然样子,她一边听旁人说话,一边纳着鞋底或搓着麻绳儿,轻言慢语地道来:"树大自直,哪个牛儿不牴母……"

似懂非懂、临窗跷立的我,感觉到了母亲宽容的氤氲。

还比方说吧,因为过久了穷日子,母亲平素落在与吃饭有关的俗语说得格外多,比如"家有地千顷,不吃炙炉烙热饼""家有粮万石,不吃小米焖干饭""好过的年,歹过的春""打一千,骂一万,全凭三十晚上一顿饭",等等。炉火映照母亲脸,津津一层细汗。母亲淘米做饭,轻声叨诵,温舒的语音和缭绕的蒸汽黏合一起,我便在隽俏缥缈里接受了生活明训。唯后边一句,"全凭三十晚上一顿饭",是母亲说给她自己的。诠释这句话,包含农村旧礼法的约束,包含生儿育女的母亲对待家庭地位的隐忍和自足。

还是我们弟兄成了亲,奶奶故去,母亲才不用避讳,渐渐步入明朗境地,对我们说话尽显出粲然真性来。还记得,于青岛服兵役的哥哥带大嫂第一次认家门,母亲忙上忙下,全不知道累。饭桌上,哥哥瞄一眼嫂子,悄声对母亲说:"她性子不好,爱哭……"不料刚小心说罢,母亲那里已笑出了眼泪。母亲脸上放光,手揾着眼角泪花,笑盈盈地说:"门口儿一条河,儿媳妇随婆婆……"向大嫂,向我们,表露舒心之极。结果,让母亲言中了——娶来四房儿媳,全有明善柔蕙品性。

我曾这样想过,母亲为着她钟爱的儿女,捧出了一腔慈善心肠。

越是平常人家,越显感情激亮。母亲的爱心,母亲的情采,结构了普通人家的存在。儿女相度于母亲,却少了交融——如同不继江河的溪水,没有相等容量。

按乡俗,儿女完婚,长辈方认可成人。否则,年上七十而未遂,双亲依然视之肱上儿,呼叫乳名,死葬亦入不得祖茔。

我结婚后,未远离父母。记得婚后第一年夏天,我下地回家,母亲端着簸箕在院中喊住我,告诉了几天以后是我的生日。我当时表现出不以为然,觉得没甚情由。将转身,听身后母亲停止了簸动,游来细微声音:"儿的生日,娘的苦日。"我定住身,心倏有所动,回头,见母亲手放簸箕上,人端端坐,似有意无意自语……

在劳动日值仅与一个油饼相抵的年代,我第一次纪念生日,给母亲敬奉了一沓油饼……

以后,命运好转,我由一名庄稼人进了城市。我工作繁忙,不消说自己,连妻子也忘记了我的生日。母亲绝无一年忘记。光景好了,我给母亲送的礼物也一年比一年好。妻子虽无怨怼之颜,但送礼而归,亦常有不平之语:"老太就那么心安?"我听了,淡笑不语。

这生日的事情,好像我能够揣度母亲了,其实,相差还很远。另外经遇两件事,震撼了我心灵,使我觉得母亲身姿高大得很。

这两件事也和风俗有关。

一次是我外出回来,赶上这一天。我进门才擦洗了脸,略作休息,准备晚饭,这时小女儿像一只猫儿似的脚步轻轻进了屋。我蹲下来要抱她,她坠着身子不让,从身后把一块大倭瓜举在我面前。小手一抬,冰了我一下。她像传达口令似的,字字清楚地说:"奶奶说,明天打春了,让你吃瓜。奶奶说,立春吃瓜不生病。"小女儿说过,把瓜放我手上。

我站起身,一股热流酥酥地从脚下涌上发根。农村立春日吃瓜,是我熟知的乡俗,它率定的含义是除晦禳灾,消解困厄,而求得家庭平安。可那是在吃不饱的年月,种田人但愿四季顺遂的心理呀!且不说现在光景好过,家家衣食无忧,吃瓜已无兴趣;也且不说我的职业已和乡村拉距离,吃"国粮"者快爽无虞……可是,母亲送来的这一块瓜,却饱含了母亲多么深长的牵挂,多么映神地萦系了她盼在家中、求神灵福佑儿女的至心啊!

不读《出师表》,不知何为忠;不读《陈情表》,不知何为孝。我所景仰的先贤揭示的公律,自然不会错;它的劝喻作用,对于世间精神土壤改良,有永久性效应。而我,却是从母亲一言一语教导和慈爱行为感应上,逐渐将承奉心性养成。躲过女儿眼,我进内屋,哭了……

这一件是在旧历三十。大年三十吃晚宴,必须全家团聚,也一定要构成圆圆融融的气氛。

以往,我没有注意到除夕饭之前还有这个程序。这次我看到了。

除夕下午,妻子和弟媳帮助母亲准备晚上宴席,大人孩子都欢欢喜喜。傍黑儿,父亲才回来,他是因为下午赶马车给工厂拉一趟运输业务而迟归的。三弟的孩子早已等不及,直把小脑瓜儿顶着父亲推在椅子上。这时,母亲笑吟吟地走过来,止住喧闹,对父亲说:"该去上坟啦。"说着,她把一件件准备好的碗碟放入了提篮,每样菜都拨了点儿,还装上一瓶酒,一盒烟,一沓冥钱,一挂鞭炮。父亲垂手立着,母亲手不闲,还嘱咐:"到坟地对爸妈说,收工晚了,接您老回家来迟了……"

我妻子、弟媳和孩子们,见母亲神态,全笑起来。母亲也笑,但那笑纹儿充满了苍暗。我抬眼望望母亲头发,不忍再睹。

对笑脸的孩子,我没有责备他们,也无须责备。可我却笑不起来……

关于母亲,我只说了上边的话,农家儿女也说不来甜甜蜜蜜。爹给姓,娘给命,我只是在想,倘若世人都用自己的心贴近母亲,这个世界或许会安宁许多。

夏天和秋天滋味

这个时节，玉米和谷都还没收割，放牲口在西河滩。大石河一年没发水，河滩一片一片草挺绿生，我们就在那儿放驴。放驴本是挺好的事情，把驴往滩里一赶就得了，想怎么玩就怎么玩，可偏偏挨那片沙冈地，来挑气受。时不时那架窝棚来几声震山音咳嗽，冒两句嘎嘎咕咕杂巴戏。赶这时听到了，我和五秋会扔了逮的蝈蝈儿，或上嘴香的烧蚂蚱，冲那边跺脚吐唾沫儿。我们还按老招式，半趴沙滩，脑瓜儿挤一起，赶快归拢沙堆给他当坟。他喊一嗓儿，我们哭他一声。

让我们生气窝火的这个人，是生产队一年四季看庄稼的四老头子。

其实，我和五秋早惦记那片花生地了。这节口花生最好吃，也不干也不湿，咬上口，黏滋滋带甜津儿。我们试着偷袭几回，不成，不是被发现，就是让他发觉意图，弄不清他怎么那么"贼"。那一回，我们好像成功了，半晌听不见他语声，便猜他熬夜乏了。五秋打哨，我装作逮蝈蝈儿，挪挪蹭蹭贴近地边。还听不见动静，心可乐了，跳进花生地，下手就拔，搂一抱花生秧往回跑。跑着跑着，就觉右脚后不对劲儿，花生秧一绊摔倒了。四老头子撒的黑狗咬上了我。也就在五秋把我搀起时候，大高窝棚那里传来"呵呵呵"笑声。

抱回的成果连秧儿不剩喂了驴，我和五秋坐在沙坑里生闷气。

五秋看我，我看五秋，四只眼滴溜溜。

"要报一箭之仇！"

"嗯！"

"不,两箭之仇!"

刚要犯愣,五秋眼神儿揭出明白,我更狠地附和:"两箭之仇!"

五秋和我一般大,可我听五秋的。

入了夏,村东河沟有了清水,河沟拐弯地方,冲刷出了一个大锅底坑。河沟的水很细,才漫脚面,而锅底坑的水能没脖儿。这汪水是我们夏日欢乐的海,天天晌午洗澡、打扑腾儿。

"卖老梢瓜哎——咚!"

光屁股男孩儿挨个儿排,全登上一块麻石,向后甩胳膊,一个一个作蛙跳,一人喊一声"卖老梢瓜"。跳得锅底坑水花四溅,像开锅。

逢这时,也招来村里剜野菜的女孩儿。她们不近前,守在老柳树下,远处瞧。

玩累了,玩乏了,大家就爬上坑来拍"燕儿窝"。也有在沙上竖蜻蜓、打滚儿的,滚一身细沙。

大家也"眼馋",可"眼馋"也不愿多瞧。坑那边是六亩西瓜地。

花花叶秧儿网满的地里,一个个大西瓜,鼓绷绷的,像仰脸朝天躺一地野小子腆着肚皮。四老头子看瓜,我们吃不上。他贼性,死性,铁爪子。除了是他,换别人,我们这帮小蜂儿,早不知哪时连瓜秧儿也扯家去了。忒可恨的人,也就在心里骂。

四老头子待人不一样,偏厚一个四喜妈。那天四喜妈打猪草,转来转去就是不离西瓜地边。四老头子不管也不嚷,也在瓜地转。我亲眼瞧见他把一个老大的瓜塞进四喜妈的草筐,馋得我心都吊上来。

这天晌午,我和五秋一伙又来"卖老梢瓜"。玩得高兴呢,谁也没注意四老头子抱一个大瓜过来,坐在坑边。

大家不撩水了,才看见他。我们的眼全让黑皮西瓜勾了去,在坑沿定着,既不说话,也不上前,只看四老头子摇晃脑袋,把瓜皮拍得嘣嘣响。

"听着,嘎蛋儿们,你们谁能把肚脐眼下那东西抻得长,到水里仰面给竖起来,谁就吃瓜!"说完,瞧我们。听明白了,开始谁也没动,你看我,我看你。后来,五秋先出了坑,他死盯了一眼四老头子,就低头扯拽那小地方。大家这时欢呼一片,抢着跳出水面,坐坑边,各忙这件事。我们这么忙着,四老头子口也不闲,手也不闲。他手拍西瓜皮,口"敲"梆鼓点,给我们长声势:

　　　拔楞拔楞硬,拔楞拔楞硬。

　　　拔楞拔楞硬硬,拔楞拔楞——硬!

　　　…………

这瓜,我们没有吃上。五秋也没吃,他把瓜抱回家了。因为他那小玩意儿扯得最长,抽不回去了。隔几天,我看,还赛一根小胡萝卜似的。五秋妈上瓜棚连哭带闹了三天。

忒可恨的四老头子(死老头子)呀!

从打拔花生,让狗咬了脚,几天里,我们放驴回来路过花生地,四老头子总是正好悠闲地踅过来,立在地边,脸上保持着得意神色。

我们不理他,顾自走我们的道。

那天,又是太阳下山时候,该回家了。我和五秋赶驴过来,小布褂儿搭在肩,手里摇着荆条棍儿,唱唱呵呵的,往前走。

一开始老远我们就看见了窝棚里四老头子伸直脖子听呢,可等我们走近,他反而躺下了,窝棚口跷起二郎腿,挑一只破鞋片,臭旗似的扇。蹲在棚底下的大黑狗,瞪起了狗眼,望着我们。

也就在这时,我紧走几步,扬起小褂儿挡住了领头大黑驴,截后的五秋举着荆条棍儿就朝群驴屁股抽下去了,乱抽一气。八头毛驴突然受了惊吓,前走不得后退不得,就横下里撒欢了,奔了花生地。

狗也叫,驴也跑,四老头子才知道发生了什么事。此时,他也就只好直目瞪眼地看我们在地里赶驴。那条大黑狗也跟在我们后边跑,它汪汪叫,就是不知先咬我们呢,还是先咬驴。

其实我们追驴,样子急,心里并不急,还乐呢。驴发觉我们追赶不认真,就东一口,西一口,叼起了花生秧。种花生都是暄土细沙地,毛驴一叼就拔起秧儿来,它们还专拣棵儿大的下嘴。看毛驴都叼有花生秧了,我们就紧着往地外赶,抄一条直道从另一头回家了。剩下黑狗在地边叫。

晚上,我在五秋家里吃炒花生,吃得很香,还给他爸他妈一人一把。

一天晚晌,四老头子(现在我叫四爷)正靠一把躺椅,在他家臭椿树下花阴凉儿里合目养神, 一把雪白胡子随他的嘴一张一合也一抽一翘。我进他家正犹豫,是离开还是说两句亲热话,跟我来的儿子从身后钻到前面,手拉住了那抽翘的胡子尖。四爷醒了,认认半天,认出我。他为我来看望他感到很高兴。我们俩说话的时候,一会儿他乐,一会儿我乐。说着说着,我问起当年给五秋吃瓜那件事,他将一把胡子,眯眯地笑,说"记得"。问起赶驴吃花生那件事,他说忘记了。

这是又一个夏天的事儿。

冬天里的诱惑

　　乡谚有言:七岁八岁讨人嫌,十一十二饶二年。

　　这个俚语,说的是乡下少小,在野性蛮缠年纪,常做出一些调皮事儿来,让大人烦恼。但体味口气,又不像真的生气,是为把长者身份显出来,间或夹带了他们的快乐也在其中。我惭愧的是,自己已经涉入了不惑之途,却还返生童念,搜找少小迹音。一幕幕童年影像,于迷幻中,游移而来,竟也十分清晰。说句不好的话,倘把此端记述下来,就十足抖搂了我农家后代的根底。就不知晓,今时口啖奶油面包的后生怎样瞄一双现代化眼睛,哂笑于我——不管怎样,说出来痛快就是了。

　　秋收冬藏。

　　一年里农家孩子在野地东奔西跑的季节已经过去,敛回的心性移给庭院。

　　天性还是那天性,庭院里便自始至终播出了厮闹。"三天不打,上房揭瓦",家长呵斥对极。那一天,也不知和四邻小孩玩的什么,别一家孩子忽然看见我家西耳房上的柿子,红红一片排上房脊。他一声诧喜,惹我们送去几双溜溜眼睛。可是,馋归馋,谁也没办法能上得房去。这个滋味儿可不好受:不能怨人,又心里瘙痒。伙伴们还是回去了。留下来的我只能发一番痴想。

　　这柿子,是"霜降"时节爷爷摘下晾房上的。住户中柿树不多,我家院儿里有两棵柿子树。结柿子少时,才一下树,爷爷便分给近邻。后来,生产队粮食紧了,柿子也结得辛苦,就再没见爷爷舍得送人。刚下树的柿子,皮色虽红,但生涩,入不了口。只有过了"大雪"节气,经了糖化,柿子才得好吃。这时的柿子又冻得梆梆硬了。爷爷进城探亲,平川访友,总提一小篮儿柿子,捎去稀罕。我也看见,爷爷用它换来过粮食。

我明白,爷爷把柿子放在房顶,不放在小棚儿上,有一半原因是防备我的。若不是那家孩子发现,我还真差点儿忘记了房上还有秘密。

这一来,我算对那里犯了心思。可是,西房很高,爬上墙头,踮起脚,也够不着房檐。冬雪季节,墙头瓦垄结一层霜釉,手摸脚蹬也冰滑。靠自己手脚吃上这柿子,不是一件易事。可是我很拗性,越不易得的东西,越不甘心放弃。趁家里没人,实验我的心机:先爬靠小棚子的柿子树,然后猫腰登上小棚顶。小棚陡起的高处,和西耳房相距一米多远,高低相差不多。我站在制高点上,慢慢举起一根木棍——一根顶端透出一寸铁钉的木棍,向西耳房上劈去。一刹那,脚板底下痒酥酥,涌着希望。两眼是那样瞄准,两只手腕向下一甩,铁钉儿就牢牢注入一个冻柿。再转过手腕,木棍顶端的铁钉,就把柿子顶在了上面。接着,两手慢慢抽回,一个又红又大的柿子,就由房顶来到身边(事过多年,我才知这无师自通的方法,原是一个力学过程)。

成功完全比预想得顺利,干得利索。

受成功鼓舞,我源源享受冬日美食。有一天,爷爷扳过我肩膀,仔细看我的眼,口里长长"嗯"了一声,眼里光线老辣又渗着疑惑。

后来,西房顶上苫了一块竹帘。

冬日里住表叔家也很快活。

那是一个真正的山村,叫磁家务,离我家八里地,挨着一座煤矿。常常是舅爷爷或表叔到我家来,临走说:"跟我们去住几天吧。"

我就去了。我不怕走八里山路,我乐意随他们去。

到表叔家，两个舅爷爷一个妗奶奶，待我都好。有什么好吃的都往出拿，核桃、红枣、杏干儿、梨干儿什么的，由我性儿来，比在我家恣意。妗奶奶一头白发，特别白。过好久，我才叫准“妗”的音，以往我都叫作“金”。我不明白，她一头白发，怎么是“金”呢？再后来，我才弄清这层亲缘：奶奶娘家嫂或弟媳，称妗奶奶来源于我爷爷的姻亲关系。

好吃的由妗奶奶来，好玩的在于表叔。我叫他表叔，实际才比我大几岁。我乐意随他去玩，结识新伙伴，爬大山。跟他走，秋天里我认识了野坡的“欧罗儿”和“皮豆”，冬天里学会了背阴洞憋鸟儿。

我这个表叔聪明，送给我许许多多欢乐。

那一天是提早吃饭，表叔一边捧碗紧吞快咽，一边催我：戏快开演了。戏不戏我不想，但表叔高兴的，我就高兴。他没等我吃完饭，拉起我就跑了。

煤矿请来戏班，在河滩上搭台演出。二里多地，我们赶到正好敲三通鼓。地面开阔，戏台下虽然黑压压的，但不显拥挤。台上竖起的木杆，挂几盏汽灯，明晃晃照出多远。我俩钻过人群，找了靠台近的地方，表叔怕我看不清，给我搬来一块垫脚石。

我还在漫无边际地踅摸，一阵细锣响起，表叔用手捅我，叫我快看。戏幕拉开，从戏台一角走上一个挑挑儿人来。头上戴一顶毡帽盔儿，落下帽耳，外身长袍撩一截袍襟掖褡带上，扮相像今天演《智取威虎山》的小炉匠。一手扶担，一手随脚步扭，扭到中央，就开始唱了。还是因他扭得有意思，我就注意听了他粗粗哑哑地唱：“锔盆锔碗锔大缸，俺本名就叫丁世昌，今天不到别处去呀，今天就到王家庄。王家庄有个王员外，王员外家有个好姑娘。头一声吆喝焊烟袋，二一声吆喝焊鸟枪，三一声吆喝没的喊，吆喝一声——钉大缸。锔子钉了三百六，还剩一个没处钉啊，就钉在王员外姑娘脚趾上。"唱过这几句,他扭了又扭,放担做推门状。这时从戏台一角又走上一个老太婆来。老太婆一条黑带箍头,插一根长簪,手里还攥一根长烟袋。这以后戏文就是他俩戳戳打打。戏台底下随他们逗起的乐儿,一会儿爆一阵笑,黑影里烟火头儿,也跟着灭灭明明。

整一台戏,我就觉这开场戏最好,就是戏太短了。表叔说是"帽儿戏",大戏在后边。可再往下瞧,没了兴致,我的眼皮也发沉起来。

散戏回来的路上,表叔仍是很高兴。脚下的雪咯吱咯吱响,他又说又笑。

进了家,我反而来了精神,一丝也不困,在铺好的被褥上翻起了跟头滚儿。折腾还在起劲,表叔摸黑从房上端下一簸箕冻柿子。他手托柿子,冰了我脊背,说:"给家里唱几句儿。"一劲儿怂恿。我就唱了。只是后边两句,我按表叔路上教唱的改了词:"剩下一个铜子没处钉啊,就钉在王大娘的屁股门儿上——"一落声,舅爷爷和妗奶奶就都笑起来,笑得煤油灯灯苗儿晃荡。我赶快光溜溜钻进被窝,啃冰凉的冻柿子了。

好多年过去,看过许多戏都忘记了,只有那场戏,我记得真切。尤其是为取悦表叔,改过的两句词儿,看来永远不会忘了。据现在老人回忆,那出戏是"落子"戏,戏名叫《白草山》,或就叫《锔大缸》。

回首往事,我真正感受到了光阴疾迫,人生短暂。倏忽间,竟走过恁长路程。童心还是童心呢,时光已不我待了。在人生际遇凄凉中,在生活觉得困累之后,每每映现出来的童年往事,所历久犹新的"记得少年春衫薄",都像一面镜子在映衬我自己,辐照于群生。

胸次演漾及此,心河就因明通而安怡了。我只是奇怪:人生历程有许多事记忆不清,人生初度"越矩"之事咋记忆清晰?这个状态怎么解释呢?

仔细忖想,对童年"越矩"有个评析。所谓"越矩",其实正是孩童——

人生天使的辉煌乐章：是灵性的闪现，是聪明的体验，是冒险成功的欢愉。思而无邪，完全是一个美丽过程。由此引发歧义，只不过成年人的重心已让世俗占据，用已经销磨钝了的心智去限制孩童罢了。

　　推而广之，我还有这样认识：人和大自然草木一样，天地照应少不了的。农家孩子长大，尤不能舍四时元气。春天可以明眼目，夏天可以长精神，秋天能够增灵秀。冬，也有冬的惬意，壮健骨肌。即便是冬季，北方冬天对于孩子，也是一个生长季节。

逮蚂蚱

　　还没学会帮助家里干大活儿，农村孩子就学会逮蚂蚱了。妈妈交给一个她亲手缝制、带松紧性的小布袋，由你爱去哪儿去哪儿，只要别误了回家，逮回一些蚂蚱就能让家长满意。

　　逮蚂蚱是从草芽出来以后开始的。天气渐暖，枯黄草色刚露一点儿绿意，就有一种长不大、体形小的蚂蚱出现了。它善于蹦，并且和山坡地一样颜色，如果不盯紧，根本看不着。这种小蚂蚱，刚筑巢的小燕子也喜欢啄它。

　　到了夏天，蚂蚱数量多了，种类也多了。在长着"车轱辘前儿"（车前草）、屎壳郎滚粪球的土道上，常有一只只带着"忒儿，忒儿"翅音的蚂蚱飞起。虽然此时多半没有逮它打算，但也给孩子一丝惊喜。

　　进入秋天，是逮蚂蚱旺季，此时蚂蚱最肥。玉米田爱趴"蚂蚱墩儿"，谷秸上爱挂"蹬倒山"，豆秧垄和白薯地爱钻"大蚂蚱尖儿"，矮地阶灌木丛爱有"大驴驹"，还有爱摇头摆须儿的"金钟儿"在草木窠里蹦来蹦去。或大或小或颜色有区别，叫不上名的蚂蚱，还有多种。"蚂蚱墩儿"短粗，翅短，灰褐色，蹦不起来，最适宜逮。"蹬倒山"不光体形大，眼睛也大，头上有一对摇摆不定的长须儿。它目光灵敏，不容易靠近，而且它强健有力的两只后腿有锯齿，逮它时须格外小心——先把它两只后腿掐住，否则就会被它腿上的尖利锯齿划破手指。"大蚂蚱尖儿"和"蹬倒山"颜色一致，通身是绿，却身形狭长，超过人手指，眼睛也是长形的。它善于飞，且飞得远，飞起时可见它翅羽下红色内衣。逮它时需从它身后捏住翅羽。

"大驴驹"处世孤独,不愿交友,它待的地方多在谷黍地、矮地阶、场院谷垛上边。它的体形比蝈蝈儿肥大,外观和蝈蝈儿差不多,只是它尾部有一根寸把长硬针,揪硬针能把它肚子里的肠子扯出来。它黑色身躯附两片短羽,像腆着肚皮的"暴发户"扣一个不合身马甲,不招人喜欢。

家长轰赶孩子上坡捉草虫的初衷,是锻炼孩子从小关心家庭,给家庭生活出力。孩子在逮蚂蚱过程中,也学得了知识,寻找到了乐趣。

对付各种蚂蚱,孩子掌握了捕捉本事。比如逮善蹦的蚂蚱,就将扬起的小手作金钟罩之状往下扣,在它将要蹦起的刹那,照准它头顶扣下去,成功就差不离。对善飞的蚂蚱,一定进行死追,一次捉不成,追上几次,它也就飞不远了,最后落入掌心。不管是"蹬倒山"还是其他蚂蚱,门齿都特别发达,门齿在口腔中占重要比例。这一点,与其习性相关。另外,蚂蚱血是黑的,黑紫黑紫,如熟透的黑桑葚果汁颜色,但闻起来腥臭腥臭。

孩儿们天性,是你只要把劳动和让他们玩、吃连在一块儿,他们就有充足动力。大秋时,各种母蚂蚱将要产子儿,不论体形大小,都揣着一腔子儿。有的孩子从家里偷出一盒火柴,就预备烧蚂蚱吃。几个孩子分头行动,捡来细柴枝、干草棍,点燃火,将带子儿蚂蚱扔进火堆,一会儿就能吃到香喷喷、金灿灿的蚂蚱子儿了。把揣子儿的"蹬倒山"和"大蚂蚱尖儿"带回家,此时不像山坡上"野炊"那样急切,而是小心制作,将它搁在煤火炉上燔,上边压一块"支锅瓦儿",仔仔细细把蚂蚱盖严。几个小孩儿就在炉台边垂手而立,等候炉火上的动静儿。这时候,小孩儿们也不像地里那样"嘴头儿急",吃起来都有点儿风度,慢条斯理,还互相谦让,显出雏形"哥们儿义气"。"蹬倒山"一双后腿,里边的肉像螃蟹腿里边肉丝一样白细,把它顺向剥开,露出一个肉棒儿,入口香美。当然,他们在地里逮蚂蚱"疯够了",余兴还会驱使他们拿倭瓜花当鸟笼子,再逮一两只蝈蝈儿,装回家去乐几天。

　　孩子们逮蚂蚱，最大受益者是家里饲养的鸡。当孩儿们把鼓囊囊的小布袋带回家，鸡们是快乐的。就由一只彩羽大公鸡领头，带领着芦花鸡、大油鸡妻妾，扇着翅膀迅速跑来，向小主人讨食。此时农家孩儿就像做出了经天纬地大事业一般，心胸开阔，其乐无比。"男孩儿不吃十年闲饭"，小小年纪就验证了前人事理。

　　农村大人也为自家养鸡而行动，只不过他们不是以逮蚂蚱为"主业"，而是在收工之余，顺便而为。他们将逮着的蚂蚱用榆树梢、谷莠子串起来，别在背筐篾条上，回家喂鸡。农村小孩儿只要他不再使用小布口袋，学会用谷莠子、树梢串蚂蚱，就说明他技艺增长，又长大几岁啦。

　　豆荚摇铃，转瞬进了深秋。曾经花帐子似的地里庄稼逐渐稀薄了，谷啊黍啊玉米啊等等收割的粮食通通被运送到了场院，场院也就一天比一天丰实。这时，农民欢声笑语最多。而草虫蚂蚱呢，日子却一天比一天难熬了。它们把子产下，留给下一年度生命周期，而自己瘪了肚子，丧失了元气。吮了白露节气的露水以后，它们体质更萎，只在午间还稍微有点儿活力。因此，人们常说："秋后的蚂蚱，蹦跶不了几天啦。"而曾欢天喜地逮蚂蚱的孩子，面对将要死亡的蚂蚱，似乎也失去了兴趣。

　　逮蚂蚱长大的孩子，从乡亲老爷爷那里也曾听说过蚂蚱的危害。蚂蚱，学名叫"蝗虫"，越大旱之年，它闹得越厉害。它们借助一阵风，由高空飞来，霎时间乌云一般遮盖了村庄上空，并很快给庄稼带来灾难。一时庄稼地响起像降雨一样"沙沙沙"啃噬庄稼的声音。农民们悲愤、恐惧啊，又是敲锣敲盆，又是焚香祷告，止不住声地哭泣，却无法阻止残忍的蝗虫大军将翠绿庄稼夷为平地。这般状况，今天中国孩子看不到了，但他们还能从电视记录片中看到蝗虫在非洲大地上肆虐，依然让他们感到战栗。

有关蚂蚱作语状，有几种说法。比如"蚂蚱也是肉""一根绳儿拴俩蚂蚱，你也飞不了我也蹦不了"等等。最常被人引用的是下边两句，一个叫作"蛐蛐儿也活，蚂蚱也活"，一个叫作"吃个蚂蚱，也分给你一条腿"。前一句常为自譬，引喻自己如同草虫般活得卑微、压抑，却还有乐观在；后一句讲的完全是情义——连一个蚂蚱都不肯独吞的人，这情义哪里找去？

当年在地里烧蚂蚱吃的孩子，现在都"荣升"为爷爷一辈，还有一部分住进了城市。他们离幼时嬉戏的土地越来越远了。如今的庄稼地，也不同以往，实行了高效农业，又使用农药、化肥，草虫儿非常稀少了。时代大变，当年农家孩儿唾手可及、呈兴奋状喜吃烧蚂蚱之态，情景不再，而此物跃上了细瓷细碗的酒楼，谓之曰"地方美味"，并且价格不菲。真让当年在野地里吃过烧蚂蚱的上一茬人感到滑稽可笑。但是，他还能像当年自己那样被家长轰上山坡，驱使自己的孙儿满山坡疯跑逮蚂蚱去吗？看来也不可能了。

后　记

　　怕写亲情,怕写友情,怕写土地。沉沉过往遭了触动,酸楚不已。这一册,集中了人物的篇章。我告诉你,写这些文字的时候,我眼里常含泪水。有时,我被漫上来的思念扯住,书桌上擦泪毛巾,几回撂不下去。

　　以乐写哀也罢,以悲作喜也罢,胡马北嘶,越鸟南枝,总也控制不住伤情之泪。

　　说的,想的,都在这一本集子里。人们对于著述的评议向来是认人又认心的,本不由我做主,别的好像也无话可说。

　　不惜歌者苦,但伤知音稀。能够让你识得我心,记得住书中人物,足矣!

2020 年 6 月 15 日辑成即作数语